김소진

서교동 강 출판사 시절(1996)

▶ 작은누이와 달동네를 찾은
풍경사진관 앞에서

▼ 잠든 아이를 들여다보던 시
절(1997년 가을)

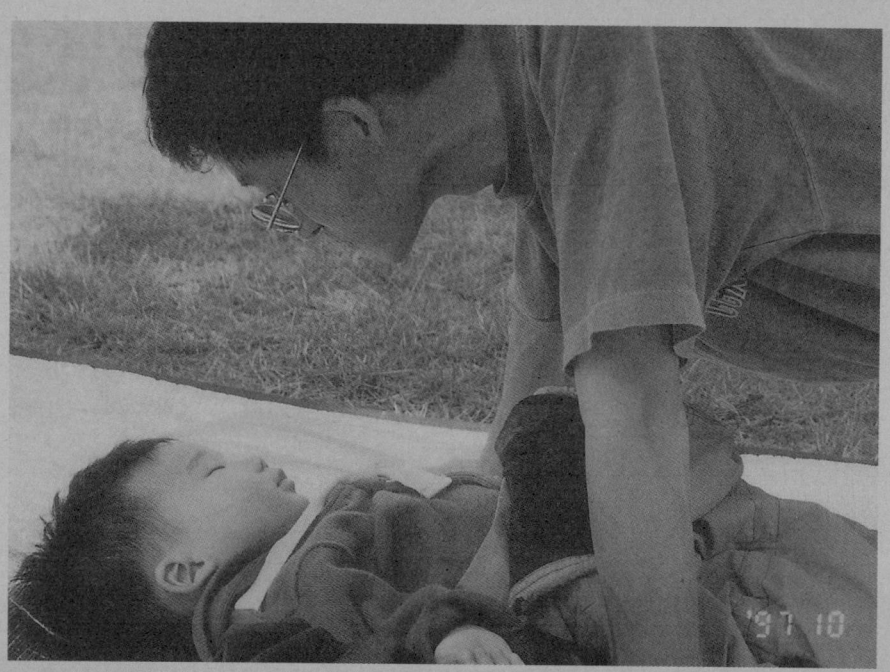

'97 10

▲ 열흘간의 중국 여행중 만리 장성에서(1996.6)

◀ 사흘 동안 계속 됐던 장강 뱃 길에서(1996.6)

『김소진 전집』을 펴내며

작가 김소진이 우리의 곁을 떠난 지 다섯 해째가 되는 시점에서 그의 전집을 펴낸다. 여기 저기 흩어져 있는 그의 흔적들을 한데 모음으로써 그새 풀이 자라고 관목들이 우거진, 그에게로 가는 길을 닦기 위함이다.

생전에 김소진은 네 권의 소설집과 두 권의 장편소설, 각각 한 권의 창작동화와 산문집, 두 권의 짧은소설집, 그리고 책으로 묶이지 못한 미완성 장편 한 편을 남겼다. 김소진의 소설은 고난의 시대를 살아온 서민들의 삶의 애환을 절실하고도 아름다운 문체로 그려냈다는 평가를 받았으며, 그러므로 우리 문학사의 귀중한 자산 목록에 올려져 있다. 습작기부터 그가 세상을 뜨기 직전까지 쓴 글들을 모은 이 전집이 김소진 문학의 전체적 면모를 조망하는 지도가 될 수 있기를 기대한다. 그리하여 작가가 다양한 축도와 시선으로 작성한 삶의 지형도를 통해 이 책의 독자들이 인생과 사회를 보다 넓고 깊게 응시할 수 있는 계기가 마련되었으면 한다.

이 전집은 모두 여섯 권으로 구성되어 있다. 우선 작가의 중단편을 시기별로 재구성하여 세 권으로 묶었다. 새로운 지식인 소설의 탄생으로 평가받았던 그의 초기작으로부터 아버지의 자리를 고통스럽게 확인하는 기억의 서사를 거쳐 새로운 소설적 가능성을 시도했던 후기작들에 이르는 김소진 소설 세계의 흐름을 일목요연하게 드러내기 위함이다. 『장석조네 사람들』은 연작의 형식임을 고려하여 따로 독립시켜 한 권으로 묶었으며, 나머지 두 권에는 짧은 소설과 작가의 산문, 그 외의 자료들을 담았다. 매권 끝에는 새로 해설을 달아 김소진 문학의 현재적 의미를 가늠해보고자 하였다. 그리고 전집과는 별도로 김소진의 삶과 문학에 바쳐진 글들을 엮어 가까운 기일 내에 출간할 예정이다.

전집을 펴내는 과정에서 발견된 명백한 오자와 탈자는 바로잡았으나 애매하거나 작가의 고유한 표현이라고 생각되는 것들은 그대로 두었다. 그것을 수정할 수 있는 이는 단 한 사람이지만 그를 이곳으로 불러낼 방법이 없었기 때문이다.

바람 부는 쪽으로 가라

바람 부는 쪽으로 가라

김소진 짧은 소설

문학동네

|차례|

민물고기 전시회

대전에 사는 우리의 초등학교 동창생 병헌은 물고기에 미친 놈이었다. 물고기 중에서도 특히 토종 민물고기에 대한 소식이 귀에 들려오면 당장 짐을 꾸려 아무리 외진 곳이라도 개의치 않고 찾아 나서야 직성이 풀리는 친구였다.

"야, 너 매스컴 탔더라?"

오랜만에 전화 통화가 된 그였지만 나는 친구의 안부보다 먼저 얼마 전 신문지 한구석에 난 기사에 대해 물어보았다. 며칠 전 화장실에서 뭉그적거리며 신문을 펼쳐들고 있자니 병헌에 대한 기사가 조그맣게 나와 있었던 것이다.

—토종 민물고기 109종 선보이는 전시회 열려 / 민물고기 수집가 주병헌씨.

"응, 그래. 그 동안 전국 각지에서 수집한 우리나라 토종 민물고기만 모아서 전시회를 조촐하게 열기로 했어. 어제 이미 간략한 오프닝을 했는걸."

"뭐야? 그런데 왜 서울에 있는 우리 동창들은 안 부른 거야?"

병헌은 준비에 바빠 경황이 없었으니 어쩌구, 하면서 말꼬리를 흐렸다.

"짜아식, 암만 그래도 이거 정말 섭섭하다. 물고기라면 여기 있는 찬영이랑 홍수랑 특히 종배 같은 애들도 다 관심이 높잖아. 암튼 내가 이번주 안으로 애들한테 주욱 연락을 해서 내려가도록 할게."

"안 내려와도 괜찮은데……"

"괜찮긴? 불알친구 전시회인데 우리가 모르쇠를 뗀다는 게 말이 돼?"

우리가 내려오는 것을 병헌이가 그리 탐탁치 않게 생각하는 데는 다 까닭이 있었다. 간혹 다들 모인 자리에서 병헌이가 토종 민물고기를 지키는 일이 얼마나 중요한가에 대해 역설하면 기껏 나오는 반응들이라는 게 사실 한심한 수준이었다.

"지금 우리나라 호수나 하천에서 잡히는 물고기 중 절반은 블루길이나 배스, 초어 등 성질 사납고 우리의 생태계를 어지럽히는 외래종이라는 거야. 이거 심각해! 겉이 화려하진 않지만 은은하고 독특한 매력을 지닌 우리의 토종 민물고기들이 급속히 사라지는 이 마당에 우리가 관심을 안 기울이면 누가 기울이겠니?"

"어떤 게 토종이고 어떤 게 외래종이야? 난 낚시를 다니긴 하지만 통 모르겠데."

"우리나라엔 모두 백사십오 종의 민물고기가 서식하고 있지. 다들 깨끗한 물이 아니면 살지를 않아서 환경오염에 대한 척도와 경고 구실도 하거든. 예를 들자면, 우선 옆모양이 마름모꼴인 각시붕어, 산란 때 색이 고와지는 줄납자루, 잉어 축소판인 납자루, 동작이 날쌘 버들개를 비롯해 모래에 주둥이를 박은 채 밀고 다니는 밀어, 다른 물고기의 배설물을 먹는 돌마자, 모래 속에 몸을 묻고 사는 모래무지, 암놈이 낳은 알에 수놈이 산소를 공급하는 가시고기도 있고 또 뭐냐…… 응, 돌고래 모습을 하고 있는 수리……"

병헌이가 한참 신이 나서 읊고 있는데 누군가 찬물을 끼얹는 소리를 던졌다.

"어허, 고거 참 얼큰한 매운탕거리로 제법 쏠쏠하겠는걸!"

"뭐, 뭐야…… 너 정말!"

병헌은 어이가 없다는 듯 고개를 돌렸는데 보니 모두들 입 안 가득 고인 침을 삼키느라 바쁜 표정들인지라 더욱 기가 막혔다.

"어휴, 내가 앞으로 너희들 앞에서 민물고기에 대한 얘기를 하면 성을 갈겠다, 성을 갈아!"

그런 식이었으니 병헌한테 우리의 전시회장 방문을 달가워할 이유가 있을 턱이 없었다. 아무튼 대전으로 내려온 우리는 관람 시간이 지난 뒤 전시회장을 찾았고 마침 병헌이 잠깐 외출했다고 해서 좀 기다리게 되었다.

"어, 너희들 지금 여기서 도대체 뭐 하는 거야?"

"보면 몰라? 민물고기 매운탕!"

"뭐야! 이 짜식들이 미쳐도 분수가 있지, 어떻게……"

자그마한 전시회장 안으로 문을 열고 들어온 병헌은 입에 거품을 물었다. 눈알은 방금이라도 쑥 앞으로 튀어나올 듯했다. 하긴 그가 흥분하는 것도 무리는 아니었다. 자리에 신문지를 질편하게 깔고 앉은 작자들이 가스 버너에 냄비를 올려놓고 매운탕을 자글자글 끓이고 있었으니.

"그러게 내가 병헌이한테 미리 허락 맡고 하는 게 좋다고 말했잖아."

"뭘, 두어 마리 건져서 끓인 것 가지고……"

병헌은 너스레를 떨고 있는 종배에게 달려들어 멱살을 거머쥐고는 당장에 종주먹을 날릴 기세였다. 보다 못한 내가 뜯어말렸다.

"야야 병헌아, 우리가 장난친 거야. 이거 매운탕 아니고 라면이야, 라면. 하도 출출해서 말이지."

냄비 뚜껑을 열고 라면임을 확인시켜주었으나 병헌은 막무가내였다.

"다 필요 없어! 당장 꺼져버려! 너희들은 이제 내 친구도 아냐! 어떻게 이 엄숙한 전시회장에서 그따위 속된 짓을 해!"

병헌이 라면 냄비를 들어 패댕이질치는 바람에 우리는 등짝에 뜨거운 라면 가락을 뒤집어쓴 채 쫓겨나와야 했다.

"야, 친구 사이지만 할 농담, 못 할 농담이 따로 있는 건데 우리가 좀 심했나보다."

낯선 거리에 주저앉은 우리는 맥빠진 표정으로 서로를 쳐다보았다.

"가자!"

"어딜? 병헌이녀석 화가 풀릴래면 멀었고, 그럼 도로 서울로?"

"아니, 낚시하러. 가서 우리 토종 고기를 해치는 외래종만 잡아 작살내자구. 그래야지 우리가 병헌이하고 화해할 수 있는 건덕지도 생길 것 아냐."

민물고기 전시회 관람은 이래서 미수에 그쳤다. 하지만 다들 민물고기를 더이상 매운탕거리로만 생각할 수 없게 된 것, 그것을 하나의 소득이라고 주장한다면 억지일까?

꼽추의 사랑

그 건물의 지하에는 팡팡노래방이 있었다. 일층에는 영상과 음악이 어우러지는 신세대식 레스토랑 사이버 스페이스, 그리고 그 옆에 니코보코 대리점과 섬 카페가 나란히 자리잡고 있다. 이층에는 거북 당구장과 소주 칵테일 전문점인 제임스 딘 간판이 내걸려 있고, 주로 심야에 손님이 몰리는 삼층 까치만화방에선 밤새 불이 꺼질 줄 모른다. 일층 한 귀퉁이에 있는 섬 카페는 내가 단골로 다니는 술집 가운데 하나이다.

그 총체적 환락의 건물에 이질적인 공간이 눈에 띄는데, 우선 그 병원이라는 간판에 놀라서는 안 된다. 구두병원이니까. 이층으로 올라가는 층계 밑에 자리잡은 그 구두병원은 한 평이 채 안 되는 유리벽에 갇힌 옹색한 공간이다. 보통 사람이라면 비스듬한 천장에 고개가 꺾여 단 삼 초도 서 있을 수 없을 지경이지만 그 공간의 주인은 활동하는 데 전혀 지장이 없다.

꼽추이기 때문이다. 그것도 가슴과 등 쪽으로 모두 낙타 혹 같은 게 불룩 솟아오른 키 작은 안팎곱사등이었다. 기름때에 전 지저분한 머리나 기형적인 몸매, 쉰 듯한 목소리에 항상 인상을 쓰고 있는 표정 때문에 그 꼽추한테 좋은 느낌을 지니고 있는 이는 사실 별로 없을 것이다.

그는 항상 입으로 뭔가 중얼거린다. 잘 알아들을 수는 없지만 짐짓 귀를 기울이면 그것이 주변 사람과 세상에 대한 한탄, 원망, 비웃음, 욕설, 저주 등의 범주에 드는 소리라는 걸 어렴풋이 알 수 있다.

"다 미친 것들…… 쓰레기 같은…… 흥, 벼락이나 콱 떨어지…… 아아, 망할 놈의 세상……"

물론 대낮부터 빈둥거리며 술집이나 들락거리는 나도 꼽추의 눈에 곱게 비칠 리는 없었다.

"보쇼 형씨. 화장실 열쇠 좀 주지그래."

불콰하게 취한 애송이 술꾼들이 버릇없게 그에게 화장실 열쇠를 요구하면 그는 근엄한 얼굴로 짧게 내뱉곤 했다.

"이층으로 가."

그 건물은 이상하게도 화장실이 딱 두 군데뿐이었다. 그중 구두병원 뒤에 붙어 있는 화장실은 항상 닫혀 있어 나머지 한 군데만 이용하느라 불편이 여간한 게 아니었다. 그러나 그는 오줌보를 감싸쥐고 달려오는 술꾼들한테 열쇠를 내주는 법이 없다. 이것이 그가 세상에 대해 복수하는 유일한 방법처럼 보였다.

"이것 봐! 거긴 꽉 찼어. 왜 이 화장실을 당신 혼자 독차지하려는 거야 응! 건방지게."

꼽추는 코웃음도 치지 않았다.

"이 화장실은 건물주와의 계약에 의해 내가 독점적으로 관리할 권리가 있어. 가봐. 아무 데나 배설물을 흘리고 게워놓거나 하는 놈들한테는 문을 따줄 수가 없다구."

"돈 주면 되잖아!"

"돈 안 받고 안 열어!"

"흥, 빙신이 보자보자 하니깐 꼴값을 하고 있네! 냄새 나는 똥두간 하나 꿰차고 있는 게 그렇게 큰 자랑거리고 우세냐?"

술에 취해 그 화장실에 들어가볼 기회가 내게 한 번 있었다. 끝내 열리지 않을 것 같은 그 화장실 문이 빼꼼히 열려 있는 걸 발견한 것이다. 이게 웬일인가 싶어 술김에 살그머니 문을 당겨본 나는 눈이 휘둥그레졌다. 그곳은 화장실이 아니라 당장 이불을 깔고 누워도 손색이 없을 안방만큼 깨끗했다. 오줌을 누기 위해 그 안에 들어선 나는 갑자기 요의가 감쪽같이 사라졌고, 그 대신 뱃속의 것들이 위로 솟아올라 바닥에 무릎을 꿇고 토하기 시작했다.

욕지기가 끝날 무렵 등이 허전해 뒤를 돌아보자 문 밖에서 나를 노려보는 꼽추의 분노에 찬 얼굴이 보이고 그 순간 육중한 철문이 꽝 닫혔다. 갇힌 것이었다. 아무튼 그 안에서 갇혀 있던 몇 시간을 지금도 돌이켜 생각해보면 등골이 오싹해진다.

그런데 그 까탈스러운 꼽추도 단 한 사람, 섬 카페의 미스 정한테만은 마음을 여는 모양이었다. 그 화장실을 무시로 들락거릴 수 있는 사람이 바로 섬 카페의 여자 술고래 미스 정이었다. 그녀는 세상으로부터 상처를 받고 자기 술집을 찾아오는 사내랑 얘기를 나누며 그들의 상처를 어루만져주길 좋아했다. 그러다보니 손님보다 술을 더 마셨다. 웃음이 좀 헤프긴 하지만 내가 보기에도 더없이 속이 깊고 너른 여자였다. 꼽추는 매일매일 미스 정이 말리는데도 아랑곳없이 그녀의 구두를 공짜로 정성 들여 말끔히 닦아주는 걸 낙으로 삼았다.

아마 내가 그 꼽추라고 해도 그랬을 것이다. 왜냐하면…… 한번은 우연히도 미스 정이 그 좁은 유리벽 안에서 자신의 구두를 닦는 꼽추를 따스한 눈길로 바라보며 하는 말을 들었기 때문이다.

"⋯⋯보세요, 아저씨. 앞에 있는 그 혹을 흉측하게 생각지 마세요. 그 혹은 아저씨가 남들보다 훨씬 더 큰 사랑을 품고 있기에 그 사랑이 좁은 가슴을 밀고 솟아오른 것이라고 생각하⋯⋯"

그런데 결국은 그 화장실 때문에 큰 동티가 나고 말았다. 술에 취한 우락부락한 덩치한테 끝까지 화장실 열쇠를 주지 않겠다고 버티다가 곤죽이 되도록 얻어맞은 것이었다. 그 소식이 섬 카페에 들려오자 미스 정이 부리나케 문을 박차고 나갔고 나도 뒤를 따랐다. 얼굴이 알아볼 수 없을 정도로 일그러진 꼽추가 고통스런 신음 소리를 내며 유리관 안의 간이의자 위에 널브러져 있었다.

"어머, 세상에 이럴 수가⋯⋯"

미스 정은 수건에 물을 적셔 그의 피투성이 얼굴을 닦아주었다.

"왜 그렇게 화장실 열쇠에 집착하세요⋯⋯?"

"그건 나만의 공간이에요. 아무도 침범할 수 없다구요, 흑흑흑. 내가 꼽추라고 비웃으며 이 세상이 내게 문을 닫고 있는 한 나도 그 문을 절대 열지 않을 거라구요."

꼽추의 얼굴을 닦는 미스 정의 손길이 한결 부드러워져 있었다.

"세상이 아저씨한테 마음의 문을 열지 않았다구요? 제가 한말씀 드릴 테니 기꺼이 받아주실 수 있겠죠? 약속하실래요? 후후, 고마워요. 세상이 비록 문을 열지 않더래도 아저씨부터 먼저 마음의 빗장을 벗기세요. 우선 저기 꽁꽁 닫힌 화장실에 열쇠를 넣고 문을 활짝 열어보세요. 술에 취한 사람들이 더럽히면 어쩌냐구요? 그럴수록 그걸 깨끗이 치워내는 사람의 마음에는 또 얼마나 향긋한 내음이 날까요?"

그 뒤로 다신 화장실의 문이 닫혀 있는 걸 본 적이 없었다. 어떨 때는 술에 취해 바닥에 함부로 토하는 사람의 등을 뒤에서 토닥거려주는 꼽추의 모습을 볼 수도 있었다. 인상 쓴 표정이 떠날 줄 모르던 그의 얼굴에 환한 미소가 어리기 시작한 것도 그 무렵부터인 것 같았다.
나는 그 미소를 가리켜 꼽추의 사랑이라고 부르기로 했다.

나비꿈
—사하촌(寺下村)에서

　새해 첫날치고는 아주 고약한 날씨였다. 새벽부터 주룩주룩 내리기 시작한 빗줄기가 등산화를 신고 집을 나서려 하자 진눈깨비로 변해 머리 위로 내려앉았다. 하지만 비가 오든 눈보라가 치든 상관없이 무조건 구파발역에서 만나 북한산 백운대까지 신년 산행을 하기로 셋이서 굳게 약속을 해둔 터라 목덜미에 달린 모자를 펼쳐 뒤집어쓰고 묵묵히 걸어나왔다.

　"야 건수, 일찍 나왔네. 정초부터 날씨가 왜 이래?"

　"낸들 아냐? 시절이 하도 뒤숭숭하니깐 하늘의 심기도 불편한 모양이지."

　"등산객이 오늘은 눈을 씻고 찾아볼래야 볼 수가 없네 응. 하긴 이런 날씨에 산에 오르겠다고 나선 놈들이 제정신이 아니지 뭐. 준만이는 왜 아직 안 와?"

　"저기 가랑이 사이에서 쌍방울 소리가 나도록 뛰어오는 놈이 준만이 아냐?"

"왜 아냐!"

"미안 미안, 헉헉. 자명종이 고장이 나서 말이지 깜빡……"

"에구, 홀애비가 늦기는 또 제일 늦어요 참. 간밤에 뭘 했다구."

"왜? 독수공방 홀애비 신세로 보낸 한 해가 허무하게 가는구나 싶었을 테니 착잡한 심정에 애꿎은 베개나 끌어안고 뒹구느라 잠 한숨 제대로 못 잤겠지 뭐 낄낄."

셋은 실속 없는 우스개를 던지며 썰렁한 북한산 입구행 순환버스에 몸을 실었다.

"날씨가 이렇게 궂은데 산에 오를 수 있을까? 난 아이젠도 안 갖고 왔는데."

매서운 눈보라에 휩싸인 겨울산은 저 멀리 까마득했다. 셋 중에 산을 제일 잘 타는 준만이가 어깨를 으쓱거리며 말했다.

"까짓것 한번 도전해보는 거야."

"준만아 인마, 우린 처자식이 딸린 사람들인데 새해부터 조난이라도 당해봐."

준만이는 삼 년 전에 이혼을 하고 노모와 함께 지내는 처지였다. 홀애비라는 놀림은 그 말에 자극이 되어 하루빨리 새 짝을 찾으라는 친구들의 바람이 담긴 말이었다. 준만이도 그 속뜻을 모르진 않았다.

"사실 너희들한테만 귀띔하는 건데…… 어제 기막힌 꿈을 꾸긴 꾸었어."

"뭔데?"

"내가 나비가 되어 꽃 향기 그득한 꽃밭을 이리저리 노니는 꿈이었거든."

"야아, 나비는 남자고 꽃은 여자니깐 올해는 뭔가 새로운 인연이 닿을 꿈인데 응!"

건수가 손바닥을 가볍게 부닥치며 말했다.

"꿈이 뭐 맞으려고?"

"아냐, 예부터 우리나라 풍습에 혼자가 된 여인이 새벽녘에 마을 어귀 성황당 앞에 나가서 나비 모양의 헝겊 쪼가리를 들고 서 있으면 지나가는 사내가 나라님이든 선비든 또 천한 백정이든 가릴 것 없이 데려다가 아내로 삼아야 했다는 거 아냐? 잘됐네 뭐. 오늘 산에서 처음 만나는 여자한테 무조건 청혼을 해서 데리고 가는 거야. 어때 응, 히히!"

"야, 근데 봄나비 노닐던 꿈은 어디 가고 이거 웬 갈수록 거세지는 눈보라냐 응? 난 도저히 산에 못 오를 것 같아. 오르려면 준만이 건수 둘이서나 올라라."

"그럼 넌?"

"나? 나야 저 사하촌의 따끈따끈한 막걸리집에서 해물파 포천막걸리로 언 몸이나 녹이면서 너희들의 무사 귀환이나 맘속으로 빌어줄게 낄낄."

"뭐? 무사 귀환을 빌어? 넌 애초에 산행에 뜻이 없었던 거 아냐? 처음부터 사하촌 막걸리집에서 술이나 홀짝거릴 심산이었지?"

사하촌은 원래 절(寺) 밑(下)에 형성된 마을(村)을 일컫는 말이다. 구파발 쪽으로 북한산을 몇 번 올라본 사람이면 다 알겠지만 무량사(無量寺) 밑에서 대서문에 이르기까지 무려 이십여 채의 막걸리집이 몰려 있어 등산객의 퍼석한 다리를 불러모았는데 우리는 그 집들을 사하촌이라고 불렀다.

"야야, 말이야 바른말이지 내려올 산을 뭐 하러 이 눈보라 속에 악을 쓰며 올라가냐 응? 난 낙오다, 낙오. 그러니깐 저기 별미원 보이지? 이따가 거기로 살아서 돌아오면 내가 막걸리 한잔 거하게 내지."

"그 말 들으니깐 나도 은근히 흔들리는데……"

건수가 한마디 거들었다.

"야, 이거 거시키 달린 사내자식들이 이깟 눈보라에…… 저기 저 아가씨도 혼자서 씩씩하게 걸어가는데 말이야."

준만이가 손가락 끝으로 가리키는 쪽을 보니 정말 가냘픈 몸매의 아가씨 한 사람이 눈도 뜨기 어려운 거센 눈보라 속을 뚫고 걸어와 산 위쪽으로 향하는 것이었다. 그녀의 눈썹과 앞머리에는 눈가루가 날아와 앉아 노파처럼 허옇게 세어 보였다.

"이거 심상찮은데…… 분명히 얼마 못 가서 돌아오고 말 거야."

그러자 준만이가 돌연 몸을 돌리더니 한마디 던졌다.

"그래도 난 올라가봐야겠어."

"왜, 저 아가씨가 걱정이 되냐?"

"걱정이 되면 한번 도박을 걸어봐. 마침 저 아가씨의 파카웃 잔등을 좀 보라구. 큼직한 나비 모양이 새겨져 있잖아, 히히. 어떤 인연이 될 줄 누가 아남?"

"이런 속물들!"

준만은 일부러 화난 표정으로 뚜벅뚜벅 발걸음을 뗐고 둘은 별미원에 남아서 막걸리잔을 기울였다. 그러다가 이따금씩 걷힐 줄 모르는 눈보라를 취한 눈으로 바라보며 걱정스런 말을 풀어놓곤 했다.

"이, 이거 어떻게 된 거야 응? 둘이서 진짜 눈 속에 파묻혀 조난이라도 당한 거 아닐까? 우리가 뒤쫓아가볼까?"

"야 인마, 가긴 어딜 가? 이렇게 취해가지고 우리야말로 꼭 조난당하기 십상이지 뭘. 준만이는 가끔 산행도 하고 몸집도 좋은 놈이니까 설령 앞서간 아가씨가 일을 당해도 잘 이끌고 내려올 거야."

얼마나 시간이 흘렀을까. 둘은 졸다 깨며 막걸리를 홀짝거렸다. 그런데 갑자기 눈보라를 가로막고 있던 비닐문이 벌컥 열리면서 준만이가 들어서는 것이었다.

"야 인마, 우리가 얼마나 걱정……"

준만이는 들어서자마자 푹 고꾸라졌고 그를 어깨로 부축해서 들여놓은 바로 그 나비 무늬 파카 아가씨는 빙그레 웃으며 옷에 묻은 눈을 툭툭 털어냈다.

"아니 이게 어떻게……"

"제 뒤를 허겁지겁 쫓아오다가 샘터 근처 바위에서 미끄러져 발을 삐었죠 뭐. 어찌나 무거운지 원. 겨울산 얕보다간 큰코다쳐요. 체온을 많이 빼앗겼으니 막걸리나 한잔 먹이고 쉬었다가 천천히 내려가세요. 저도 오늘 산행은 망쳤으니 술이나 한잔 주시든지……"

남아 있던 둘은 입을 딱 벌렸다. 뭔가 거꾸로 되도 한참 거꾸로 된 거 아닌가 싶었다. 식탁을 잡고 일어나 간신히 몸을 추스른 준만이가 양미간을 찡그리며 혀로 입가의 핏자국을 핥았다. 하지만 비교적 환한 표정으로 말했다.

"첨엔 여차하면 보호해줄 생각이었는데 어찌나 다람쥐처럼 산을 잘 타던지…… 알고 보니 여성 전문 산악인 출신이래…… 왠지 신년 나비꿈이 맞을 것 같기도 하고…… 아흐 발목 쑤셔."

떠도는 자의 편지

    며칠 전 적당히 한잔 걸치고 들어오던 퇴근길이었다. 서울과는 달리 그런대로 청한 별빛이 알알이 박힌 신도시의 밤하늘을 애써 바라보며 늘어진 어깨를 추스르며 걷고 있었다.

    갈수록 깊어지는 불황의 늪 위로 감원의 그늘이 어른거리는데다 뒤숭숭한 시국까지 겹쳐 마음이 무거운 판이니 발걸음인들 가벼울 리가 없었다. 아파트 현관 앞을 지키고 있는 경비실에 환히 켜진 불빛을 보자 움츠러들었던 가슴이 조금 펴지는 듯했다.

    "추운데 밤늦게 수고 많으십니다."

    "아이구 좀 늦으셨습니다."

    귀밑털이 허옇게 센 경비원 박씨아저씨와 가볍게 인사를 나누며 아파트 현관문을 열고 들어서는데 평소와는 달리 오른쪽에 있는 우편함 쪽으로 고개가 돌아갔다. 우편물 수거는 마누라의 소임인지라 그 동안 한 번도 우편함을 챙겨본 적이 없어 사실 우리집 우편함이 어느 자리에 있는지도 잘 모르고 있었다. 하지만 그날따라 내 눈길은 신통하게도 우리집 우편함 번호인 705를 대번에 찾아내었다.

—어? 뭐가 있는데!

우편함 속에 손을 집어넣어 그 뭔가를 꺼내 눈앞에 들이댄 나는 적이 놀라지 않을 수 없었다. 밀로의 비너스 조각상이 새겨진 그림엽서였다. 엽서를 띄운 발신인 이름을 확인하는 순간 나는 술이 확 깨는 듯한 느낌을 받았다. 신수희였다! 신수희! 허겁지겁 엽서에 씌어진 글을 몇 줄 읽어내리면서 나는 안도감도 아니고 실망감도 아닌 묘한 한숨을 깊이 내쉬었다. 이미 칠 년 전에 부쳐온 엽서였다.

……90년 8월 7일 파리

이곳에 머문 지 어느덧 일 년이 다 돼갑니다. 우선 엊그제서야 비로소 상현씨가 결혼을 했다는 소식을 듣게 되었습니다. 축하! 진심으로 축하를 드립니다.

그르노블에서 사흘을 머문 뒤 지금은 폴 발레리가 묻힌 세트 해변으로 달리는 기차간에서 이 글을 끼적거립니다. 잔뜩 찌푸렸던 하늘에서 부슬비가 내리는군요. 그 부슬비가 지중해의 막막한 수평선을 바라보고 누운 해변의 묘지의 수많은 십자가들 모습을 더욱 보고 싶게 만듭니다. 왜 거기를 가냐고 누가 묻더군요. 달리 이유는 없습니다. 다만…… 어떤 오랜 기다림 같은 게 저를 그 해변의 묘지로 이끄는 것 같습니다……

디자이너 신수희, 그녀는 당시 나와 결혼을 약속한 애인 사이였지만 말도 없이 훌쩍 내 곁을 떠나버려 내게 적잖은 정신적 충격을 준 장본인이었다. 그 충격을 나는 이제는 수진이엄마라고 불리는 지금의 아내와 서둘러 결혼함으로써 극복할 수밖에 없었다.

한데 왜 칠 년 전의 엽서가 지금에사 떠돌아다닌단 말인가? 그 엽서를 끝으로 그녀와 연락이 끊긴 나로서는 몹시 황당한 기분에 사로잡히고 말았다. 누군가가 농간을 치는 걸까……

나는 돌아서서 경비실에 대고 물어보았다.

"아저씨 뭐 하나 여쭤볼게요."

"그러시죠."

"오늘 우체부 아저씨가 다녀갔나요?"

"아마 그럴 겁니다. 매일 오후 두시쯤이면 왔다 가니까요. 뭐 우편물에 이상이라도 생겼나요? 오늘 낮근무인 황씨가 사정을 저보다는 잘 알 텐데."

"아 예, 그런 건 아니고요…… 잘 알겠습니다. 수고하세요."

집 앞에서 벨을 누르자 나를 기다리다 지쳐 잠이 들었는지 부스스한 눈매를 한 아내가 문을 열어주며 잠옷 차림으로 어색하게 웃고 서 있었다.

"저녁은요?"

"먹었어. 수진이는 자나?"

"오늘 유치원 그림 대회서 상장 받았다고 좋아서 말이죠, 아버지 오면 자랑하겠다고 상장을 끼고 있더니 가슴에 품고 잠이 들었어요."

"그래? 근데 나한테 뭐 온 거 없어?"

나는 은근슬쩍 아내를 떠보았다.

"뭐가요? 없는 거 같던데요."

"으응, 친구가 뭘 보낸다고 했는데 늦어지는 모양이네."

나는 속으로 '허, 이거 참 귀신이 곡할 노릇일세!' 하며 혀를 끌끌 찼다. 결혼을 앞둔 애인을 버리고 외국으로 도피를 해버린 젊은 여자가 세트라는 곳에 있는 해변의 묘지를 찾아간다. 그 길목에서 허무주의적 심정을 담아 이미 결혼한 옛 애인한테 부친 엽서가 뜬금없이 재

등장한 배경이 못내 궁금해 그날 밤 나는 잠을 제대로 이룰 수가 없었다.

"아 참, 황씨아저씨가 엊그제 낮근무를 하셨다죠?"

나는 이틀 뒤 황씨아저씨를 만나는 자리에서 물어보았다.

"예, 맞습죠."

"아 예, 그러세요. 뭐 하나 여쭤볼려구요. 저 그때 혹시 우체부 아저씨가 우리집 705호 우편함에 우편물 넣고 가는 걸 보신 적이 있나요?"

"우편물이요? 이거 기억이 쉽진 않은데…… 아, 그날은 모두들 나서서 재활용품 분리 수거하는 날이라서 기억이 나요. 그땐 우리 동에 소포 하나밖에 두고 간 게 없었는데…… 가설라므네 705호라…… 으응 알았다 알았어!"

"뭐가요?"

"엽서 하나 들어 있었지?"

"예! 바로 그겁니다."

"그건 우체부가 넣고 간 게 아니라 댁 애기엄마가 재활용으로 신문지하고 종이 뭉치하고 잔뜩 매가지고 나왔는데, 나중에 보니깐 엽서를 한 장 흘렸더라구. 보니깐 박상현이라고 써 있잖우? 그거……"

"예, 바로 제 이름인데요."

"그래서 내가 그 엽서를 주워서 댁 우편함에 넣어둔 게지."

"아 예……"

그만하면 경위는 명료하게 밝혀진 셈이었다. 나중에 아내에게 재활용으로 내간 종이 뭉치에 대해 넌지시 물어보았다.

"어휴, 당신 책상 서랍 속에 케케묵은 종이짝들이 어찌나 지저분하게 들어 있던지…… 아예 서랍을 통째로 뒤집어서 털어가지곤 묶어 내갔어요. 근데 거기에 중요한 서류라도 있었나요?"

"아니 없어. 중요한 서류는 뭐……"

그러나 그것으로 끝날 일이 아닌 것 같다는 생각이 갈수록 부쩍 커갔다. 아내에 대한 미안함 같은 게 느껴져서 그런 모양이었다. 오늘도 퇴근 시간을 넘겨 자리를 지키던 나는 무의식중에 만년필을 뽑아들고 백지 위에 모처럼 만에 아내의 이름을 적었다.

경숙이! 결혼한 지 칠 년 만에 처음으로 사랑하는 당신에게 먼저 고맙다는 쑥스러운 인사말부터 전하리다……

그러면서 나는 이 편지가 결코 임자 없이 떠돌게 하지 않고 당일로 전해주리라 굳게 맘먹고 있었다.

심야의 노크 소리

"여보, 또 문 두드리는 소리가 나면 어떡해요?"

거실 벽에 걸어놓은 뻐꾸기 시계가 자정을 알리는 열두 번의 울음 소리를 토해내었다. 이부자리 위에 앉아 있던 아내는 내게 바짝 다가 와 어깨를 파르르 떨었다.

"당신 신경과민이야. 별일 없을 거라구."

신문을 펼쳐들고 있던 나는 몸을 돌려 얇은 잠옷이 흘러내릴 듯 걸 쳐 있는 아내의 어깨를 살포시 끌어안았다. 방금 전에 막 샤워를 끝내 고 나온 아내의 몸은 서늘했다.

"겁이 나요."

"에헤 이 사람도 차암, 문단속은 잘 했지?"

"문단속만 잘 하면 무슨 소용이 있냐구요."

아내는 갑자기 내 가슴을 밀치더니 앵돌아진 사람처럼 등을 돌리 고 앉았다. 나도 별 뾰족한 수가 없다는 듯 깊은 한숨을 내쉬었다.

"애는 자기 방에서 깊은 잠에 빠져 있겠지?"

"낮에 놀이터에서 애들끼리 어울려 뛰어노느라 고단했는지 제법 코를 골면서 자는 것 같기는 한데……"

아내의 얼굴에서는 초조한 기색이 걷히지 않았다. 그때 삘릴릴리릭 자지러질 듯 울린 전화벨 소리에 화들짝 놀란 아내가 개구리처럼 폴짝 내 품안으로 달려들었다.

"여, 여보세요!"

내 목소리는 떨리고 있었다.

"저예요, 형부. 왜 그렇게 놀라세요? 무슨 일 있으세요?"

목소리의 임자는 결혼을 한 달 앞둔 처제였다.

"놀라긴 뭐…… 요즘 바쁘지? 언니 바꿔줄까?"

"예, 내일쯤 남대문시장에 들러서 크리스탈 세트 좀 둘러보려구요."

"그래, 그래……"

아내는 무조건 응응거리며 다음날 약속에 건성으로 응해버렸다.

"전화 좀 자상하게 받지 그랬어? 처제 혼수 준비에 관한 건데."

"……"

"어때? 냉장고에 있는 맥주로 딱 한 잔 할까? 가볍게 한잔하고 긴장을 푸는 것도 괜찮을 거야."

"됐어요."

엉거주춤 일어서려던 나는 다시 주저앉았다. 두 달 전 평수를 늘린 새 아파트로 이사를 올 때부터 아내는 느낌이 좋지 않다고 했다. 일 년이 채 되지 않은 깨끗한 벽지가 우중충하다며 생돈을 깨가며 굳이 도배를 새로 했다. 평소 천원짜리 한 장도 허투루 쓰지 않는 아내가 그런 파격적 행동을 하는 데는 다 까닭이 있었다. 왜냐하면 그 아파트 전 주인의 젊은 딸이 지독한 실연을 당한 끝에 거실에서 목을 매 죽었다는 풍문이 떠돌고 있었기 때문이었다. 그 풍문 때문인지 아닌지는 몰라도 아무튼 급매물로 내놓은 그 아파트를 시세보다 훨씬 싸게 살 수는 있었다. 물론 아내는 그 풍문을 단단히 믿는 기색이 역력했다.

"여보, 우리집 잘못 산 거 아녜요? 여자가 한을 품으면 오뉴월에 서리가 내린다는데 그렇게 원한을 품고 죽은 여자의 원귀가 쉽사리 이 아파트를 떠날 리가 있겠어요?"

그럴 때마다 나는 아내를 다그쳐 입을 막았다.

"뭔 객쩍은 소리야 이 사람아! 아뭇소리 하지 말아!"

우리 부부 사이에 잠시 어색한 침묵이 흐르는 중에 밖의 거실에서 부스럭부스럭 옷자락 스치는 소리가 나면서 희미한 발짝 소리가 들리기 시작했다.

아내의 아랫입술에 윗니가 깊숙이 박혔다. 발짝 소리는 점점 더 안방 쪽으로 가까이 다가오고 있었다. 잠깐 머뭇거리는 듯하더니 이윽고 노크 소리가 울렸다. 아내가 히스테리컬하게 변한 표정으로 베개를 들어 문 쪽으로 번쩍 던지며 자리를 박차고 일어났다.

"정말 못 참겠어!"

아내가 벌컥 열어제친 문 앞에는 드레스 잠옷을 입은 여섯 살배기 딸애가 베개를 끌어안은 채 서 있었다.

"엄마, 혼자 자기 무서워! 같이 자!"

"으이그 이 애물단지야? 너 나이가 몇 살인데 아직 혼자서 못 자고 허구한 날 열두시 종만 땡 치면 그렇게 몽유병 환자처럼 반짝 깨어가지고 엄마 아빠를 못살게 구니 응? 하루 이틀도 아니고 속 터진다 속 터져!"

나는 아내의 고함 소리를 들으며 머리맡에 있는 담뱃갑을 더듬어 아무 말 없이 베란다로 나왔다. 오늘 같은 토요일은 아내와 내가 정기적으로 사랑을 나누는, 즉 디데이였다. 그런데 새 아파트로 이사 와

제 방이 생겼지만 혼자 자는 데 익숙지 않은 딸애가 걸핏하면 베개를 끌어안고 안방으로 쳐들어오는 바람에 결정적인 순간에 번번이 산통이 깨지곤 했다.

"여보, 무작정 꾸지람만 할 게 아니라, 애가 혼자 자는 데 익숙해질 때까지 앞으로 몇 달쯤은 당분간 게릴라식으로 사랑을 나누더라도 우리가 차분히 기다립시다."

새록새록 잠든 아이를 사이에 두고 누운 우리는 아이의 이마 너머로 두 손을 맞잡았다.

"그래, 새집도 장만했는데 사랑의 방식에도 변화가 있어야지……
허허."

메밀묵 써는 소리

"어허 날 맵다, 매워. 보쇼 주인장, 여기 뜨끈한 국수 하나 후딱 말 아주쇼."

포장마차 휘장을 떠들치고 들어온 사내가 마주 비비던 두 손에 입김을 쏘였다. 주인이 어묵 국물통의 뚜껑을 열어제치자 알전구 주변으로 뿌연 김이 송이버섯 모양 솟아올랐다.

"아니, 오늘따라 어떻게 사람이 한 마리도 없어? 다들 추우니까 따끈한 구들장에서 마누라 엉덩짝이나 두들기러 일찌감치 기어들어갔남?"

사내는 텁수룩한 코밑수염으로 흐른 콧물을 손등으로 훔쳐내 청색 작업복 잠바에 닦았다.

"크으, 형씨 눈엔 여긴 사람두 아니우?"

구석빼기에 잠자코 앉아 소주잔을 기울이던 남자가 닭똥집을 질경질경 씹고 있다가 코밑수염의 말을 받았다. 털벙거지를 귀밑까지 바짝 잡아당겨 쓴 그 사내는 덩치가 좋아 보였다.

"하이고 무신 말씀을. 형씨한테 헌 소리가 아니요 헤헤."

"한잔 받으슈."

"이거 말동무가 없어 심심하던 차에 잘됐시다. 주인장 여기 소주 한 병 더 갖다 주쇼. 까짓것 계산은 내가 할 테니."

코밑수염은 일부러 너스레를 떨며 털벙거지 옆으로 착 달라붙었는데 그 형상이 마치 나무에 붙은 매미 꼴이었다. 털벙거지가 잔을 건네며 한마디 던졌다.

"아까 함바집 앞에서 보니 형씨도 기세가 대단합디다. 이만한 체수 어디에서 그런 강단이 나오슈?"

"댁두 보셨남? 차암, 개아들 같은 놈들이 어디 떼먹을 돈이 없어서 나 같은 개털 인생들 날품 판 돈을 넘보슈 넘보긴."

"그래 품삯을 제때 안 내놓으면 진짜 그 빠루(노루발못뽑이)로 대머리 십장을 때려눕힐 심산이었소?"

"그러기야 허겠소…… 근데 그렇게 깡이라도 안 피우면 이 판에서는 완전히 호구로 몰리니깐 본때를 보이려면 그 정도는 해둬야지. 하지만 내년 봄에는 진짜 이 산동네에 재개발 공사판이 크게 벌어질 텐데 몸은 사려야죠. 다만 세밀 추위가 살을 저미는데 에미도 없이 썰렁한 방구들에 널려 있는 애새끼랑 겨울을 나려다보니……"

"가옥 철거는 거진 끝났나보우다? 저 꼭대기 돌산노인정 근방은 어떻수?"

"거긴 내가 사는 쪽인데 아직 멀쩡해요. 아래서부터 짓쳐 올라가니 겨울은 지나야 꼭대기까지 얼추 다 끝나리다 아마."

털벙거지가 고개를 끄덕였다. 두 사내는 서로를 한번 힐끗 쳐다본 다음 잔 뒤집기에 속도를 붙여나갔다. 코밑수염이 취기가 올라 몸이 좀 풀리는지 어깨를 펴며 물었다.

"형씨 얼굴이 왠지 익은 것 같은데. 이 동넨 처음이오?"

"익긴 뭘, 나 같은 얼굴이야 쌨지……"

"연장 가방이 꽤 두툼한 걸 보니 기술이 좋은 모양이외다."

코밑수염이 의자 밑에 놓인 털벙거지의 낡은 연장 가방을 발끝으로 톡 건드렸다.

"기술은 몇 가지 갖고 나왔지만 어디 붙어먹을 데가 마땅찮아서."

"갖고 나오다니? 아무튼 부럽시다. 우린 당최 기술이 없어놔서 몸으로 때우다보니 허구한 날 이 모양 이꼴이죠. 근데 어디서 놀던 양반인데 그렇게 기술이 여럿이오? 그렇게 친절히 가르쳐주는 데라도 알고 있는 게요?"

"친절? 껄껄, 한 십 년 머물다보면 저절로 가르쳐주는 데가 있시다."

코밑수염은 그저 고개를 주억거렸다. 먼 데서 개 짖는 소리가 크게 들려왔다. 두 사내가 번갈아 소주를 시킬 때마다 자울자울 졸던 주인이 고개를 쳐들며 깜짝 놀라는 시늉을 했다.

"형씨 이젠 나갑시다."

털벙거지가 자리를 털고 일어나자 포장마차의 천장이 머리에 닿았다. 따라 일어서는 코밑수염이 의자에 걸리는 바람에 비척거리자 털벙거지가 그를 감싸 안았다.

"어디로 가슈?"

둘은 약속이나 한 듯이 서로의 진로를 물으며 전봇대 밑에서 다리를 벌린 채 바지춤을 까내렸다.

"한 가지 물어봅시다. 혹시 이번 겨울 들어 메밀묵 먹어봤소?"

"메밀묵? 끄으윽— 좋지, 좋아."

오줌을 다 누고 난 털벙거지는 한 손으로 코밑수염을 부축하며 다시 재촉했다.

"메밀묵은 먹어봤나니깐?"

"올 겨울은 먹어보질 못했는데. 형씨 갑자기 메밀묵이 먹고 싶소?"

털벙거지의 얼굴이 갑자기 어두워졌다.

"그렇소. 혹시 욕 잘하는 떼떼할머니를 아시오?"

"떼떼할머니? 알고말고! 이웃이라니까."

허물어진 벽돌 더미 사이로 난 등성이 길을 올라가느라 두 사내의 입에서 굵은 김이 뿜어져나왔다.

"형씨! 사실은 오늘 난 우리 어머니한테 듣던 욕이 그리워 찾아가는 길이오."

털벙거지의 목소리가 덩치에 어울리지 않게 떨려 나왔다.

"그럼 댁이 할머니가 평소 말씀하시던……"

"솔직히 털어놓겠소. 난 십 년간 큰집 생활을 마치고 어머니 뵈올 낯이 없어 일부러 삼 년 동안 객지를 떠돌다가 돌아오는 길이오. 동네가 재개발로 없어진다는 소식을 듣고 이번이 어머니 곁으로 갈 마지막 기회다 싶어서. 그 동안 메밀묵 장사로 연명하신다는 소문은 들었는데……"

"떼떼할머니는……"

"관두쇼, 내 눈으로 직접 확인할 테니. 아직도 이 세상 분인지 아닌지, 또 이곳에 그대로 살고 계신지 어쩐지. 삼 년 전 출소할 때쯤 마지막으로 면회를 온 어머니가 그러셨다오. 네가 나오면 이 에미가 한 그릇 푸짐하게 메밀묵을 썰어줄 테니 에미 아들끼리 오랜만에 그걸 먹으며 오순도순 얘기꽃을 피워보자고. 그러셨는데……"

느꺼운 감정 때문인지 털벙거지의 목이 반쯤 잠기었다. 코밑수염은 아무 말이 없었다. 그사이에 둘은 벌써 돌산노인정 골목길 어귀로 들어서고 있었다. 털벙거지는 감회에 젖은 눈길로 몇 집 건너 자기 집을 바라보았다. 그러나 불 꺼진 창가는 어두웠다. 그는 어머니 하고 부르며 쪽문을 열어제칠 용기가 몸에서 빠져나가는 느낌을 받았다.

축 처진 어깨로 뒤돌아서는 자신의 팔을 붙잡는 코밑수염의 손길을 뿌리치는 순간 털벙거지는 나무도마 위를 경쾌하게 달리는 칼질 소리를 들었다. 탁탁탁 툭툭툭. 두말할 것도 없이 메밀묵을 써는 소리였다. 털벙거지는 연장 가방을 힘껏 끌어안은 채 제자리에 얼어붙었다.

"형씨 들어갑시다. 나도 우리 애한테 갖다 줄 메밀묵 좀 한 덩이 사야겠으니."

코밑수염이 털벙거지의 팔짱을 끼고 잡아끄는 순간 기다렸다는 듯이 어머니의 작은 방 창문에 환한 불이 켜졌다.

하루에 네 번 죽은 남자

"영업은 곧 전쟁입니다. 대자연 속에서 팀워크를 형성해 단결심과 불굴의 투지 및 생존 전략을 키움으로써 이 무한 경쟁 시대에서 살아남는 법을 스스로 터득하길 바라 마지않습니다."

전무이사가 첫날부터 직접 나서서 이렇게 말하며 특별 연수로 마련된 나흘간의 서바이벌 게임을 총괄 지휘했다. 하지만 그때까지만 해도 입사 십삼년차인 영업부 이차만 과장은 물론 모두 다 한결같이 느긋한 마음이었다.

"난 극기 훈련이라고 해서 이젠 죽었다 싶었는데 이건 동심으로 돌아가 게임이나 하며 즐기라는 것이군, 하하."

"맞아. 그러잖아도 답답한 사무실에서 찌든 생활을 해왔는데 모처럼 공기 좋은 곳에서 휴양 한번 잘하게 됐지 뭐야!"

하지만 그건 오판이었다. 안구 보호용 고글과 얼룩무늬 군복 군화는 물론이고, 볼펜이나 공책 대신 실물과 똑같은 권총, 반자동 저격

용 M16-A1, FA-MAS 소총에다 페인트가 든 직경 육 밀리미터 플라스틱 총탄까지 지급받고 나니 비로소 사람들의 얼굴에 긴장감이 흘렀다.

"게임에 앞서 몸을 풀기 위해 피티체조를 시작하겠슴다. 자, 피티체조 일번 준비! 어허 이거 복창 소리 봐라! 아침 굶었습니까?"

왕년에 군대에서 유격을 받을 때처럼 빨간 모자에다 조교 복장을 한 젊은 진행요원은 나이고 직급이고 따지지 않고 가차없이 대하는 것이었다.

"십번 올빼미 동작 봐라!"

가슴팍에 십번 올빼미 명찰을 단 이차만 과장은 정말 무릎이 얼얼하고 팔꿈치가 닳아빠지는 아픔을 감수하며 죽어라 뛰어다녔다. 그럴 수밖에 없는 것이 각 체크 포인트마다 교관들이 지키고 서서 몸에 맞은 플라스틱 총탄에서 새어나온 페인트 자국이나 수류탄, 지뢰 폭발 여부로 각각 낙오, 경상, 중상, 전사 등의 판정을 내렸다.

그런데 그 판정이 고스란히 인사고과에 반영된다고 했다. 그리고 하루 네 번의 코스 모두에서 살아남지 못하고 전사 판정을 받은 사람은 사장의 특별 명령으로 해고될지도 모른다는 풍문이 연수에 참가한 사원들 사이에 그럴듯하게 나돌았다. 동기들은 벌써 차장급이었지만 오 년째 진급 인사에서 물을 먹고 있는 이차만 과장은 아연 긴장하지 않을 수 없었다.

"과장님 오늘 벌써 몇 번 죽었지요?"

이과장이 속한 3분대의 분대장 표정길 대리가 물었다. 그는 방위 출신인 이과장과는 달리 특전사 출신답게 아직까지 부상은커녕 생채기 하나 입지 않았다.

"헉헉, 젠장 운이 없어서 벌써 세 번이나 죽었어."

"세 번이요? 그럼 여기 지뢰밭을 통과하지 못하면……"

"또 한 번만 죽으면 이거지……"

이차만 과장은 시무룩한 표정으로 왼손으로 자신의 목을 자르는 시늉을 했다. 3분대 앞에는 그날의 마지막 코스인 지뢰밭이 펼쳐져 있었다. 지뢰밭은 각개 약진이어서 표대리의 뒤를 살금살금 쫓아갈 수도 없었다. 표대리는 몇 가지 요령을 알려주었다.

"첫째, 사람이나 짐승의 발자국이 있는 곳은 믿을 만합니다. 지뢰가 묻혔다고 의심되는 곳은 돌 같은 것을 미리 던져 확인한 다음 통과하세요. 무엇보다 자신을 가지세요……"

그러나 이과장은 전혀 자신을 가질 수 없었다. 일단계 침투 전 코스에서 낮은 포복을 하지 않는 바람에 상대편 매복조의 기습 사격을 가슴에 받아 교관으로부터 '전사' 판정을 받았다. 이단계 '전멸전' 코스에서는 적 참호 앞까지 포복으로 잘 접근했지만 크레모어가 터지는 바람에 또 '폭사' 판정을 받았다. 그리고 바로 '기밀 탈취전' 코스에선 적의 기밀함을 몰래 빼내오는 데까지는 성공했지만 비밀번호를 대지 않고 뚜껑을 열었다가 시한폭탄이 터지는 바람에 또 '전사'……

지뢰밭에 들어선 이과장은 잔뜩 긴장한 눈빛으로 전방 좌우를 살폈다. 한 발 한 발 내딛는 다리가 후들후들 떨렸다. 머릿속에는 '이곳에서의 전사가 곧 조직에서의 전사라는 긴장감을 갖고 최선을 다하길 바랍니다' 하는 전무이사의 카랑카랑한 목소리가 윙윙 울렸다. 그러자 발 내딛는 곳마다 지뢰가 우글거리는 느낌이 들어 더이상 한 발짝도 떼기 어려웠다. 그러나 마냥 그러고 있을 수만도 없었다. 제한 시간 안에 통과하지 못하면 실격 판정을 받아 '전사'에 해당하는 벌점이 나오기 때문이다.

믿는 것은 오직 지난밤 꿈에 본 흰 토끼뿐이었다. 그는 꿈속에서 지뢰밭을 기던 다른 동료가 다 죽을 때도 어디선가 나타난 토끼의 뒤를 쫓아가는 바람에 살아남을 수 있었다.

—아이구 토끼야, 너라도 어서 나오너라!

그런데 이게 꿈인지 생시인지, 혈압이 올라 가슴이 두근두근, 등허리에 진땀이 촉촉이 배이던 그의 눈앞에 정말 허연 물체가 희끗거리는 것이었다. 그 허연 물체는 어느덧 흰 토끼가 되어 깡충깡충 지뢰밭을 가로질렀다. 그는 흰 토끼를 향해 이를 악물고 마구 내닫기 시작했다. 하느님이 보우하사…… 그때였다.

"십번 올빼미 장렬히 전사!"

발 밑에서 터진 모의 지뢰의 메케한 연기가 이과장의 코끝을 찔렀다.

"어이쿠 이놈의 토끼가!"

이과장은 맥이 풀려 그 자리에 풀썩 주저앉으며 원망스런 눈길로 토끼를 바라보았다. 그런데 그의 눈앞에는 토끼 대신 나뭇가지 끝에 걸린 어느 산악회의 이름이 적힌 허연 천 쪼가리가 바람에 펄럭이고 있었다.

불나방과 하루살이

"얘, 너 어딜 가니?"

늦가을의 별빛이 스미는 창문 틈새를 간신히 비집고 들어오느라 생채기가 난 날개를 쓰다듬던 불나방에게 누군가 말을 걸었습니다. 뒤를 돌아다보니 하루살이와 파리였습니다.

"난 불을 찾아 여기로 날아들었어. 근데 너희들 거기서 뭐 하니?"

자세히 보니 그들은 천장에 길다랗게 매달린 끈끈이띠에 붙어 옴쭉달싹 못 하는 처지였지요.

"보면 모르니? 우리는 지금 만찬을 즐기고 있다구."

"아름다운 향기와 입에 쩍쩍 달라붙는 즙이 얼마든지 흐르고 있잖니. 너도 몹시 허기가 진 표정인데 이리 가까이 와서 맛 좀 보렴."

그러나 불나방은 고개를 내저었습니다.

"난 싫어. 너희들이 먹고 있는 만찬은 가짜야. 사람들이 너희들을 잡기 위해 가짜 꿀냄새가 나는 아교를 발라놓았다구. 너희는 그 유혹을 이기지 못하고 깜빡 속은 것일 뿐이야."

"흥, 속았다고?"

입가에 끈끈한 아교를 잔뜩 묻힌 파리가 코웃음을 쳤습니다.

"유혹을 이기지 못했다고? 그런 너는? 넌 저 휘황찬란한 촛불의 유혹을 이기지 못해 여기로 날아든 게 아니냐구?"

"그건 사실이야."

불나방이 시인을 하자 더욱 기세가 오른 파리가 다그쳤지요.

"우리가 인간한테 잡혀 죽는 모습을 네가 보게 될 확률보다 불에 뛰어들어 날개와 살이 타서 죽는 너의 꼬락서니를 우리가 먼저 구경하게 될 확률이 훨씬 높을걸? 안 그러니 하루살이야?"

"글쎄 난 장담하기 어려워. 오늘 밤 자정 이후에 일어날 일에 대해서는 뭐라고 잘라 말할 수 없기 때문이야. 왜냐하면 너희들도 알다시피 난 하루살이 아냐? 자정을 넘길 수 없을 거야."

"그러니깐 넌 선택을 잘한 거야. 자정이면 땡칠 목숨, 피곤하게 날갯짓하며 하루 종일 푸드덕거려봤자 제대로 얻어먹기라도 하냐 이거야. 차라리 이렇게 한 상 떡 벌어진 끈끈이띠에 달라붙어 곧 죽을 때까지 호의호식하는 게 장땡이지 뭐. 하지만 사실 너보다 며칠은 너끈히 더 살 수 있는 난 약간 억울한데 이거."

그 말을 들은 하루살이는 좀 우울해졌습니다. 그래서 창문턱에서 휴식을 마치고 막 날아오르려는 불나방을 붙잡고 물어보았습니다.

"불나방아, 너는 하루살이에 불과한 나나 파리보다도 훨씬 오래 살잖아."

"그렇다고 할 수도 있지."

"그런데 왜 스스로 뜨거운 불꽃에 몸을 함부로 던지려 하는 거지? 그건 너무 끔찍하잖아? 차라리 우리처럼 향기와 단물이 흐르는 끈끈이띠에 발을 붙이고 한나절이나마 잘 지내다 사라지는 게 오히려 낫지 않을까? 누가 너에게 그 일을 시켰니?"

불나방은 잠시 눈을 지그시 감았다가 떴습니다.

"아무도 내게 불 속으로 뛰어들라고 강요하진 않았어."

"그럼 도대체 무슨 까닭이야?"

"그건 말로 설명할 순 없어. 느낌이 중요해."

"무슨 느낌?"

"말하자면 자유 같은 거겠지. 찬찬히 돌이켜 생각해봐. 우리는 그 동안 항상 허기를 느끼는 빈 위장과 단물을 쪽쪽 빠는 데 이골이 난 혀의 노예로만 살아왔어."

하루살이는 고개를 갸웃거렸습니다.

"그거야 당연한 것 아냐?"

"물론 당연하다고 할 수도 있어. 하지만 그렇게 사느라고 우리가 치른 엄청난 대가들을 생각해봐. 어느 구석인지 입을 벌리고 있을 음 흉한 거미들의 보이지 않는 죽음의 그물망을 염려하느라 몸을 움츠 려야 했어. 또 공포스런 사마귀의 턱이나 새들의 단단한 부리에 우리 의 연약한 머리통이 깨질까 걱정하느라 숨도 제대로 못 쉬었어."

"그건 그래……"

하루살이는 고개를 끄덕였습니다.

"하지만 저렇게 일렁거리며 현란한 춤을 추는 불꽃을 한번 보라구. 얼마나 아름답고 자유스러워. 곤충 주제에 무슨 아름다움이고 자유 를 찾냐고 비웃을 수는 있어. 그러나 그것은 그렇게 생각하는 쪽의 오 만이고 편견일 뿐이야. 자기 나름대로의 아름다움에 반하고 그런 것 을 추구할 권리는 결코 어느 한쪽에서 배타적으로 소유할 수가 없을 걸. 우리 모두의 권리야. 오오, 저 춤추는 아름다운 불꽃!"

"하지만 날개가 타고 몸에 화상을 입으면 고통스럽잖아? 난 무서 워."

"아마 고통 없는 아름다움이란 이 세상에 없을 거야. 그리고 우린 어차피 자연의 순환이라는 법칙에 곧 순종해야 할 운명이야. 난 아무도 모르는 곳에 이미 다음 대를 이어갈 나의 사랑스런 알들도 까놓았어. 그럼 안녕!"

불나방은 일렁이는 촛불 위를 서너 차례 돈 다음 온 힘을 다해 몸을 던졌답니다. 그 순간 하루살이도 몸 속에서 어떤 뜨거운 기운이 솟는 느낌을 받으며 눈을 질끈 감았지만 다시는 뜨지 못했습니다. 왜냐하면 그때가 거의 자정 무렵이었기 때문입니다.

"힝, 그 불나방 잘난 척 한번 드럽게 하더니 결국 저꼴이 되고 마는군. 이승의 진흙탕이면 어때! 하루라도 더 구르는 놈이 장땡이지 뭐."

열심히 아교풀을 빨아먹던 파리가 한마디 던지고는 계속 혓바닥을 낼름거렸지요. 물론 한 사람이 다가와 파리를 처리하기 위해 가위로 끈끈이띠를 막 자르려 하는 것은 미처 보지 못한 채 말입니다.

지금은 처리중

　기획부에서 전 사원을 대상으로 돌린 설문지를 거둬보니 두부를 단칼로 가른 듯이 의견이 나눠졌다. 남자 사원은 모두 찬성인 반면 여자 사원들은 한결같이 반대라고 적었다. 반대도 그냥 반대가 아니었다. '절대 반대' '결사 반대' 등을 어찌나 볼펜에 힘주어 썼던지 설문지에 구멍이 뚫릴 정도였다.

　어떤 내용의 설문 조사였기에 그런 결과가 나왔을까? 설문지 문항은 딱 하나였다.

　―현재 남자, 여자로 나눠져 있는 화장실을 하나로 통합하고 남는 공간을 활용하여 비용 절감을 꾀하고자 하는 데 대한 귀하의 의견을 찬성, 반대로 밝혀주시기 바랍니다.

　"어머, 언니 도대체 어떤 작자가 그런 유치하고 치사한 발상을 내놓은 거야?"

　여사원 휴게실이나 갱의실(更衣室) 등에는 삼삼오오 모일 때마다 남녀 통합 화장실 운영을 제안한 이에 대한 성토의 목소리가 드높았다.

"기획부라면 여우 같은 홍실장이지 누구겠어? 근데 암만 불경기라서 비용 절감의 목소리가 힘을 얻을 때지만 이건 너무하잖아!"

"맞아. 어떻게 남자들이랑 화장실을 같이 써. 생각만 해도 불쾌하고도 불결해."

"맨날 담배나 피워대고 가래침이나 캑캑 뱉으면서 말이야. 게다가 얼마나 힐끔힐끔 곁눈질들을 하겠어 응? 괜히 화장실에 들어와서 이 소리 저 소리 귀 기울이면서 온갖 끔찍한 상상이나 즐길 남자들이 어디 한둘이겠어?"

"누가 아니래니? 뻔하다구. 이거 어떻게 돌아가는 회사꼴이야 에잉."

그런데 여사원들의 강력한 반대에도 불구하고 통합 화장실 운영건은 급기야 정식 통과가 될 모양이었다. 애초 발의를 한 기획부에서 나온 설명은 간단했다. 남자, 여자의 의견이 서로 백 퍼센트 갈라진 것은 사실이지만 어쨌든 남자 사원의 숫자가 많은 만큼 찬성표가 더 나온 쪽의 의견을 따르는 게 순리라는 논리였다.

회사 안이 이 문제로 시끌벅적하자 사장의 직접 지시로 남녀 동수로 참가하는 화장실 대토론회를 열어 그 결정에 따른다는 방침이 세워졌다.

"우리나라는 헌법에도 나와 있듯이 민주주의 국가입니다. 그러니깐 다수결의 원칙에 따라야 하는 것 아닙니까?"

"이건 다수결의 원칙 이전의 문제입니다. 우리 여성들이 편하고 안전하게 생리 현상을 해결할 수 있도록 독자적인 공간이 확보돼야 하는 것은 기본 복지에 관한 문제라는 걸 유념해주세요."

"지금 기본 복지라고 지적했는데 전체 사원의 복지는 생각지 않으십니까? 지금 회사는 공간이 비좁아서 난리입니다. 그러니깐 남녀 화장실 중 하나를 폐쇄해서 창고나 휴게실 등 다른 공간으로 활용하면 이 불경기 시대에 비용도 절감하고 사원 복지도 올라간다고 봅니다."

"우리 여사원들이 화장실에 갈 때마다 느끼는 불안감과 스트레스로 빚어질 업무 장애나 생산성 손실 등을 따져본다면 오히려 마이너스입니다."

"아, 누가 불안을 준다고 그래요?"

"우리 여사원들은 이번 발상을 원천적으로 인정할 수 없습니다."

남과 여로 나뉘어 갑론을박으로 평행선을 긋는 바람에 원만한 결론이 나오지 않을 듯하자 사회를 맡은 홍실장이 나섰다.

"어차피 한쪽의 손을 들어주기는 어렵고 하니 내가 절충안을 내겠어요. 그게 좋을 것 같아요."

홍실장이 낸 절충안이라는 건 별게 아니었다. 통합 화장실을 일 주일 정도 한시적으로 운영해보자는 것이었다. 그래서 정말 심각한 문제점이 나오면 보완을 하거나 없던 일로 하면 되지 않느냐는 제안이었다. 양쪽 다 이 절충안을 받아들일 수밖에 없었다.

그때 여사원 쪽에서 긴급 동의를 구했다. 여자가 화장실에 갈 때는 여러 가지 은밀하고 급한 사정 때문일 수가 있으니 그런 경우 안에서 화장실 문을 걸어잠글 권리를 주어야 한다고 주장했다. 대토론회에 참석한 남자 사원들은 무슨 말인지 알아들었다는 표정 속에 알 듯 말 듯 한 미소를 숨긴 채 기꺼이 동의를 해주었다.

그런데 문제는 바로 그 다음날 터져버렸다. 홍실장은 아침부터 여직원들이 모닝커피다 갈아 만든 사과주스다 잔칫집 대추다 해서 끊임없이 쟁반 위에 풋풋한 미소까지 곁들여 대접해준 물을 넙죽넙죽 받아 마셨다. 그게 집중 공략인 줄 몰랐던 홍실장은 젊은 여사원들한테 자신의 인기가 이 정도나 되는가 싶어 흐뭇해하며 결재 서류를 들고 사장실로 종종걸음을 치다 문득 터질 듯한 오줌보를 누르며 화장실로 달려가게 됐다.

그러나 일층부터 무려 육층까지 다리가 보이지 않을 정도로 층계를 오르락내리락했지만 문이 열려 있는 화장실은 한 군데도 없었다. 문을 주먹으로 세차게 두드릴 때마다 그 안에서는 '실장님 지금 말이죠…… 급하게 처리중입니다' 하는 가느다란 대답만 들려왔다. 결국…… 우리의 홍실장은 다리를 꼬다 못해서 두세 살짜리처럼 그만……

그리하여 일 주일 뒤 홍실장이 사장한테 올린 결재안에는 통합 화장실 운영에 많은 문제점이 드러나 시행 불가라는 내용이 적혀 있었다.

타는 목마름으로

　사람들은 나를 남생이라고 부릅니다. 냇가나 연못에서 사는데 사촌지간인 거북과 생김새가 비슷하지만 조금 덩치가 작고 네 발에는 또 물갈퀴가 달린 다섯 개의 발가락이 있지요.

　내 고향은…… 나도 잘 모릅니다. 다만 공기 좋고 물 맑고 먹을 것이 풍부했던 어느 시골의 계곡에서 푸른 하늘을 바라보며 마음대로 헤엄치며 살았던 기억이 새롭습니다. 그러다가 석 달 전에 나는 형과 함께 그만 눈썹이 짙은 한 시골 아이가 쳐놓은 그물에 걸리고 말았지요. 아무리 몸부림쳐도 우리는 그 그물에서 빠져나갈 수가 없었습니다. 그럴수록 오히려 그물은 우리 형제의 몸을 더욱 옥죄어왔답니다. 그물에 걸린 우리를 발견한 그 시골 아이는 환호성을 질렀습니다.

　—야, 오늘은 천원 벌었다!

　형과 나는 빈 커피병에 갇혀 읍내에 있는 어항집 주인에게 넘어갔고 또다시 큰 도시로 실려갔습니다. 그 큰 도시의 한 어항집에 가보니 우리 형제처럼 붙잡혀온 남생이들이 한둘이 아니었습니다. 커다란 어항 속에는 무려 백여 마리의 남생이들이 갇혀 있었지요. 그 광경을 보고 형은 눈물을 지었답니다.

"동생아, 너무 슬프다."

"그렇지만 형, 사람들이 우릴 죽일 것 같지는 않은데?"

"하지만 앞으로 우린 다시는 그 아름다운 계곡, 우리의 고향으로 되돌아갈 수 없을 거야. 평생 자그마한 어항 속에 갇혀 죽지 못해 살 운명이지, 아아!"

우리를 산 사람은 머리가 긴 아가씨였습니다. 어항 앞에 바짝 붙어 안쪽을 이리저리 살펴보던 그 아가씨는 주인아저씨한테 항상 붙어다니는 우리 형제를 손가락으로 가리켜 보였습니다.

—마리당 삼천원씩 모두 육천원 내슈.

그 아가씨는 자그마한 사무실에서 경리를 보고 있었습니다. 그 사무실의 창턱에는 아주 좁은 어항이 놓여 있었지요. 바로 우리 형제가 살 집이었습니다. 어항 속에는 앙증맞은 조약돌과 빈 조개껍데기 몇 개, 그리고 이끼도 끼고 제법 편편해 보이는 바윗돌도 놓여 있어서 그럭저럭 살아가는 데는 큰 어려움이 없었답니다.

조금 못생기긴 했지만 마음씨가 좋아 보이는 그 경리 아가씨는 출근 직후나 퇴근하기 직전에 꼭 우리 형제에게 밥을 던져주었습니다. 동글동글하게 뭉친 사료였는데 처음에는 입맛이 맞지 않아 정말 애를 먹었지요. 생각해보세요. 맑은 계곡물에서 싱싱하고 맛 좋은 먹잇감만 먹던 우리 형제가 아닙니까? 하지만 배가 고프니깐 그런 먹이에도 적응하지 않으면 안 됐습니다.

나는 이것도 운명이겠거니 생각하고 먹이를 주면 주는 대로 열심히 받아먹으며 지냈는데 문제는 바로 형이었습니다. 형은 무슨 생각을 하고 있는지 며칠째 밥도 먹지 않고 또 말도 하지 않고 바윗돌 밑

틈새에 처박혀 지내는 것이었습니다.

"나는 돌아갈란다!"

나는 형의 입에서 이런 말이 나오자 깜짝 놀랐지요. 아니 가긴 어딜 간단 말입니까?

"어디로? 왜?"

"어디로든…… 아니 될 수 있으면 우리가 살던 그 푸른 계곡으로."

"형, 죽으려고 환장했어? 거길 갈 수 있을 것 같아?"

"가다 죽는 한이 있더라도 나는 가야 돼. 내 마음대로 할 수 있는 게 아무것도 없는 이런 곳에서는 더이상 살고 싶지 않아. 너도 나처럼 자유를 얻고 싶으면 내 뒤를 따르든지 아니면 여기서 사람들이 던져주는 먹이나 받아먹다 죽든지 하라구!"

하지만 나에겐 어항을 탈출할 용기가 없었습니다. 자유가 아무리 좋다지만 탈출은 곧 죽음 아닙니까?

"우린 물이 없으면 목이 타서 죽어버린다구!"

"목이 타서 죽는다 해도 나는 자유를 찾아서 떠날 거야!"

형은 나의 눈물 어린 만류도 뿌리치고 드디어 사무실이 텅 빈 어느 날 밤 간신히 어항을 넘어서 어둠 속으로 서서히 사라져갔습니다. 형, 잘 가! 부디 그 계곡에 가닿으라구! 나는 울면서 배웅을 했답니다.

—어머, 한 마리가 도망을 쳤네. 이게 어디로 숨었을까?

사람들은 사무실 구석구석을 뒤졌지만 끝내 형을 찾지는 못했습니다. 형은 정말 대탈출에 성공해서 드디어 그 계곡으로 가는 길로 접어들었을까? 나는 형이 없는 쓸쓸한 어항 속에 엎드려 곰곰이 생각하다 잠이 들었답니다.

형이 간 뒤로 두 달이 흘렀습니다. 물론 나는 어항 속에서 잘 먹고 잘살았지요. 그런데 어느 토요일인가, 책상 배치를 다시 한다며 사무실이 시끌벅적했답니다.

―어머, 접때 도망간 남생이가 여기서 죽어 있네!

사무실 구석을 치우던 아가씨가 소리를 쳤습니다. 그러자 남자 사원이 다가가 뭔가를 집게손가락으로 집어올렸습니다. 그것은……아아, 바로 자유를 찾아 나섰던 형의 바싹 마른 몸뚱어리였답니다. 나는 눈을 질끈 감았지요. 그런데 그 짓궂은 남자는 형의 주검을 바로 어항 앞에 갖다놓지 무엇입니까?

―야 인마 봐라! 도망치면 이렇게 되는 거야. 그러니깐 너는 아예 도망칠 생각을 먹지 말라구!

형의 몸은 정말 수수깡처럼 말라 있었습니다. 머리와 다리는 쭈글쭈글해져서 등껍질 속으로 꺼져 들어가 있었고, 그처럼 초롱초롱하던 눈두덩은 검은 구멍처럼 푹 들어갔습니다. 도저히 형이라고 믿을 수가 없었지요. 얼마나 타는 듯한 목마름에 시달리다 죽어갔을까 생각해보니 눈물이 쑤욱 솟았습니다.

그래서 나는 사람들이 다 퇴근하자 힘껏 물장구를 쳐서 어항 속의 물을 조금이라도 형 몸뚱어리 위로 끼얹어주고자 애썼습니다. 그 노력이 헛되지 않아 곧 형의 몸은 내가 튀긴 물방울로 촉촉이 젖어갔습니다.

"형, 늦긴 했지만 지금이라도 이 물방울들로 타는 목마름을 풀어 봐, 보라구 엉엉!"

그러나 형은 조금도 움직일 줄 몰랐습니다. 그래도 나에게 위안을 준 것은 쭈글쭈글했던 형의 얼굴이 물기 때문에 조금 펴진 일이었습니다. 아, 그런데 무슨 일이 일어났는지 아세요? 되살아난 형의 표정에 말입니다. 내가 전혀 예상치 못했던 어떤 환한 미소가 어려 있지 뭡니까? 그러니깐 형은 목을 찢는 듯한 갈증 속에서도 기꺼이 웃으면서 죽어갔던 겁니다.

형은 비록 죽었지만 결국 자신의 몸뚱어리를 던져서 진짜 중요한 그 무엇, 형이 생전에 자유라고 표현했던 것을 맛보았던 것이지요.
나는 그 사실이 너무 기뻐서 또다시 엉엉 울기 시작했습니다.

신(新)파우스트

"젊은이 무슨 고민이 있는가?"

밤늦은 포장마차의 목로에 두 팔꿈치를 대고 뒤통수를 감싸고 있던 구평목씨는 느릿느릿 고개를 돌렸다. 옆자리에는 말끔한 정장 차림을 한 초로의 신사가 소주잔을 기울이고 있었다.

"있으면? 흥, 댁이 해결해주실라우?"

"그렇다네. 자네처럼 난처한 처지에 빠진 이를 도와주는 게 바로 내 일이라네."

신사의 말투는 나지막했지만 안심이 느껴졌다. 평목씨는 그제야 눈에 힘을 주고 그 신사의 옆얼굴을 찬찬히 훑어보기 시작했다. 이 세상 사람 같지 않은 야릇한 귀기가 느껴졌다. 구식 티가 물씬 나지만 그렇다고 낡은 빛이 전혀 비치지 않는 까만 양복에다 얼굴은 저승사자처럼 두터운 화장을 하고 있었다. 아무래도 예사 인물이 아닌 듯했다.

그는 마치 평목씨가 어떤 처지에 있는지를 벌써 다 알고 있다는 듯한 표정이었다. 홍정은 그렇게 시작됐다. 평목씨가 자신의 처지를 설명하기도 전에 신사가 먼저 입을 열었다.

"한 장이면 되겠나?"

"한 장이라면……?"

"일억!"

"예, 일어억!"

평목씨는 억자를 발음할 때 숨이 막혀 주먹으로 가슴을 두드려야 했다. 이게 꿈인가 생시인가? 그는 자신의 허벅지를 힘껏 꼬집어보았지만 아프기만 할 뿐이었다.

"그 정도면 뒤집어쓰고도 남는데 그 큰돈을 어떻게……"

"쉿! 저기 길 건너에 알짜은행 삼백육십오일 코너가 보이나?"

"이래 봬도 시력이 이점 영입니다."

"당장 저기 가서 현금카드로 자네 통장에 든 예금을 뽑아보라구."

"제 통장에는 이제 겨우 십만원 정도밖에 없는데요?"

"후후, 물론 그렇겠지. 그 십만원을 찾으란 말일세. 그러면 만원짜리 대신 천만원짜리 수표가 줄줄이 쏟아질 테니."

"아니 어떻게 그런 일이!"

"나를 못 믿나!"

평목씨는 반신반의했지만 밑져야 본전이겠거니 생각하고 불이 환하게 켜진 365일 코너로 달려가서 기계를 작동시켜보았다. 그 신사의 말은 거짓이 아니었다. 인출기는 만원짜리 지폐 대신 진짜 천만원짜리 수표를 토해내었다.

"선생님 정말 고맙습니다. 제가 오늘 경마장에서 잃은 돈은 사실 다음달 결혼할 때 얻을 집의 전세 보증금이었죠. 가마솥에 누룽지 긁듯 박박 긁어모은 겁니다. 그런데 도박의 도자도 모르던 제가 오늘 무엇에 홀린 듯이 경마장에 가더니 이상한 힘에 이끌려 돈을 마구 건 겁니다. 아아 바보 같으니라구……"

"도박이 나쁜 건 아니지. 도박이란 인간이 신에게 접근할 수 있는 유일한 행위지. 신과의 내기인 만큼 거룩한 것이지. 자네는 몰랐겠지만 자네가 경마장에 갈 때 그리고 그곳에서 정신없이 돈을 걸 때 난 줄곧 자네 옆에서 지켜보았네. 도박을 거는 자네의 영혼이 부러워졌다네."

"제 영혼이 부럽다고요?"

"아암. 그건 그렇고, 모든 일에는 공짜가 없는 법."

"공짜요? 그, 그렇죠. 하지만 전 지금 완전히 빈털터리거든요."

평목씨는 천만원짜리 수표가 가득 든 지갑을 놓칠세라 두 손으로 움켜쥐며 목울대가 출렁거리도록 침을 삼켰다.

"그렇지가 않네. 방금 내가 뭐라고 했나? 자네의 영혼이 부럽다고 그랬지? 그걸세. 내가 바라는 건 바로 자네의 영혼일세."

"세상에! 저더러 영혼을 팔라구요?"

"영혼을 팔아도 자넨 죽지도 미치지도 않을 테니 아무 염려 하지 말게나. 그저 평소대로 생활하면 돼. 그러면 난 자네의 영혼을 아무도 모르게 잠깐씩 빌려서 가끔 폭음도 하고 음란한 마음도 품어보고 도박의 짜릿한 맛도 보고 맘껏 타락도 해볼 수 있지. 딱 십 년간만 계약을 할 걸세. 그 증표로 자네는 단지 한 가지, 낮에 그림자가 생기지 않는 불편만 감수하면 돼. 밤에는 아무 상관이 없지."

"어떻게 그림자도 없이 십 년을 밤의 인생으로 삽니까? 아아 그건 죽음보다 더한 저주야!"

평목씨가 머리를 쥐어뜯으며 이렇게 외치자 신사가 귓속말로 속삭였다.

"그게 낫겠나, 아니면 도박에 잃은 돈 때문에 자네의 아름다운 약

혼녀한테 버림을 받고 파혼당하고 직장에서도 매장돼 영원히 폐인이
되고 싶나 응?"

"그건 안 돼!"

"그럼 고분고분해야지. 자네가 너무 절망하는 것 같아서 한 가지
일러주겠는데 이 계약을 만기일 전에 풀 수 있는 건 바로 사랑일세.
그림자 없는 자네를 무조건적으로 끌어안을 수 있는 너그러운 사랑
말일세. 하하, 어쨌든 계약이 성립돼서 고맙네."

"내 사랑 그녀가 알면 난⋯⋯"

"사랑도 어쩔 땐 도박일세. 그녀가 자넬 받아줄 수도 있지. 십중팔
구 안 받아주면 어쩔 수 없고."

평목씨는 끝내 약혼녀 혜련씨를 찾아가기로 맘을 먹었다. 다음날
아침 그림자 없는 몸을 끌고 약혼녀의 집을 타박타박 찾아가 자초지
종을 털어놓을 셈이었다. 그러고 나서 아예 이 세상을 영영 떠나고 싶
었다. 그런데 평목씨에게 겨울용 털조끼를 입히려고 소파에 앉아 뜨
개질을 하던 혜련씨는 얘기를 다 듣고 나서 빙그레 웃는 것이었다.

"혜련씨 저라는 놈이 얼마나 못난 인간인 줄 아셨겠죠? 맘껏 나무
라주세요."

"나무라긴요. 그림자를 앗아간 이도 뭐라고 했어요? 사랑 앞에는
그 어떤 악마적 계약도 무효라고 했잖아요. 평목씬 왜 저한테 그런 사
랑을 구하지 않는 거죠?"

"예에? 혜련씨!"

그녀는 마침 마무리한 털조끼를 들어 평목씨한테 정성껏 입혔다.
그 순간 그의 몸에서 사라졌던 그림자가 희미하게 되살아나기 시작
했다. 평목씨는 날듯이 기뻐했다. 그런 그를 그녀가 붙잡아 앉혔다.

"대신 평목씨 지갑 안에 있는 수표는 찢어버리세요, 당장!"

"이건 일억짜리⋯⋯ 아까운데⋯⋯"

"그게 바로 악마에게 영혼을 판 증명서니깐요. 어서요! 모든 건 악마가 유혹을 해서 꾸민 환상이에요. 그걸 찢는 순간 알게 될 거예요!"

물경 일억원 어치의 수표를 찢어 허공에 날리는 순간 누군가 그의 몸을 흔들었다.

"평목씨, 그만 일어나요."

눈을 비비고 보니 약혼녀의 어깨 위였다.

"아니, 어떻게 된 거지? 그리고 여긴……?"

"어디긴요? 택시 안이지. 집주인 만나기로 된 복덕방에 다 왔나봐요. 내릴 준비 하세요. 그새 졸면 어떡해요?"

"으응, 내가 원래 차 안에서 잘 졸잖아. 아 참, 보증금!"

평목씨는 안주머니가 달린 가슴팍께를 손으로 움켜쥐었다.

"어휴, 경마장에서 날린 게 아니라 그대로 있군. 하마터면 악마 메피스토펠레스한테 자신의 영혼을 판 파우스트 꼴이 될 뻔했어."

그는 택시 바닥이 꺼져라 안도의 한숨을 크게 내쉬며 어리둥절해하는 약혼녀의 손을 힘껏 잡았다.

서일록과 샤일록
─수전노 상대하기

그 동안 방이 두 개 딸린 아파트에서 사느라 나이 든 어머니가 초등학교에 다니는 두 딸애한테 작은방을 내주고 거실에서 옹색한 생활을 해왔었다. 그게 못내 민망스러웠던 나는 처가에서 돈을 끌어오고 은행빚도 내는 등 적잖은 무리를 해서라도 아파트 평수를 늘려가지 않을 수 없었다.

그런데 내가 새로 구입한 아파트의 주인이 바로 서일록(徐一綠)씨였다. 그는 강촌마을에서 알 만한 사람은 다 아는 알짜 부자였다. 아파트가 두 채에다 지하 일층, 지상 이층짜리 복합 상가 건물의 주인이었으니 대략 십억원대가 넘는 재산가로서 고리의 사채놀이를 하는 인물이었다.

이번에 서일록씨가 아파트를 내놓은 것도 돈에 쪼들려서가 아니었다. 일가구다주택 조항에 걸려 무겁게 나오게 돼 있는 세금을 절감하기 위하여 일부러 아파트를 처분하고 자신의 복합 상가 이층으로 옮겨가는 것이었다. 그가 고리 대금업을 겸한다는 사실과 이름이 서일록이라는 얘기를 듣고는 나는 실소를 금치 못했다. 갑자기 셰익스피어의 유명한 희곡 「베니스의 상인」에 나오는 발음이 비슷한 샤일록이 떠올랐기 때문이었다.

그 희곡에서는 베니스의 무역상 안토니오가 고리 대금업자 샤일록에게 친구 바사니오를 위해 빚보증을 서면서 위약 사태가 벌어지면 자신의 허벅지 살 일 파운드를 떼주겠다고 굳게 약속한다. 그런데 내가 겪어보니 서일록씨는 정작 「베니스의 상인」에 나오는 샤일록 못지않은 수전노이자 냉혈한이어서 혀를 내두르지 않을 수 없었다.

중도금을 넘겨주기로 된 날짜가 13일이었다. 그날 나는 서일록씨의 요청에 따라 은행 마감 시한인 네시 반까지 돈을 건네주겠다고 했다. 그런데 중도금의 일부를 보태주기로 한 처남이 공교롭게도 은행 마감 시간이 박두해서야 온라인 전산망이 고장났다고 전화로 알려온 뒤 돈을 직접 가져오겠다는 것이었다. 그런데 한강 이남에 사는 처남이 그 막히는 시간에 서울 북쪽의 이 신도시까지 오자니 당연히 서일록씨와 약속한 오후 네시 반을 넘기지 않을 수 없었다. 그래도 약속된 13일은 넘기지 않은 터라 나는 서일록씨한테 사정을 얘기하면 그냥 넘어가줄 줄로 알았다.

"애초 약속한 시간을 두 시간 넘겼으니 하루 급전을 빌려쓴 셈으로 잡아서 내게 하루치 이자율 일 퍼센트에 해당하는 금액을 더 내놓든지 아니면 계약을 위반한 걸로 봐서 계약금을 포기하든지 맘대로 하시오!"

"아니, 그런 법이……"

사정 얘기를 했지만 서일록씨는 바늘 한 군데 들어갈 틈이 없을 정도로 요지부동이었다. 나는 하는 수 없이 약속 일자가 아니라 약속 시간을 어긴 죄로 급전 이잣돈을 고스란히 물어줄 수밖에 없었다. 그는 그 돈을 거머쥐면서 자신의 생활 신조가 '남에게 줄 것은 가능한 늦게 최소화하며, 남에게 받을 것은 최대한 신속 정확히 챙기는 것' 이라고 스스럼없이 밝혔다.

그 생활 신조는 이사 당일에도 유감없이 발휘됐다. 나는 이미 오전 중에 포장 이사 준비가 다 되었지만 서일록씨는 일반 화물차 한 대만 달랑 부른 채 가족들을 시켜 이삿짐을 싸느라 오후 세시가 다 되도록 지체해 우리의 애를 닳게 만들었다. 가까스로 집 안으로 들어가보니 그 동안 집 안에 홈스타 칠 한 번 하지 않고 살았는지 욕실이나 베란다, 다용도실에는 때가 더께로 앉아 있었고 형광등도 빼서 챙겨놓고 있었다.

그것까지는 그럭저럭 참을 만했는데 그 맵짠 수전노가 현관 맞은편 벽에 박아놓은 커다란 대형거울을 손가락으로 가리키는 순간 아내의 분노가 터졌다.

"이 거울은 우리 돈 들여서 단 거니까 가져갈 것이로되, 까짓것 십이만원 주고 했지만 십만원만 내면 떼어가진 않겠수."

"벽에 붙박여 있는 것까지 떼가겠다면 도대체 어떡해요? 저기 싱크대 앞유리 깨진 것에 대해 우리가 아무 말도 않고 있는데요!"

"그거야 계약서 쓰기 전부터 깨진 건데 몰랐수?"

"그럼 이 거울은 계약서 쓰기 전에 박은 게 아니에요? 절대 못 떼가요!"

"어쨌든 나는 내 것은 그냥 두고 못 가는 성질이우다."

나는 그때까지 흥분한 아내 옆에서 입을 꾹 다물고 있다가 비로소 입을 열었다.

"서일록 선생!"

"……?"

"그 거울 가져가셔도 좋습니다."

"어려울 것 없시다. 이봐 거기 망치하고 쇠꼬챙이 이리 줘봐!"

"다만, 서일록 선생 잘 들으세요. 이 거울을 떼가는 것은 좋지만 그 과정에서 이 벽면에 손톱자국만한 흠집이라도 내서는 안 됩니다. 왜 냐하면 이 벽면은 오늘 날짜로 제 소유이기 때문입니다."

암만 귀신 같은 기술자라 해도 그렇게 거울을 감쪽같이 떼갈 수는 없는 노릇이었다. 서일록씨는 망치와 날카로운 쇠꼬챙이를 들고 꼼짝없이 서 있었다. 나는 붉으락푸르락한 표정을 감추지 못하고 서 있는 그를 지켜보며 「베니스의 상인」속에서 명재판관 포샤가 수전노 샤일록에게 안토니오의 허벅지 살 일 파운드를 떼가되 피를 흘리게 해서는 안 된다고 한 절묘한 판결이 떠올라 속으로 쓴웃음을 지었다.

오래 묵은 매실주

"뭐 찾으세요, 어머니?"

"아니다, 아냐. 내비둬라. 이사를 하고 나면 어디선가 나올 줄 알았는데……"

베란다와 다용도실을 오가며 아직 정리되지 않은 이삿짐들 틈새를 이리저리 헤집던 어머니는 나를 향해 손사래를 쳤다. 워낙 오래된 살림이다보니 선뜻 놓을 자리를 정하지 못해 임시로 빈 공간에 쌓아둔 짐 꾸러미들이 꽤 되었다.

"이리 공기가 좋고 경치 빼어나고 너른 것을 말이야……"

"진작에 올 걸 그랬죠?"

오 년 전 아버지가 돌아가시고 난 다음의 첫 이사였다. 한강 여의도 아파트의 전세 보증금을 빼서 한푼도 보태지 않고 신도시로 옮겨왔지만 평수는 거의 열 평이나 늘었다. 나는 자꾸 왼손목에 찬 시계를 흘끔흘끔 들여다보았다. 신영이가 올 시간이 거의 다 돼가던 참이었다.

―퇴근하는 대로 바로 들를게요. 뭐 필요한 것 없어요?

―별로 없어. 정 뭣하면 모나리자 화장지 세 개 든 것 있잖아? 그거나 들고 오든지.

"참, 갸는 오기로 했냐?"

갸는 바로 신영을 가리키는 말이었다.

"예, 어머니. 아마 곧 도착할 거예요."

"갸만 생각하면 답답해서…… 우리 사회라 하는 건 말이다, 남자는 을매든지 새장가 들고 해도 축이 지는 벱이 없는 기라. 헌데 여자는 말이다, 일단 혼인을 해뿌으면 그것으로 헌 계집 되고 시세는 마 팍 밑바닥인 기라."

"어머니 그 얘긴 그만 해두세요. 벌써 몇번째세요?"

나는 약간 짜증기 섞인 대답을 했다.

"내사 마 모르겠다. 니가 어련히 알아서 허겠지……"

나는 이 년 전에 일 년 남짓 꾸려오던 살림을 고민 끝에 작파하고 이혼을 한 서른세 살의 남자이다. 신영도 물론 첫 결혼에 실패한 여자였다. 그녀는 중매로 만난 남자와 신혼여행을 다녀온 직후 그것이 사기 결혼이라는 것을 알고 곧바로 헤어졌다. 우리는 서로의 사정을 잘 알고 있는 대학 선배의 주선으로 반년 전부터 만나 교제를 해오다가 최근에는 결혼을 약속한 사이가 되었다.

딩동딩동~

"어머니 저 왔습니다."

"어 신영씨, 별로 헤매지 않고 잘 찾았네?"

"오거리까지 오니깐 찾기 쉽더라구요."

어머니는 신영의 인사를 받는 둥 마는 둥 하고는 안방 문을 열고 들어가버렸다. 신영을 탐탁하게 여기지 않는 어머니 때문에 매번 난처해지는 쪽은 나였다.

"근데 그건 뭐야?"

신영이 옆에 웬 항아리가 놓여 있었다.

"이거 아마 두현씨네 항아리가 틀림없을 거예요. 들어오는 아파트 앞마당에 덩그마니 놓여 있길래 경비아저씨한테 부탁해서 내가 가져온 거예요. 어머니가 보시면 단박에 아실 텐데……"

"어머니 좀 나와보세요."

"와 이리 호들갑을 떠노!"

"이거 신영씨가 이삿짐 풀어놨던 요 앞마당에서 들여온 거라고 하는데 우리집 항아리 맞아요?"

그 항아리를 쳐다보는 어머니의 눈에서 갑자기 광채가 뿜어져나오는 듯했다.

"하모하모 맞다카이. 세상에 이럴 수가…… 이게 어디서 났노? 내가 그렇게 찾다가 못 찾은 건데."

"그게 뭔데요?"

"이게 바로 니 아부지가 그렇게 즐기시던 매실주를 담근 항아리가 아니고 무엇이냐 응?"

"매실주요?"

"하모. 니 아부지가 연초에 돌아가시는 바람에 미처 뜯어보지도 못한 건데……"

어머니는 마치 아버지의 생전 모습이라도 본 듯 앞으로 달려나가 항아리를 끌어안고는 몇 번이고 찬찬히 쓰다듬었다. 그러다가 문득 신영을 올려다보았다.

"이걸 니가 척 알아보고 가져왔노?"

"예 어머님."

"그게 사실이라면 여자로서 진짜로 보통 눈썰미가 아닌데 말이다 응? 몇십 년 다뤄왔던 나도 눈이 어두워져 못 알아봤던 건데……"

"전 매실주 담가놓은 항아린지는 사실 잘 몰랐구요. 어머님댁에 들러서 설거지할 때마다 구석빼기에 놓여 있던 그 항아리가 왠지 눈에 익었더랬어요."

"기특한지고……"

어머니는 아버지 살아 계실 때 해마다 매실주를 담갔었다. 아버지는 술을 많이 드시는 편은 아니었지만 식사때마다 꼭 반주 삼아 매실주를 서너 잔씩 즐기시곤 했었다. 아버지가 흡족한 표정으로 매실주를 즐기는 모습을 곁에서 지켜보는 게 또한 어머니의 큰 낙 가운데 하나였다.

그런 아버지가 돌아가시고 난 뒤 크게 상심해 술 담그는 일을 버리신 어머니가 올해 들어 기운을 좀 차리시는가 싶더니 다시 술을 담그고 싶어하셨다. 그런데 해마다 술을 담가오던 그 항아리를 찾지 못해 이사하기 전까지 여간 안달을 하시는 게 아니었었다.

"편히 앉거라, 애야."

신영이에게 던지는 어머니의 말투가 모처럼 부드러워져 있었다. 평소에 쓰지 않던 아가라는 말도 사용하셨다.

"이젠 내가 남편도 없고 누구를 의지해서 살아가겠노? 오늘은 그 술항아리를 열고 우리 두현이에게 술 한 상 봐줘야겠다. 아가, 너두 잘 봐두어야 할 기다."

"예, 어머니……"

신영은 무릎을 다소곳하게 꿇고 앉아 지켜보았다. 어머니가 개봉한 술항아리 속에서는 진한 매실향이 풍겨나왔다. 그도 그럴 것이 오년간 손끝 하나 대지 않고 오롯이 숙성된 술이지 않은가. 어머니는 항아리 앞에 얼굴을 바짝 들이대고는 그 술내를 지그시 음미하였다.

"마치 저 세상에 있는 우리 영감이 나보고 할멈 이젠 기운 차리고 열심히 살라고 하는 것 같아서 말이지. 냄새가 어쩜 이리 좋노."

"맛도 기가 막혀요 어머니."

"아가, 너도 아주 쬐금만 마셔봐라. 나도 한번 맛 좀 볼란다."

"예, 어머니 감사히 마시겠어요."

"역시 친구하고 술은 오래될수록 좋다는 옛 어른들의 말씀이 하나 그른 데가 없데이. 사람이란 겪어봐야지 안다구. 오늘따라 네가 예뻐 보이니 이게 다 이 오래 묵은 매실주 탓인지도 모르겠다, 호호호."

"어머니……"

어머니가 신영의 손을 잡자 그녀는 감격했는지 눈물을 글썽이기까지 했다.

"내 이제 후련하게 말하겠는데, 너희 둘은 남들과 달리 마음에 상처를 한 번씩 입은 사람들임을 명심해야 해. 그런 만큼 이 악물고 남들한테 여봐란듯이 잘살아야 한다구. 아암, 그게 이 늙은이의 마지막 바람이야. 어려운 일이 생겨도 참고 또 참고 그러면 이 매실주처럼 고운 향기를 빚어낼 때가 온단 말이지."

우리 세 사람은 매실주를 가운데 두고서 어느새 서로의 손을 굳게 잡고 있었다. 이런 날 밤은 대취해도 될 것 같은 생각이 막 들었다.

제자리 찾기의 방식

서른다섯 살의 노총각 허범씨는 북적거리는 서울을 등지고 온 신도시에서조차 주차 문제로 티격태격하게 될 줄 정말 꿈에도 몰랐습니다. 목욕 거르는 것은 참아도 자신의 애마(愛馬) 무스탕의 세차를 거르는 것은 참지 못하는 허범씨인지라 이사 오는 첫날 우선 둘러본 게 바로 단골 주차 자리였답니다.

아, 물론 지하주차장에서 명당 자리가 하나 눈에 띄었지요. 기둥 바로 옆인데다가 위에는 햇빛이 쏟아져들어오는 환기창이 훤하게 뚫린 아늑한 곳이었습니다. 바닥에는 배수로가 깔려 세차까지 할 수 있답니다.

그런데 며칠 지나다 보니 묘하게도 바로 옆자리에 매일 같은 빨간색 스쿠프가 주차하는 걸 알게 됐습니다. 언젠가 허범씨가 얼핏 들여다본 차 안의 명함에 따르면 차 주인의 이름은 김연아이고 잡지사 기자더군요. 출퇴근 시간이 달라 서로 얼굴을 구경한 것은 보름이 넘어서였습니다.

"이거 반갑습니다만…… 꼭 제 옆에 차를 대시더군요. 전 허범이라고 합니다."

예상한 대로 젊고 얼굴도 반반한 아가씨였지요. 매혹적인 빨간 립스틱을 칠한 그 아가씨는 그날도 허범씨가 막 주차를 끝내고 나오려는데 차를 몰고 들어와 바로 옆자리에 대는 중이었습니다.

"전 댁이 하나도 반갑지가 않군요."

"예…… 예에? 아니 첫인사에 무슨 그런 말씀을……"

우리 옛말에 웃는 낯에 뭐 못 한다는 속담이 있는데 이거야 원……
허범씨가 어리둥절해하는 것은 당연합니다.

"이것 보세요!"

"예, 이렇게 서서 보고 있는 중입니다만……"

"농담할 시간이 없어요! 지금 댁이 차지하고 있는 자리는 원래 내가 단골로 주차시키던 엄연한 제 자리란 말예요. 그런데 댁이 일언반구도 없이 널름 채어간 거예요."

허범 씨는 차 문에 비스듬히 기대 어이가 없다는 표정을 지었습니다.

"공용 주차장에 자리가 어디 따로 있나요?"

"전 제 털 뽑아 제 구멍에 넣어야 직성이 풀리는 성질이어서 한번 맘에 든 자리에 꼭 주차를 시키고 마는 버릇이 있어요."

"저랑 성격이 비슷하시군요."

"뭐예요?"

한동안 허범씨를 노려보던 빨간 립스틱은 입가를 씰룩거리며 차문을 꽝 소리나게 닫고 사라져갔습니다. 사실 그 빨간 립스틱이 상냥하게 대꾸를 하면서 양해를 구했다면 허범씨는 남자다운 너그러움을 발휘해서 자리를 양보해줄 생각도 없지는 않았습니다. 근데 그렇게 쌀쌀맞아서야……

　그런데 의외로 그 전쟁 아닌 전쟁은 한 달, 두 달을 넘어 한정 없이 늘어졌습니다. 무슨 일이 있어도 정시에 퇴근해온 허범씨가 번번이 여봐란듯이 그 자리에 주차를 해놓았지만 어쩔 땐 서로 앞서거니 뒤서거니 차를 밀고들어왔습니다. 하지만 운전 기술이 앞선 허범씨가 간발의 차이로 그 자리를 차지하곤 했습니다.

　"이거 안됐습니다."

　"흥……!"

　허범씨가 은근히 걱정을 한 것은 혹시 그 빨간 립스틱이 자신의 무스탕에 해코지나 하지 않을까 하는 점이었습니다. 그런데 염려하던 그런 일이 엉뚱하게도 스쿠프에서 일어나기 시작했습니다. 멀쩡하던 차가 언제부턴가 예리한 흉기로 이리저리 줄이 좍좍 그어져 있고, 본네트 표면이 움푹 패는가 하면, 백라이트와 백미러도 깨져 금이 가 있었습니다. 허범씨는 그 빨간 립스틱이 자신의 스쿠프 차에 자해를 가한 다음 자신한테 덤터기를 씌우기 위해 일부러 그러는 짓이 아닌가 한때 의심도 해봤습니다.

　"자해를 하셨더군요?"

　하루는 허범씨가 주차장에 동시에 밀고들어온 빨간 립스틱을 제친 다음 말을 걸었습니다.

　"댁처럼 우둔한 남자는 처음이군요."

　"그건 그쪽도 마찬가집니다. 역시 고집불통 아닙니까? 자해란 상대방에 대한 극도의 공격 심리가 자기 내면으로 향한 결과라고도 하는데 바로 그겁니까?"

　"……!"

　"휴우, 그렇다면 제가 졌습니다. 전 오늘부로 지상으로 올라가겠습니다."

허범씨는 여자가 오죽했으면 자신의 차에 자해까지 하면서 무언의 시위를 했는가 생각해보니 가슴이 아리고 그 싸움이 부질없어 보였던 거지요. 차에 시동을 걸기 위해 등을 돌리고 몇 발짝을 떼었습니다.

"잠깐만요…… 허범씨."

빨간 립스틱이 뒤에서 이름을 불렀습니다. 허범씨는 그 자리에 우뚝 섰습니다.

"그 자리에 그대로 대세요."

"아닙니다. 여긴 제자리가 아닌 것 같습니다. 진심입니다. 그리고 제 고집 때문에 본의 아니게 조금이라도 마음에 상처가 되셨다면 사과드립니다."

"이제 와서 어딜 가신다는 거예요!"

"……?"

"상처난 사람을 바로 옆에 두고서 말예요? 정말로 그렇게 우둔한 남자세요? 허범씨란 사람은? 자해든 어쨌든 상처란 바로 그 사람의 마음이자 감정이에요. 그리고 상처도 없이 어느 누가 제자리를 올바로 찾아갈 수 있다고 생각하세요?"

그제야 노총각 허범씨의 뒤통수를 사정없이 내리치는 느낌이 있었습니다. 앗, 그렇다면 이건 혹시…… 미움의 반대되는 바로 그것! 와우……!

살찐 강아지 한 마리

"서둘러! 오늘은 알뜰하게 수확을 해보자구!"

"새참거리는 준비했남?"

"고구마하고…… 그리구 작년에 우리집에서 담근 매실주 있잖아?"

"아, 그래 그거 은근히 죽여주는 거!"

"아암, 그거 좀 넉넉히 걸러서 냉장고에서 하룻밤 시원하게 둔 다음 보온병에 가득 담았으니 이따가 개봉 박두 기대들 하라구."

얼핏 들으면 어느 시골의 촌부들이 들일 나서기 직전에 나누는 대화인 것 같다. 하지만 이 대화의 주인공들은 다름아닌 봉근엄마와 선미엄마 그리고 401호 집의 혜정엄마이다.

이 세 사람은 지금 아파트 단지 앞을 지나가는 문산행 경의선 철로변에 공동으로 일궈놓은 뙈기밭에 나가려는 참이었다. 경의선을 타고 신도시를 스쳐가본 사람이면 다들 알겠지만 철로변을 따라 서너

평 안팎의 자그마한 뙈기밭들이 촘촘히 들어서 있는 광경을 목도했을 것이다. 물론 거기서 나는 소출로 돈벌이를 하겠다는 사람은 거의 없다. 주로 아파트에 사는 노인네들이나 아주머니들이 흙을 만지는 일의 즐거움도 느끼고 또 자신의 손으로 가꾼 무공해 채소를 식탁에 올리는 보람도 맛보겠다고 나선 경우가 태반일 터이다.

오늘은 며칠 전 내린 비로 많이 웃자라 있을 채소들을 솎아주러 가는 길이다. 선미엄마가 새참이 담긴 바구니를 들었고 호미가 담긴 연장통을 짊어진 봉근엄마 곁에는 물통과 땀 닦을 수건을 두어 장 준비한 혜정엄마가 따랐다. 그 혜정엄마의 품속에는 아니나 다를까 항상 곁을 떠나지 않는 요크셔테리어 수컷 이 년짜리가 왕방울 같은 눈알을 이리저리 굴리며 앞을 바라보고 있다.

"아니, 밭엘 가는데 무슨 놈의 똥강아지를 젊은 애인처럼 끼고 나왔담!"

봉근엄마가 입가를 샐쭉 구기며 비아냥거리는 투로 말한다. 그러나 혜정엄마는 아랑곳없다.

"그럼! 이만큼 예쁜 애인이 또 어딨어?"

"그래 잘났어. 올 여름엔 정말 그 또뚠지 뭔지 조심하라구."

"아니 그게 무슨 말이여?"

"우리 봉근아빠는 그 또또만 보면 귀여워 죽겠다고 잔뜩 눈독을 들이는 모양이니깐."

선미엄마가 입을 손으로 가리며 킥킥 웃는다. 그도 그럴 것이 보신탕이라면 자다가도 벌떡 일어나는 봉근아빠는 그 또또를 볼 때마다 손으로 털을 쓰다듬으며 입맛을 쩝쩝 다셨다.

―어휴, 우리 '두 근 반' 아 얼른얼른 잘 크거라 잉!

봉근아빠는 또또를 두 근 반(약 천 그램?)이라고 불렀다. 귀엽고 앙증맞은 또또가 아무래도 고깃덩이 이상으로는 보이지 않는 게 틀

림없었다. 옷 앞자락으로 얼른 또또를 뒤집어씌운 혜정엄마가 독이
오른 얼굴 표정으로 언성을 높였다.

"우리 또또한테 무슨 일이 일어나면 그건 다 봉근네 집 책임이니깐
알아서 하라구!"

"꼴값!"

겉으로 보기에는 두 집이 앙숙처럼 티격태격 싸우는 것 같지만 그
게 다 일부러 정을 돈독히 하는 아옹다옹이었다. 서로들 그것을 너무
잘 알고 있기 때문에 정색으로 화를 내거나 하지는 않았으며 선미엄
마도 굳이 말싸움을 말리려 들지 않았다. 몇 마디 주고받지 않았는데
어느덧 철둑길 위였다.

"와! 며칠 안 나와본 사이에 이것들이 엄청나게 웃자라버렸네그
래!"

"반 정도만 솎아도 앞으로 보름치 채소는 걱정 없이 실컷 먹고도
남겠다!"

세 사람은 잔디밭을 가로질러 밑으로 내리막이 진 길을 따라 내려
가 철로변 뙈기밭에 이르자 자신들도 모르게 탄성을 내질렀다. 거기
에는 상추를 비롯해 쑥갓, 고추, 깻잎, 치커리 등이 한껏 푸르게 자라
있었고 호박을 심어둔 철로변의 둔덕에는 샛노란 호박꽃을 머리에
인 어린애 주먹만한 호박들이 군데군데 굴러다니고 있었다.

"오매, 왜 이렇게 마음이 흡족하고 느꺼운 거여?"

"꼭 벼락부자라도 된 것 같은 기분이야. 그렇지 선미엄마?"

"참, 이래서 땅은 속임수란 절대 없다니깐."

"누가 아니래!"

세 사람은 가져온 물건들을 한구석에 몰아 내려놓고 종아리를 씩
씩 걷어붙이고는 일을 시작했다. 우선 채소가 자란 속도만큼 뒤따라
자란 잡초들을 매고 채소들을 솎았다. 채소의 이파리들에 맨살이 드

러난 종아리가 스칠 때마다 물방울이 튕겨나와 간질여주었다.

"선미엄마 종아리에 징그런 벌레 붙었다."

"뭐라고 아흐흐흐…… 난 몰라. 봉근아 빨리 떼주지 않고 뭘 허냐? 아이구 엄마야."

선미엄마가 두 손바닥을 쫙 펴고 서서 온몸으로 밀려드는 소름기를 견디어내며 황급히 소리를 질렀다. 그 뒤로 다가선 봉근엄마가 선미엄마의 하얀 종아리를 짝 소리 나도록 후렸다.

"벌레는 무신? 호호호 이슬 묻은 종아리에 강아지풀 붙었지."

"한 번만 더 장난치면 가만 안 둬 잉?"

"깔깔깔."

일을 벌인 지 두 시간쯤 지나자 그들 옆에는 어느새 상추, 깻이파리, 고추 등이 한 무더기씩 생겨났다. 옆의 다른 사람 밭 경계에 놓인 커다란 너럭바위에 끈을 묶고 매어놓은 또또가 주인이 돌아다보자 반갑다며 앞발을 치켜들며 낑낑거렸다.

"좀 쉬었다 하자구."

혜정엄마가 수건으로 이마에 흐른 구슬땀을 닦으며 말하자 봉근엄마가 기다렸다는 듯 받는다.

"듣던 중 반가운 소리여. 새참 먹을 땐가?"

"그저 먹는 거라면."

"수염이 석 자라도 먹어야 양반이고, 금강산도 식후경이라는 말도 몰라?"

"에구, 아는 것도 많아서 먹고 싶은 것도 많겠다!"

한 줄로 퍼더버리고 앉은 세 사람은 출출한 시장기 때문에 더욱 달게 느껴지는 찐 고구마의 껍질을 훌훌 벗겨냈다. 마실 것으로는 선미엄마가 걸러온 매실주가 한몫 톡톡히 해냈다. 보온병에서 따라 먹는 찬 매실주는 갈증 푸는 데뿐 아니라 기분을 달뜨게 하는 데도 더할 나위 없이 안성맞춤이었다. 발그레 달아오른 여인들의 뺨 밑으로 들판을 가로질러온 바람 한 줄기가 스쳐갔다.

"근데 나 요즘 상태가 말이 아니다."

봉근엄마가 보온병 뚜껑에 따른 매실주를 입 안에 털어넣고 나서 선미엄마에게 잔을 돌리며 조심스레 말을 꺼냈다.

"뭔 상태?"

"남편이 벌써 일 주일이 넘도록 나한테 비디오 보자는 말을 안 해서."

혜정엄마가 그 말을 듣고 고개를 갸우뚱거리며 봉근엄마에게 묻는다.

"비디오? 봉근아빠가 언제부터 그렇게 비디오광이셨담?"

"주책바가지!"

선미엄마가 반바지 아래로 맨살이 드러난 혜정엄마의 허벅지를 꼬집는다. 그러자 봉근엄마가 싱긋 웃으며 속삭인다.

"혜정이 넌 아직 몰랐냐? 우리 남편은 그게 바로 그 신호거든."

"신호? 아하, 부부 사랑……?"

그때 뒤쪽에 있는 건널목에서 땡땡땡 종이 울렸다. 곧 기차가 지나갈 거라는 신호였다. 선미엄마가 보온병 뚜껑을 혜정엄마한테 넘기며 목청을 높여 묻는다.

"근데 거기는 암호가 뭐야?"

잔을 받아 반쯤 들이켠 혜정엄마가 슬그머니 귀밑을 붉힌다.

"뭘 그런 것까지 시시콜콜 알려고 해! 남세스러워서……"

"남세? 우리끼린데 뭐. 빨리 마시고 그 뚜껑 이리 줘봐. 우린 단순해. 괜찮냐 하고 묻고 끄덕이면 되거든. 넌?"

두 사람은 혜정엄마가 입술을 꽉 다물자 궁금증이 일었는지 더 세게 다그친다. 혜정엄마가 고개를 돌려 외면을 한다.

"난 죽어도 말하지 않을래⋯⋯"

"진짜 이럴래?"

나머지 두 사람은 아예 애걸을 하다시피 했다. 그새 철로 위를 구르는 기차 바퀴 소리가 점점 커졌다. 그러자 기차 소리에 놀라서 그랬는지 옆 바위에 매어두었던 끈이 풀리는 순간 또또가 갑자기 기차가 달려오는 철로 위로 뛰어들었다. 봉근엄마가 재빨리 달려갔지만 귀가 멀 듯한 경적 소리와 함께 기차가 집어삼킨 또또의 모습은 순식간에 사라졌다.

"아욱, 내 살찐 강아지⋯⋯ 이를 어쩌면 좋아!"

혜정엄마가 얼굴을 감싸쥐며 그 자리에 주저앉아 흐느끼기 시작하자 선미엄마가 어깨를 감싸쥐며 위로했다.

"괜찮아, 괜찮아. 그깟 강아지 한 마리 갖고 뭘 그래. 내가 하나 더 예쁜 걸루다 사줄 테니 이러지 말아."

"모르는 소리 하지두 말어!"

"모르는 소리라니?"

"또또가 없어졌으니 당분간은 우리 남편한테서 살찐 강아지 좀 봅시다 하는 말을 못 들을 거 아니냐구!"

"그게 무슨 말인데?"

"뭐긴? 그게 우리 부부의 신호인데 말이야 난 이를 어쩌면 좋아⋯⋯"

그 순간 또또를 구하려고 철로변으로 달려갔던 봉근엄마가 슬금슬금 다가와 허리를 꺾고 웃었다.

"남은 시름에 빠져 있는데 친구라는 게 그렇게 좋아라 하고 웃으면 어떡해! 인정사정 없기는!"

흐느끼던 혜정엄마는 봉근엄마에게 앙칼지게 쏘아붙였다.

"아항, 그게 그 신호라구? 별 재밌는 신호도 다 있네. 그럼 참 잘됐어."

"계속 그렇게 약올릴 거야!"

"여길 보라구."

봉근엄마가 등뒤에서 불쑥 내민 팔 위에는 얼이 빠진 또또가 거짓말처럼 눈을 뜨고 앉아 있지 뭔가?

"아, 또또야, 너 진짜 살았구나! 도대체 어떻게 된 거야?"

"뭐가 어떻게 돼. 기차에 치인 게 아니고 침목 한가운데 납죽 엎드려 있으니깐 산 거지. 일이 이렇게 되고 보니 오늘은 혜정아빠가 필시 살찐 강아지를 찾아도 여러 번 찾을 게 틀림없어. 그렇지?"

하늘을 보며 깔깔 웃어젖히는 두 사람을 바라보던 혜정엄마도 눈물 자국이 얼룩진 뺨을 닦으며 피식피식 웃기 시작했다. 세 사람의 웃음소리에 키가 웃자란 채소들의 머리가 조용히 흔들리고 있었다.

달팽이 사랑

    광고 회사 카피라이터로 일하고 있는 팽달수씨는 서른세 살의 노총각이다. 그가 신도시로 이사를 온 것은 지난해 가을. 그 동안 혼자 지내오던 원룸 오피스텔의 전세금을 빼냈더니 신도시에선 무려 스물일곱 평짜리 아파트를 얻을 수 있었다.

    그가 서울을 탈출한 가장 큰 이유는 서울이 이미 회춘이 불가능할 정도로 늙었다는 데 있었다. 항상 이산화탄소가 자욱히 깔려 있는 도시, 눈길을 맡겨둘 만한 푸른 녹지 공간 한 뼘조차 변변히 찾을 수 없는 회색의 도시, 밤이나 낮이나 진한 화장과 분가루 냄새로 자신의 맨얼굴을 철저히 가리는 위장의 도시, 그런 곳이 바로 서울이 아니고 무엇이겠는가? 이게 그가 내린 결론이었다.

    그에 비해 눈길 닿는 곳마다 넓은 들판과 싱그런 푸르름이 두 팔을 벌리고 있는 곳인 신도시는 무엇보다도 젊은 도시라는 점에서 그의 맘에 들었다. 물론 건물만 새것이라고 해서 그가 섣불리 젊은 도시라고 부르는 건 아니다. 솔직히 얘기하자면 서혜진이라는 매력적인 여자가 바로 위층인 505호에 살고 있어서 더욱 그런 생각이 드는 것인지도 모른다.

달수가 그녀를 처음 본 곳은 반상회였다. 이사 온 지 얼마 되지 않았을 때 반장이라고 하는 아주머니가 찾아와 반상회에 참석하라고 통보를 해왔다. 참석하지 않으면 마치 큰 불이익을 받을 것처럼 말하는 반장아주머니의 말투에 질려 그는 경험 삼아 한번 나가보기로 했다. 그런데 나가보니 남자라곤 그 혼자뿐이어서 안절부절못했는데 그때 그 단발머리에다 진한 눈썹과 서늘한 이마가 인상적이던 혜진을 곁눈질로 처음 본 것이다. 며칠 뒤 그는 반장아주머니한테서 슬쩍 그 여자의 이름이 서혜진이고 여성 잡지사의 기자라는 걸 알아냈다.

"안녕하세요? 또 만났네요."

달수는 그 뒤 혜진과 마주칠 때마다 일부러 환한 표정을 짓고 친절한 인사를 던지며 뭔가 인연을 엮어보려고 애썼지만 그게 어디 그렇게 맘대로 될 일이겠는가?

"무슨 프로를 보러 오셨어요?"

"빌린 것 반납하려구요."

우연히 비디오 가게에서 만난 혜진의 손에는 폴란드 출신의 예술파 영화감독 타르코프스키의 〈희생〉이 들려 있었다.

"예술적인 영화를 좋아하시는군요?"

"후후…… 보셨나요?"

"아 예…… 본 건 아닌데 이리저리 얘기만 많이 들어서요……"

달수는 말꼬리를 사리고 말았다. 그리곤 혜진이 가게를 훌쩍 나가자마자 일부러 〈희생〉을 빌려 보았지만 하도 지루하고 난해해서 중간에 소파 위에서 깜빡 잠이 들고 말았다. 아무튼 달수는 자신이 혜진한테 다가가려 하면 할수록 이상하게 일이 꼬이는 걸 안타까워했다. 저번 지하주차장 일만 해도 그렇다.

"먼저 들어가시죠."

그와 혜진이 거의 동시에 진입하는 바람에 지하주차장에서 하마터면 접촉 사고를 낼 뻔했다. 달수는 창문을 열고 미소를 띠며 양보를 했다.

"……!"

그러나 양보를 받은 그녀가 되레 몹시 화난 얼굴 표정을 짓는 것이었다. 달수는 영문을 몰랐다. 양보를 해줘서 고맙다는 인사를 받을 줄로만 생각하고 있었던 참이었으니까.

"제가 무슨 잘못한 일이라도……"

"요즘 와서 댁이 계속 단골로 차를 세우고 있는 자리는 원래 제 스쿠프가 들어가던 자리예요. 아셨어요? 자리가 쌔고 쌨는데 왜 하필이면 제 자리에 계속 세우세요? 심술 부리는 건 아니겠죠?"

"심술이라뇨? 전 정말 몰랐습니다."

"지금이라도 알아주셨으면 좋겠네요."

그 와중에서 또 회사 일은 일대로 꼬이기 시작했다. 갑자기 머리가 텅 비어버린 듯 아무리 쥐어짜도 카피가 나오질 않는 것이었다. 한마디로 슬럼프에 빠진 거였다. 그러잖아도 애인 만들기에 죽을 쑤고 있는 달수한테 떨어진 일이 하필이면 사랑에 대한 카피를 만드는 것이었다. 화장품 회사에서 주문이 들어왔는데 요즘 사랑 하면 하도 튀는 말과 이미지만 난무하니깐 좀 차분하고 철학이 깃들인 깊이 있는 이미지로 뽑아달라는 것이었다.

요즘 세상에 그런 사랑이 도대체 어디 있다고!

그래서 달수는 그 좋아하는 술도 마다하고 퇴근시간만 되면 집으로 일찍 들어와서 베란다에 내어놓은 달팽이를 한없이 바라보는 게 일과가 되었다. 혹시 무슨 아이디어가 떠오를까 싶어서였다. 그 달팽이는 요즘 신도시에서 '가격 파괴'를 내걸고 한창 성업중인 상설 할인 판매장 야채 코너에서 묻어온 것이었다. 달수는 케일에 된장을 발라서 쌈 싸 먹는 걸 아주 즐겼다. 그런데 그 가격 파괴점에서 사온 케일 한 무더기 속에 바로 그 달팽이가 꿈틀거리는 걸 싱크대 위에서 한 잎 두 잎 씻다가 뒤늦게 발견한 것이다.

왜 버리지 않고 키울 생각을 먹었을까? 혹 달수의 어릴 적 별명이 팽씨 성 때문에 달팽이였기 때문인지도 몰랐다. 그리고 달수는 왠지 혼자 사는 아파트에 동거자가 생긴다니 그것도 괜찮겠다 싶은 생각이 들었던 것이다. 그래서 이따금씩 통 안에 주워온 채소 이파리들을 깨끗이 씻어 넣어준 다음 모래 위에 물을 촉촉이 뿌려주고 배설물을 청소해주면서 말을 걸어도 보았다.

오늘 잘 놀았니!

옛날에 맘씨 좋은 노총각한테 달팽이 각시가 나타나 백년해로했다는데 네가 혹시 그 각시냐, 낄낄!

그러다가 문득 그는 무릎을 내리쳤다. 갑자기 카피 한 줄이 번개처럼 머릿속을 스쳤기 때문이다.

─빠른 사랑보다 느린 달팽이의 사랑이 되고 싶습니다! 마음을 짊어지고 가는 사랑은 1cm를 가도 천km를 간 듯합니다!

단숨에 휘갈긴 카피를 본 부장은 바로 이거다! 하면서 환호작약했다. 순수한 자연적 사랑을 아주 적절히 표현했다는 거다. 그 카피가 나가자 여기저기서 좋다는 말이 들려와 달수씨로서도 마음속으로 달팽이한테 고마움을 느끼지 않을 수 없었다. 그래서 더욱 달팽이에게 정성을 들이며 삭막했던 베란다에 나무 그늘을 만들어주기 위해 각종 나무나 화초도 우거지게 키우기 시작했다.

그런데 하루는 잡지사에서 '좋은 카피 좋은 사람' 란에 쓸 내용으로 인터뷰를 하겠다며 기자가 한 사람 회사로 찾아왔다. 어깨에 사진기

를 둘러멘 단발머리 여기자는 다름아닌 서혜진이었다. 둘은 악수를
하려고 서로 손을 내밀다가 깜짝 놀란 표정을 지었다.

"아니 서기자가 바로……"

"그럼 그 달팽이의 사랑 카피를 쓴 사람이 바로 달수씨……!"

두 사람은 한동안 서로 복잡한 눈길을 주고받았다. 그러나 그 눈길
속에는 벌써 달팽이의 걸음처럼 표나지는 않지만 차분한 감정의 물
결이 스멀스멀 고이고 있었다.

사이다병 속의 연가

    순식간에 시커먼 먹장구름이 덮쳐왔다. 나는 그제야 나의 튼튼한 두 뒷다리를 너무 믿은 나머지 집에서 터무니없이 멀리 떨어져 나왔다는 사실을 깨달았다.

    사방을 아무리 둘러봐도 비를 그을 만한 마땅한 곳이 없었다. 나는 이미 사람들이 자주 몰려다니는 공원 산책로의 한가운데까지 나와 있었던 것이다. 잔디 이파리 밑에서는 큰비를 감당할 수 없을 게 뻔했다. 맙소사!

    두리번거리며 뒤를 돌아보니 마침 빈 사이다병이 눈에 띄었다. 당장은 그 안에서 비를 피할 수밖에 없었다. 나는 뒷다리에 힘을 주고 뛰어올랐다. 세번째로 땅을 박차려는데 벌써 커다란 빗방울 하나가 등짝을 후려쳤다. 하마터면 몸의 중심을 잃고 나동그라질 뻔했다. 다섯번째로 땅을 박차자 나의 몸은 둥그런 사이다병 속으로 빨려들어갔다. 병 안으로 들어오자마자 장대 같은 빗줄기가 쏟아지기 시작했다.

운이 좋았다. 병 밑바닥에는 짜릿한 사이다가 흥건히 괴어 있어 그러잖아도 목이 컬컬하던 나는 무릎을 꺾고 엎드려 맘껏 들이마실 수 있었다. 갈증이 어느 정도 해소되어 정신이 좀 날 만해질 때쯤 나는 병 한구석에 나말고 누군가 얌전히 앉아 있다는 것을 알았다.

"안녕, 친구! 내 이름은 메돌이야."

아주 예쁜 아가씨 메뚜기였다. 나는 반가워서 인사를 던졌지만 그녀는 나를 본체 만체 고개를 외면했다. 그도 그럴 것이, 그녀는 어깨에 새겨진 무늬로 보건대 아마 마을에서 최상층에 속하는 귀족 메뚜기임에 틀림없었다. 그에 비하면 나는 튼튼한 두 뒷다리로 쉴새없이 부드러운 풀과 과일의 속살을 지하창고로 물어와야 하는 하층 계급의 일꾼 메뚜기에 불과했다.

"지친 듯한데 여기 와서 이 달고 맛 좋은 사이다 좀 마셔보지그래?"

"흥, 너나 실컷 먹어! 인간이 버린 것을 어떻게 먹는담!"

그녀는 앙칼지게 쏘아붙였다. 그 말을 듣자 나도 더이상 먹고 싶은 생각이 사라져서 슬그머니 뒤쪽으로 물러나 앉았다. 푸른 유리 너머로 빗줄기가 더욱 굵어져 있었다. 잠깐 내리고 말 비가 아닌 모양이었다.

그때 밀어닥친 흙탕물에 떠밀린 사이다병이 떼구루루 굴렀다. 그 바람에 나와 그녀는 한데 뒤엉켜 나동그라졌다. 그것은 어쩔 수 없는 돌발 사태였다. 그러나 화가 잔뜩 난 그녀는 날개를 툭툭 털고 일어서서는 나를 거세게 밀쳐댔다.

"엉큼하게 왜 이래! 비가 그치고 마을로 돌아가면 어른들한테 말씀드려서 아주 혼구멍을 내주겠어!"

"일부러 그런 게 아니었어. 정말 미안해."

그러는 사이에 병이 웅덩이 같은 데 빠졌는지 입구로 흙탕물이 넘처들어올 기세였다. 빨리 병의 어귀를 막지 않으면 둘은 병 안에서 고스란히 익사할지도 모를 다급한 처지가 됐다.

"어머, 이를 어쩌면 좋아!"

그녀는 겁에 질려 울음 섞인 소리를 내었다. 어쩌면 좋을까? 한 가지 방법이 있다면 몇 번 병 밖을 들락거리며 풀이며 돌멩이를 물어다가 병 어귀에 둑을 쌓는 길뿐이었다. 그 일은 굵은 빗줄기 때문에 하마터면 목숨을 잃을지도 모르는 위험한 일이었다. 그러나 망설일 틈이 없었다. 나는 울고 있는 그녀를 한번 돌아본 다음 입을 굳게 다물고 병 밖으로 몸을 던졌다.

"이봐, 이젠 걱정하지 말라구."

나는 비에 흠뻑 젖은 몸으로 숨을 헐떡이며 말했다. 그녀는 그런 나를 좀 전의 경계 어린 눈빛과는 다른 눈빛으로 말없이 바라보았다. 나는 기분이 좋아졌다. 그러나 그런 기분은 얼마 있지 않아 깨지고 말았다.

아빠의 우산 밑에서 걷던 아이 하나가 사이다병을 발견하고는 아장아장 걸어왔다. 병 앞에 쭈그리고 앉아 그 속에 든 우리를 들여다보는 아이의 눈동자에는 호기심이 잔뜩 어려 있었다. 어린아이인 만큼 어떤 동작을 취할지 전혀 짐작을 할 수가 없는 게 큰일이었다.

혹 그대로 병을 덥석 들어서 산책로 옆의 연못 속으로 집어던지기라도 한다면! 아아, 생각만 해도 아찔했다. 오직 하느님의 가호를 바라며 기도하는 수밖에 다른 도리가 없었다. 아이의 고사리 같은 손이, 아니 무지막지해 보이는 거인 같은 손이 우리 쪽으로 쭈욱 뻗쳐왔다. 그 순간⋯⋯

─태형아, 비 맞으면서 뭐 하니? 빨리 이리 오너라. 빨리 집으로 가야지!

하느님이시여! 아이는 아빠의 재촉을 받고는 손을 거둬들이고 벌떡 일어나 가버렸다. 창백한 표정을 짓고 있던 그녀는 긴장이 풀렸는지 유리벽에 머리를 대고는 맥없이 옆으로 쓰러졌다.

풍성한 들판은 우리 것
욕심 부릴 필요 없네
싱싱한 이파리 한 입 먹고
맑은 이슬 한 입 마시고
하늘 보니 절로 즐거워~

그녀가 무릎을 포개고 앉아 맑은 목소리로 노래를 불러주었다. 나는 흐뭇한 미소를 지으며 귀를 기울였다. 비도 거의 그쳐가고 있었다. 이 정도면 밖으로 나가서 마을로 되돌아갈 만도 했다.

"킬킬, 즐겁긴 뭐가 즐거워!"

거친 목소리가 그녀의 노래를 가로막았다. 그녀는 폴짝 뛰어올라 내 어깨에 매달렸다. 나도 놀라 돌아보니 험상궂은 물방개 한 녀석이 슬금슬금 기어들어오고 있었다.

"뭐 하는 녀석이야!"

"낄낄, 너하고는 용무가 없어. 보다시피 저 계집애를 차지하려고 할 뿐이니깐 너는 좋은 말로 할 때 곱게 사라지라구. 그렇지 않으면 크게 다칠 줄 알아!"

방개녀석은 톱니가 뾰족뾰족 난 앞발을 들어 보이며 으르댔다. 겁에 하얗게 질린 그녀는 내 등뒤에 매달려 오돌오돌 떨었다. 나는 뒷다리에 힘을 주고 썩 나섰다.

"오호, 방개선생 그런 용무시던가? 그렇다면 우선 나를 쓰러뜨리지 않으면 안 될걸. 왜냐하면 우린, 우리 둘은⋯⋯ 친한 친구 사이이니깐."

나는 그녀를 돌아다보았다. 내가 친구라고 한 표현을 어떻게 생각하는지 궁금했다. 그녀는 힘껏 고개를 끄덕여주었다. 그것을 보자 나는 다리 알통에 갑자기 힘이 불끈 솟구치는 걸 느꼈다.

"웬 ×뼉다귀 같은 놈이 다 성가시게 구네. 그럼 슬슬 몸 좀 풀어볼까!"

어떻게 싸웠는지 몰랐다. 아무튼 죽을힘을 다해 덤볐다는 것, 그리고 나도 무수히 얻어터졌지만 방개녀석도 서너 번 억센 내 뒷다리에 채였다는 것 등이 어렴풋이 기억날 뿐이었다. 나는 삭신이 쑤시는 듯한 통증을 느끼며 눈을 떴다. 그러자 그녀의 걱정스런 얼굴이 눈에 한가득 들어왔다.

"어, 어떻게 된 거지?"

"이겼어, 메돌이 네가 이긴 거야!"

그녀는 내가 깨어난 게 기쁜지 날개를 요란하게 부비며 어린 메뚜기처럼 좋아했다. 고개를 돌려보니 한쪽 구석에는 내 뒷다리에 얼굴을 얻어맞고 뒤로 자빠진 방개의 모습이 보였다.

내가 몸을 일으키자 그녀는 둑을 쌓았던 풀로 내 다친 다리를 싸매주었고 나뭇잎으로 바가지를 만들어 맛있는 사이다를 손수 떠다주었다. 나는 그녀가 떠다준 사이다를 마시면서 그녀의 초롱초롱한 눈동자를 가만히 들여다보았다.

병 밖으로 나온 나는 그녀의 부축을 받으며 절름절름 들판을 가로질러 가고 있었다. 보리밭 밑에 있는 마을 어귀에 이르자 그녀가 부축하던 어깨를 풀었다.

"메돌아, 여기서부터는 너 혼자 걸어갈 수 있지?"

"그래. 정말 고마웠어."

"고맙긴? 내가 할 소리지. 너의 용기와 헌신이 아니었다면 난 오늘 큰일을 당할 뻔했잖니? 정말 잊지 않을게. 왠지 너랑 앞으로 친하게 지내게 될 것 같은 예감이 들어."

"나도 그래……"

"잘 가."

그녀는 헤어지기가 아쉽다는 듯 뒤를 돌아보며 이별의 날갯짓을 해 보였다.

"아 참, 메돌아. 깜빡했는데 내 이름은 메선이야. 꼭 기억해!"

먹구름이 지나간 하늘은 눈이 시리도록 맑고 환했다.

눈이 오는 밤

눈은 수줍은 듯 저녁 어스름과 함께 찾아왔습니다. 어둠 속에서 하얀 눈송이들이 가로등 불빛 사이로 사뿐사뿐 몸을 날리고 있었던 겁니다.

"히야! 할머니 눈이 와요, 흰 눈이."

예솔이는 베란다 유리에 앞이마를 댄 채 소리를 질렀지요. 뽀얀 입김이 창가에 서렸습니다.

"그래. 정말 탐스럽기도 하구나."

거실 소파에 앉아 손녀에게 크리스마스 선물로 줄 털장갑을 정성들여 짜던 할머니는 팔을 무릎 위로 내리고 돋보기 너머로 눈길을 보내며 말했습니다.

"오늘 같은 날 피자집에 차 타고 가서 샐러드랑 콜라랑 먹으면서 얘기했으면 참 좋겠는데."

"글쎄…… 이 할미도 그랬으면 좋겠지만…… 오늘 밤 우리 차를 예솔이 너한테 옛날얘기 잘 해주시는 까치할머니가 급히 쓰겠다고 부탁을 해서 좋다고 허락을 했거든. 까치할머니가 먼 곳에 있는 딸네 집에 급히 다녀올 일이 생겼대요. 너 시계 볼 줄 알지. 이제 여덟시가 되면 까치할머니가 차 열쇠를 받으러 올 거야."

"히잉!"

예솔이는 못내 아쉬운 듯한 기색이었습니다. 그러자 할머니가 뜨개질거리를 내려놓고는 부드러운 목소리로 예솔이를 불러 소파 옆에 앉혔습니다.

"이 할머니가 얘기 한 토막 해줄 테니 얌전히 들어볼래?"

"무슨 얘기요?"

할머니는 손녀의 머리를 쓰다듬어주었습니다.

"예솔이를 낳은 엄마 아빠가 지금 너만할 때였으니 아주 오래 전 일이지. 남편이 일찍 하늘나라에 가는 바람에 혼자 아이들을 데리고 살게 된 아줌마가 있었어요. 그런데 어느 날 저녁에……"

"깜깜한 데서 도깨비가 나왔어요?"

예솔이는 할머니의 손을 꽉 잡았습니다.

"호호 그게 아니고 말이지 바람이 쌩쌩 부는데 말이다. 아주 멀리 떨어져 있는 시내의 여러 곳을 찾아가야만 할 일이 생겼단다."

"무슨 일인데요?"

"그 아줌마는 장사를 하고 있었는데 그날 밤 물건 판 값을 거두러 다닐 일이 생겼던 거예요. 그런데 몸살이 와서 몸이 별로 좋지 않았던 그 아줌마는 잘 알고 지내던 한 친구에게 외투를 빌려달라고 부탁을 했단다. 이 친구도 그날 밤 사실은 어떤 약속이 하나 있었지만 친한 친구의 부탁이어서 자신의 약속을 뒤로 미루면서 외투를 빌려주겠다고 약속했지."

"그래서요?"

"그런데 밤이 되자 그 아줌마는 몸이 더욱 나빠졌어. 그래서 시내에 갈 수가 없게 되었고 대신 집에서 다른 일을 해야 할 처지가 된 거야. 하지만 그 아줌마는 일할 시간도 부족했지만 친구와 한 약속을 지키기 위해 이미 쓸모 없게 되어버린 그 외투를 약속한 시간에 받으러 찾아갔단다."

"입지도 못할 옷을 받으려요? 나 같으면 친구한테 그 옷이 필요없게 됐으니 그만둬 이렇게 말해줬을 텐데."

"그게 바로 약속이라는 거야. 근데 그 아줌마가 누군지 아니 예솔아?"

"몰라요."

"아줌마는 바로 젊은 시절의 이 할미란다. 그리고 그 친구는 오늘 밤 우리 차를 약속 받아간 까치할머니였어."

"아하, 그래요! 근데 할머니 저거 봐요. 눈이 저렇게 많이 쌓였고 앞으로도 많이 올 것 같은데 까치할머니가 차를 타실 수 있을까요?"

베란다 밖에 두텁게 내린 눈을 바라보던 할머니의 으늑한 눈매에 안타까움 같은 게 잠시 스치고 지나갔습니다.

"글쎄, 십중팔구 타지 못하게 되겠지……"

밤이 깊어갈수록 눈송이는 더욱 굵어졌습니다. 예솔이는 차들의 지붕을 솜이불처럼 덮고 있는 눈을 보며 자신도 모르게 가슴을 졸였지요. 그런데……

—띵똥띵똥.

초인종 소리가 울렸습니다. 뒤이어 벽시계에서 뻐꾸기가 창문을 열고 나와 울기 시작했지요. 여덟시였습니다. 예솔이 엄마가 현관문을 따주었습니다.

"아유, 어서 들어오세요 까치할머님."

정각 여덟시에 도착한 까치할머니였습니다. 예솔이네 가족은 모두

나와서 반갑게 맞이했습니다.

"여보게 친구, 차 열쇠를 내게 주겠나?"

"으응, 그래야지. 그런데 눈 때문에……"

"걱정 말구."

차 열쇠를 받아든 까치할머니는 품안에서 종이봉투를 꺼냈습니다. 까치할머니의 체온으로 아직도 따스한 기운이 남아 있는 군고구마였지요. 잠깐만 쉬어가겠다며 들어온 까치할머니와 군고구마를 나눠 먹으며 얘기꽃을 피우는 바람에 예솔이의 머릿속에는 피자 생각이 싹 사라졌고 시간이 어떻게 흘러갔는지도 몰랐답니다.

"이젠 가봐야겠어. 자, 이것 받게나."

한 시간쯤 뒤 자리에서 일어난 까치할머니는 호주머니 속에서 차 열쇠를 꺼내 다시 돌려주는 것이었습니다.

"약속한 대로 빌린 차는 지금 돌려줌세. 눈이 많이 내려서 딸네 집 가는 것을 다음으로 미뤘어."

두 할머니는 서로 얼굴을 쳐다보며 손을 맞잡고 한참 동안 서 있었습니다. 숨을 죽이고 지켜보던 예솔이는 그 순간 약속이라는 게 뭔지 조금은 알 것만 같아 가슴이 뿌듯해졌지요.

눈이 오는 밤이었습니다.

추억은 아름다워라

    나른한 따분함이 곰팡이처럼 스멀스멀 퍼지려고 하는 일요일 정오 무렵. 봉근네 집과 선미네 집에서 동시에 환호성이 터져나왔다.

    "아니, 당신 그게 정말이세요?"

    "오늘 해가 서쪽에서 떴남!"

    먼저 선미네 집.

    선미엄마가 남편 맹형구씨한테 포도주스를 담은 잔을 갖다주려다 하마터면 놓칠 뻔했다. 결혼생활 십일 년째지만 한 번도 남편 입에서 먼저 어딜 가보자는 얘기가 나온 적이 없었다. 그런데 막 대중탕에서 오랜만에 찌든 때를 벗고 돌아온 남편이 연애 시절의 추억이 어린 화사랑엘 가자고 불쑥 제의해온 것이다.

    "이 사람아, 오늘 해는 분명히 동쪽에서 떴으니깐 그렇게 호들갑떨 것까진 없어."

    "정말 웬일이세요?"

"오늘 사우나에서 땀을 빼는데 슬쩍 보니깐 옆에 바로 봉근아빠가 인상을 찡그리고 땀을 흘리고 있지 뭐야! 그래서 이 얘기 저 얘기 나누다가 보니깐 글쎄 그 양반도 연애 시절에 화사랑을 가봤던 모양이야. 처음엔 우리끼리 한잔하려다가 에이구, 마누라쟁이들한테 그 동안 깎인 점수 좀 벌충해보자 이렇게 말이 됐지. 물론 내가 주도적으로 그렇게 말을 몰아갔지만."

"헤잉, 그럴 리가! 봉근아빠가 말을 먼저 꺼냈겠지?"

"못 믿겠으면 직접 가서 물어봐 이 사람아, 내참!"

그리고 봉근네 집.

"화사랑이 아직도 있어요? 내가 이사 와서 은근슬쩍 찾아봤는데 없는 것 같던데."

"옛날 그 자리에서 정발산 북쪽 너머로 한참 옮겨갔다던데 뭘. 근데 이름이 바뀌긴 바뀌었어. 뭐라더라? 응 그래, 숲속의 섬."

봉근엄마는 감격을 했는지 눈동자를 한 바퀴 팽그르르 돌리고 가슴 앞으로 두 손을 모아 쥐었다.

"화사랑! 숲속의 섬! 아, 아무럼 어때요. 여보 너무 고마워요."

"고맙긴! 빨리 준비나 서두르라구."

예전의 화사랑과는 조금 달라진 모습이었지만 숲속의 섬의 탁자나 의자 또 실내 분위기 등에 그 자취가 남아 있는 것 같아 두 집 식구는 모두 만족한 표정을 지었다.

"까짓것 맘껏 시켜!"

형구씨와 공배씨는 얼굴에 생색을 가득 내며 호기롭게 외쳤다.

"어머, 이 동동주 동이술이 그때 우리가 먹었던 술맛일까요 여보? 그리고 이 해물파전은?"

선미엄마가 메뉴판을 손가락 끝으로 찍어가며 탄성을 내질렀다.

"시켜봐! 일단 먹어봐야 맛을 알지."

남편들도 푸짐한 안주에 술이 얼큰해졌지만 아내들도 그에 못지않게 뺨이 잘 익은 복숭아 빛을 띠었다. 그러자 예상했던 대로 예전의 화사랑에 대한 추억들이 한 자락씩 풀려나왔다. 먼저 선미엄마가 입을 열었다.

　"그때 그 경의선 열차 타고 온 것 당신 기억나요?"

　"글쎄…… 좌우당간 기차를 탔겠지."

　선미엄마가 분위기를 살려주지 않는 남편에게 눈을 곱게 흘긴다.

　"아, 그게 왜 기억이 안 나요?"

　"혹시 부인에 대한 애정이 식은 것 아닙니까 맹형."

　옆에서 안주발을 열심히 세우고 있던 공배씨가 은근히 우스개를 던진다. 그러자 선미엄마가 잘됐다는 듯 맞장구를 쳤다.

　"누가 아니래요! 그때 당신 생일인가 뭔가 해가지고 흰 눈이 온 벌판을 하얗게 덮어가지고 둘이 찰거머리처럼 딱 달라붙어서 기차 타기 전에 사온 따끈따끈한 호빵을 자기 먼저 나 먼저 하면서 서로 입에 넣어주며 가던 기억이 아, 왜 안 난다는 건지 차암."

　형구씨는 술기운 때문에 자꾸 가물가물해지는 눈앞을 가다듬으며 아내가 일러주는 광경을 떠올리려고 무척 애를 썼다. 그러나 아내가 설명해주는 광경은 그의 머릿 속에는 들어 있지 않았다.

　"내 생일은 겨울이 아니잖아. 오뉴월에 내리는 눈도 다 있어?"

　선미엄마는 무엇인가를 생각하는 시늉으로 눈을 깜빡거렸다.

　"맞다, 맞다! 당신 생일이 아니고 아마 내 생일이었던 것 같다."

　봉근엄마가 술잔을 들며 끼어들었다.

　"누구 생일이면 어때요? 벌써 십몇 년이 지났는데 기억도 희미하고…… 아무튼 지난간 옛 추억을 위해 한잔!"

　"좋고!"

　"브라보!"

"그래, 아마 당신 생일이었을 거야."

형구씨가 비로소 생각이 났다는 듯 손등으로 술이 묻은 입가를 훔치며 말했다.

"그래서 그때 내가 당신 손가락에 싸구려긴 했지만 반지를 끼워주었잖아. 아, 안 그래?"

그러자 이번에는 선미엄마가 고개를 갸웃거렸다.

"당신이 총각 때 내게 반지 같은 것을 사서 손가락에 끼워준 기억이 없는데……"

봉근엄마가 선미엄마의 빈 잔에 표주박으로 술을 채우며 어깨를 건드렸다.

"아, 잘 생각해봐. 왜 없겠어? 그때는 소중해 보여도 결혼하고 시간이 흐르면서 그런 싸구려 반지 따위는 잘 잃어버리잖아. 난 어땠는지 알아?"

공배씨가 빙그레 웃으면서 봉근엄마의 말을 가로채 운을 뗐다.

"그때 우리가 백마역에서 내려서 철길 따라 어깨동무를 하고 걸어가다가 돌을 주워 허허벌판으로 날리기도 했지. 바람이 드세게 불던 그 벌판을 가로질러서 말이야 징검다리처럼 놓인 넓적한 돌을 밟으며 서로 밀치기 장난 한 것 기억나?"

"그래서 내가 떠밀려 넘어지면서 무릎에 온통 진흙투성이가 돼가지고……"

공배씨가 봉근엄마의 말꼬리를 잡아채며 말을 이었다.

"난 일부러 밀려주는 척하려다가 발목을 삘 뻔했잖아! 그건 그렇고 그때 우리 뒤로 어떤 사내가 살금살금 따라오던 거 기억나? 시커먼 카키색 점퍼를 입고 그 점퍼 뒤에 달린 모자를 푹 뒤집어쓴 놈이었잖아."

"어머, 너무 무서웠겠다. 그래서 어떻게 됐어요?"

궁금증을 이기지 못한 선미엄마가 탁자 앞으로 바짝 다가와 앉으며 참견을 했다.

"오솔길을 막 꺾는 순간 풀숲에 앉아서 기다리다가 그 사내가 가까이 오는 것을 기다려 성큼 앞으로 내달렸죠."

"그래서요?"

"아 그래서 옷자락을 붙잡고 모자를 벗긴 뒤 따졌죠. 왜 우리 뒤를 졸졸 따라오냐구. 그랬더니 그 친구 하는 말이 내참…… 자긴 화사랑의 이름은 들었지만 그때까지 한 번도 가본 적이 없는 사람인데 우리같은 연인 뒤를 따라가다보면 화사랑에 닿을 것 같아서 그랬다는 거야."

"하하하!"

"호호호!"

모두들 웃음을 터뜨렸다.

"봉근엄마, 정말 즐거운 하루였겠네."

"즐겁긴…… 근데 사실 그때 우리는 심각한 일을 논의하러 그곳에 갔던 거예요."

"무슨 일이요?"

"우리의 결혼에 대해 양가에서 반대가 정말 심했거든요. 우리 친정 쪽은 궁합이 상극이라고 반대를 했고, 시댁 쪽은 내 겉모습이 맘에 들지 않았나봐요. 그래서 둘이 몰래 도망을 쳐서 아무도 모르는 데로 가서 숨어 살까 하는 생각까지 먹던 차였죠."

"그랬군요……"

형구씨가 술잔을 들어 입술에 대며 고개를 끄덕였다.

"사실 그날에 말이에요. 아마 우리 봉근아빠도 아직까지 모르고 있을 거예요."

"뭘……?"

공배씨가 잔을 들다 말고 게슴츠레한 눈빛을 거두고 긴장한 채 아내의 얼굴을 돌아다보았다.

"아니…… 내가 그날 너무 취해서 뒤꼍에 나가서 세 번이나 토한 것 말예요."

"으응, 그걸 가지고 뭘? 하하."

공배씨는 뭘 그런 걸 가지고 정색을 하느냐며 껄껄 웃어젖혔다. 그러나 봉근엄마는 그때 애인이던 공배씨가 혹 변심을 하면 쓰려고 핸드백 속에 치사랑에는 못 미치긴 했지만 수면제를 열몇 알쯤 숨겨갖고 갔었다는 걸 끝내 말하지 않았다.

"아무튼 우리가 이렇게 즐거운 추억으로 화사랑에 연결돼 있는 것도 소중한 인연인 것 같아요."

선미엄마가 이렇게 말하며 선창으로 건배를 제의했다.

"거, 좋죠! 그럼 구호를 뭐라고 할까요. 그냥 건배 하는 건 좀 싱겁고 뭐…… 위하여 하고 외칠 게 없을까요."

"왜 없겠어요. 아름다운 추억을 위하여가 어때요."

"오케이, 통과! 자 그럼 준비하시고 건배!"

"아름다운 추억을 위하여!"

"위하여!"

"위하여!"

그들은 그렇게 제각기 아름다운 추억을 새기며 잔을 들었다. 지나간 추억이란 제아무리 엉망이라도 그것이 추억인 이상 아름답게 추억될 수밖에 없는가보다.

다시 쓰는 날개

나는 하루 종일 볕이 들지 않는 축축한 방 안에서 아내가 주는 밥을 받아먹고 산다. 아내의 직업을 나는 모른다. 물론 알 필요도 없다. 소원이 있다면 아내의 화사한 아랫방에서 함께 자보는 것. 그래서 아내가 없으면 아랫방으로 들어가 화장품을 구경하고, 돋보기로 종이를 끄슬리며, 손거울 장난도 논다. 아내는 손님을 방으로 불러들이는 날에는 내게 상냥해지고 돈도 나눠준다. 하지만 난 그 돈을 쓸 데가 도무지 없다. 어느 날 외출이라는 걸 했다가 들어오다가 손님을 받고 있는 아내에게 들켜 혼이 난다. 혼이 났지만 아내 몰래 또 거리로 나선 나는 아내가 한 달 동안 내게 아스피린이라고 건네준 알약이 아달린이라는 수면제였음을 깨닫는다. 어디로 가야 하나. 어느새 한낮의 백화점 옥상에 올라 있는 나의 겨드랑이가 가렵다. 날개야 돋아라, 한 번만 더 날자꾸나……

— 이상의 「날개」 줄거리

나와 아내는 어차피 절름발이 부부였다. 우리의 만남부터가 그러했다. 나는 미술가의 꿈을 이루지 못한 채 항구 도시의 비린내 나는 뒷골목을 전전하며 삼류 극장의 간판에 붓칠이나 해주는 걸로 겨우 연명을 했다. 그러다보니 싸구려 술과 절망감에 찌들어 폐인이나 다름없었다. 아내는 술집에서 웃음을 파는 여인이었지만 내겐 생명의 은인이기도 했다.

"그쪽은 나 아니었으면 벌써 염라대왕하고 농담 따먹기나 하고 있었을 거예요."

그날도 술에 취해 뒷골목에 아무렇게나 널브러진 나를 자기 방으로 떠메고 들어온 그녀는 기다란 담배를 입술 새에 끼고 라이터 불을 켜며 새벽녘에 간신히 정신을 차린 내게 말했다.

"어쩌자고 나 겉은 놈을 살려냈소? 그냥 얼어죽게 내버려둘 일이지……"

"그쪽이 극장에서 예술가처럼 솜씨 좋게 그림 그리는 걸 우연히 본 적이 있어요."

그 말 한마디에 나는 그녀가 맘에 들었다. 더군다나 어둠침침한 방 안과 특히 오랜만에 코를 찌르는 젊은 여자 체취가 환장하게 좋았다. 내가 그 방 안을 떠나지 않음으로써 우린 정식 혼례를 치른 부부는 아니었지만 자연스레 동거생활을 시작했다. 그 뒤로 나는 술을 끊긴 했지만 박제가 된 사람처럼 멍해진 듯했다. 극장의 간판을 그리러 다니지도 않았다. 술집에 나가는 아내의 벌이만 갖고도 입에 풀칠할 정도는 되었다. 아내는 나 같은 위인만 해도 적잖은 바람막이가 되는지 기꺼워하는 눈치가 역력했다. 다만 불편한 것은 아내가 손님을 집으로 불러들여 받을 때였다.

그런 눈치가 보이면 나는 두 가지 중 한 가지를 선택해야만 했다.

즉 두어 시간쯤 외출을 나가거나 다락방으로 숨어들어가 이불을 뒤집어쓴 채 손톱을 깨물거나 장난감 불자동차를 갖고 노는 일이었다. 그럴 때면 아랫방에서 올라오는 소곤거리는 기척을 듣는 일도 적잖은 즐거움이었다.

혹 술에 취해서 혀가 잘 돌아가지 않는 손님들의 얘기는 더러 놓치는 수가 있어도 아내의 높지도 얕지도 않은 말소리는 일찍이 한마디도 놓쳐본 적이 없었다. 더러 내 귀에 거슬리는(?) 소리가 있어도 나는 그것이 태연한 목소리로 내 귀에 들렸다는 이유로 충분히 안심이 되었다.

그렇게 손님을 치른 다음날이면 아내는 일부러 입가에 웃음을 살살 흘리며 늦은 아침상도 포실하게 차려냈고 어디 가서 맛있는 것도 사먹고 오라며 호주머니에 용돈도 찔러주곤 했다. 그런데 석 달 전 어느 날 눈치를 보고 외출을 했다가 마침 그날이 주민등록증에 찍힌 아내의 생일이라는 생각이 떠올랐다. 나는 제과점에 들러 아내가 찔러준 돈으로 커다란 생크림 케이크를 사서는 약간 흥분한 얼굴로 한달음에 집으로 달려왔다.

"여보!"

나는 무심결에 방문을 벌컥 열었다. 그런데 이불 속에 든 아내의 놀란 얼굴과 그 등뒤에 웃통을 벗은 낯선 남자의 얼굴이 나를 쏘아보고 있는 게 아닌가. 나는 너무 놀라 방문을 닫고는 그 자리에 장승처럼 우뚝 서 있었다. 잠시 후 사내가 재수없다고 투덜거리며 나갔다. 그러자 사흘 굶은 시어미 상을 지은 아내가 뛰쳐나오더니 내게 달려들어 손톱을 세운 채 마구 잡아뜯다 못해 생일 케이크를 자근자근 밟아버리는 것이었다. 그 장면에서 나도 화가 나 눈을 부릅떴다.

"야, 이 더러운 년아 네가 사람이야?"

"뭐? 더러워? 여자가 몸 팔아온 돈으로 먹고사는 주제에 인격 찾니?"

　나는 아내를 심하게 밀쳐 바닥에 쓰러지게 만들었다.

　"너 이제부터 술집 나가지 말아! 내가 나가서 벌어올 테니. 그러지 않으면 맞아 죽을 줄 알라구."

　"흥 사내 구실도 제대로 못 하는 꼴에."

　그 말에 나는 춘삼월의 얼음처럼 스르륵 맥이 풀려나갔다. 그러고 보니 아내를 만난 지 삼 년이 다 됐지만 과연 한 방을 써본 적이 있는지 없는지 기억이 아련할 뿐이었다. 어쨌든 아내에게 흰소리를 치고 나온 나는 일감을 찾아 거리로 나섰다. 극장 간판을 그리는 일만 빼고는 뭐든지 할 셈이었다. 그 와중에서 우연히 걸려든 게 옥상에서 줄을 내리고 빌딩 유리창을 닦는 일이었다.

　위험은 했지만 좋았다. 일을 마치고 돌아오면 앞치마를 두른 아내는 보글보글 된장국을 끓이며 나를 기다렸다. 모든 게 정상이었다. 아내와 나의 부부 관계도 갈수록 잦아졌다.

　"어이, 김형 요즘 더 말라가는 것 같아. 아무래도 이 일이 힘들지."

　십몇층짜리 백화점 옥상에서 내린 줄을 함께 타던 칠수형님이 대롱대롱 매달린 채 말을 걸어왔다.

　"괜찮아요. 우리 집사람도 퍽 걱정이 되는지 요즘 영양제를 꼭 권하더라구요."

　"아암, 그래야지."

　"바로 이겁니다. 영어로 써 있는 걸 보니 외제인가봐요 히히."

　나는 마침 어제 저녁 아내가 건네준 영양제를 깜빡 거르고 윗주머니에 넣어둔 게 있어 자랑도 할 겸 꺼내 슬며시 칠수형님한테 내밀었다.

　"이걸 자네가 여직껏 먹어왔남?"

　"예, 벌써 한 석 달은 되는걸요. 왜요?"

　"왜요라니. 이건 알브라민이라고, 나도 좀 아는 약인데…… 영양

제가 아니라 거시키 잠자리에서 수컷을 좀더 거칠게 북돋워주는 것
있지?"

"예에……?"

그럼 그 동안 아내는 기껏 내게 최음제를 권했단 말인가. 설마 그럴
리가. 난 단지 아내한테 한 마리 수컷에 불과했다?

이때 뚜— 하고 사이렌이 울었다.

"이크 일을 서둘렀어야 하는데 말이야. 벌써 민방공 훈련이야 김
씨."

발 밑의 사람들과 차량들이 뒤섞여 대피하느라 닭처럼 푸드덕거
리는 것 같고 온갖 유리와 강철과 대리석과 지폐와 잉크가 부글부글
끓고 수선을 떠는 것 같았다. 불현듯 안전띠가 가로지르고 간 내 겨
드랑이가 가렵다. 아하, 그것은 내 인공의 날개가 돋았던 자국이 아
니던가. 나는 까마득한 발 밑을 내려다보며 어디 한번 이렇게 외치고
싶었다.

날개야 다시 돋아라.

날자. 날자. 날자. 한 번만 더 날자꾸나.

한 번만 더 날아보자꾸나.

지붕 위의 남자 2

어떤 놈은 나더러 팔자 좋은 '셔터맨'이라고 부른다.

약간의 비아냥거림을 혓바닥 밑에 은근히 꼬불치고서. 물론 맞는 말이다.

도원상가의 일층에 자리잡은 아내의 홍익약국 셔터를 새벽같이 열고 밤늦게 내리는 게 나의 중요한 일과 중 하나이다. 또 아내가 가끔 자리를 비울 때 드링크류 정도 파는 건 내 몫이다. 그러나 내게도 엄연히 시인이라는 직업이 있다. 수입이 변변찮은 게 한 가지 흠인데…… 하지만 그것이 무엇이 중요하랴! 사람들의 배를 불리는 것도 중요하지만 마음이나 정신의 허기를 꺼주는 일도 그것 못지않게 중요하다는 자부심(?)을 내가 갖고 있는 한은 말이다. 그래서 나는 일찍이 이 도원상가를 가리켜 '욕망의 바벨탑'이라고 질타하는 시를 쓰기도 했다. 지면 관계상 아직 발표는 하지 못했지만. 그 시를 쓴 이유는 이 상가의 구조를 보면 대번에 알 수 있다.

지하에는 무려 방을 열여덟 개나 갖춘 대형 노래방이 있다. 그리고 일층에는 아내의 약국과 비디오방, 이층에는 호프집, 삼층에는 중국집과 한정식집, 사층에는 교단을 알 수 없는 정체불명의 개척교회 같은 게 들어서 있다. 그러니깐 한마디로 맘껏 먹고 마시고 노래를 부르고 놀다가 혹 속이 더부룩하면 약을 사먹고, 그러고 나서 정신적으로 좀 꺼림칙하면 즉석에서 회개까지 할 수 있는 완벽한 시스템을 갖추고 있는 셈이었다.

아내한테는 미안한 말이지만 나를 포함해 이 바벨탑 안에서 유일하게 정신적 순결함을 잃지 않고 있는 이가 딱 한 사람 있다. 허난주…… 그녀는 삼층에 있는 '李家'라는 한정식집에서 일하는 아가씨이다. 얼굴은 범상했다. 그러나 이 년에 걸친 관찰 끝에 나는 온갖 짓궂음을 감수해야 하는 손님맞이를 항상 밝은 미소로 감당해내는 그녀야말로 첫눈처럼 순백한 마음의 소유자라는 결론을 내렸다. 물론 그녀의 가냘픈 손목에 시골 촌구석에 사는 세 식구의 아슬아슬한 밥줄이 달렸음도 난 안다.

다만 한 가지 아쉬운 점은 그녀가 벙어리여서 제대로 말을 붙여보기 어렵다는 사실이었다.

"당신 기껏 집에서 싸온 도시락 안 먹고 또 이가에 올라갔죠?"

"요즘 도통 입맛이 돌지 않아서 말이야."

마누라는 내가 도시락을 풀어보지도 않고 슬금슬금 이가에나 올라가 노닥거리고 오는 게 마뜩찮은 모양이었다.

"내가 없을 때 약국을 함부로 비워도 되는 거예요?"

마누라한테는 지는 게 곧 이기는 것이다!

이처럼 평범한 듯하지만 실천하기 어려운 삶의 지혜도 세상에 달리 없다. 나는 말없이 담배를 빼 문다.

"또 담배? 약국 안은 금연 아녜요. 금연! 위생에 철저해야 할 약국

안에서 약사의 남편이 담배를 피우면 손님들이 무척이나 좋아하겠어
요!"

"비가 올라나……"

나는 딴전을 피우며 하는 수 없이 상가 옥상으로 올라간다. 이 욕망
의 바벨탑을 깔고 앉은 그 지붕에는 내 나이 또래의 남자가 혼자 살고
있다. 내가 알기로는 벌써 삼 년째 그곳에서 생활하고 있는 그 사내의
이름은 강광수이다. 동네에서 그의 직업을 제대로 알고 있는 사람은
하나도 없다. 그가 옥상 가득히 고물을 잔뜩 끌어들이는 것을 보면 고
물상 같기도 하고 어떨 땐 망가진 자전거나 라디오, 텔레비전, 가구
등등을 주워다가 말끔히 고쳐 벼룩시장 같은 데 내다 파는 것을 봐서
는 만능 수선공 같기도 했다. 그리고 밤에는 그의 허름한 집 창턱에
설치한 커다란 고물 천체 망원경으로 천문학자인 양 캄캄한 하늘을
살피는 버릇이 있다. 그 때문에 오히려 동네에선 그를 약간 실성한 사
람으로 보는 사람도 꽤 된다.

내가 한번은 무엇을 그렇게 들여다보고 있냐고 물어본 적이 있었
다. 그의 대답은 간단했다.

"사람, 사람을 찾거든……"

"사람? 그게 대체 누구요."

"죽은 아내."

"……!"

"아내의 혼이 깃들인 별이 저 밤하늘 어딘가에서 혜성처럼 나타날
날이 틀림없이 올 게요."

그런 속사정을 알고 있는 나이기에 언젠가 아내가 벙어리 아가씨
와 광수씨가 수상쩍은 관계인 것 같다고 했을 때 자신 있게 일축해버
릴 수 있었다. 물론 난주씨는 남몰래 특별히 광수씨한테 이것저것 먹
을 것을 싸다 갖다주곤 하는 건 사실이었다. 하지만 그런 친절을 받고

도 광수씨의 마음이 별로 움직이지 않는 모양이었다. 두 사람이 서로를 감싸안으면 좋을 텐데……

"김형, 김형!"

한번은 밤늦게 홀로 약국을 지키고 있는데 그가 허둥지둥 달려 내려왔다.

"왜 그러슈? 어디 배탈이라도 났습디까?"

"그, 그게 아니고…… 지금 하늘에 새로운 혜성이 나타나서 기막힌 우주 쇼를……"

"예? 그게 정말이에요?"

나는 터럭만한 의심도 품지 않고 숨을 헐떡이며 옥상으로 올라갔다. 나는 그가 새로 발견한 혜성을 향해 고정시켜놓은 기다란 천체 망원경의 접안렌즈에 눈을 붙였다. 과연 무수히 빛나는 별 사이로 유달리 긴 꼬리를 달고 있는 맑은 별이 눈에 들어왔다. 나는 흥분했다.

"강형! 축하해요. 당신은 지금 세계적인 발견을 한 거야! 우리 이렇게 아니라 빨리 방송사나 신문사에 알립시다. 지금 당장!"

그러나 그는 움직이지 않았다.

그저 빙긋이 웃는다 싶더니 망원경 끝에서 뭔가를 휙 벗겨냈다. 그러자 방금 전까지 내 시야에 들어왔던 밤하늘 대신 새로운 밤하늘이 나타났다. 내가 들여다보고 흥분했던 밤하늘의 혜성은 다만 그가 망원경 끝에 붙여놓은 얇은 한 장의 그림이었을 뿐이었다.

"미안스럽소, 김형. 아내 생각에……"

나는 어이가 없어 아무 말도 꺼낼 수 없었다. 옥상 난간에 기대 담배를 빼어 물었지만 생각할수록 화가 머리끝까지 치밀어올랐다. 골탕을 먹어서가 아니었다. 죽은 아내의 환영(幻影)에 붙들려 갈수록 자신을 마모시키는 그가 너무 매웠어서였다.

다 탄 담배꽁초를 손끝으로 튕겨버린 난 천천히 그의 천체 망원경으로 걸어갔다. 그리고는 망원경에 손을 얹자마자 있는 힘을 다해 끌어당겼다. 망원경은 생각보다 무거웠다. 그것을 끌어안은 나는 상가 뒤쪽의 텅텅 빈 주차장 밑바닥으로 서슴없이 내던져버렸다. 나의 돌발적인 행동에 놀란 그는 한동안 입을 쩍 벌리고 서 있더니 그 자리에 덜퍼덕 주저앉아 자신의 머리칼을 마구 쥐어뜯기 시작했다.

"우우우우……"

그 뒤로 그와 나의 관계는 다시는 회복되지 않을 것 같았다. 그가 혹시 상심해서 자살이라도?

그런데……

"김형 오랜만이오."

보름쯤 뒤 그가 싱글벙글 웃으며 약국 문을 기운차게 열고 들어오는 것이 아닌가. 나는 카운터에서 엉거주춤 일어섰다. 왜냐하면 그의 곁에는 바로 그 벙어리 아가씨가 다소곳이 서 있었기 때문이다.

"그 동안 신세 많이 졌시다. 나 곧 여길 뜹니다."

"뜨다뇨?"

나는 두 사람을 번갈아 쳐다보며 물었다.

"이 사람 고향으로 갈렵니다."

"이 사람이요……? 아항!"

벙어리 아가씨가 숙였던 고개를 들어 수줍은 듯이 미소지었다.

"예. 거기 가서 웬만하면 자전거포나 전파상 차리고 텃밭 좀 일구면 되지 않겠소?"

"그래요? 아유, 헤어지게 된다니 섭하긴 하지만 정말 잘된 일이에요."

약국 문 멀리까지 따라나간 내게 그가 손바닥으로 입을 가리고 귀엣말을 쑤셔넣었다.

"김형이 천체 망원경을 산산조각내는 순간 문득 깨달았시다. 죽은 아내는 환각일 뿐이라는 걸. 이 처자하고는 그간 이심전심으로 통하던 차라 서로 마음을 정했수다."

나는 그 벙어리 아가씨와 지붕 위의 남자의 다정한 뒷모습을 바라보면서 콧잔등이 시큰해졌다.

갑자기 한 편의 시가 아침 해처럼 막 떠오르려 했다. 그때 약국을 찾은 손님이 내 뒤통수에 대고 소리를 쳤다.

"약국아저씨, 쌍화탕 한 병 빨리 주세요."

"아, 예 곧 갑니다, 가!"

나는 힘차게 대답하며 돌아섰다.

짜라투스트라는 말하지 않았다

신혼 삼 년이 지나면 바야흐로 권태기에 접어든다고 하는데 우리 장석동, 오미혜 씨 부부가 아마 그런가봅니다. 이럴 때 도대체 사랑을 식게 만드는 권태의 정체란 무엇인지 묻지 않을 수 없습니다. 물론 그걸 한마디로 정의해낼 수 있는 사람은 많지 않을 겁니다.

하지만 상대에 대한 신비감의 사라짐이야말로 권태의 원인 중 하나인 것만큼은 틀림없지 않을까요? 상큼한 미소를 베물던 처녀가 어느덧 집안일에 치여 알통이 굵어지고 잠잘 때 코를 드르릉 골며 남편 앞에서 스스럼없이 방귀도 뽕뽕 뀌는 것 말입니다.

오미혜씨라면 남편인 석동씨가 그런 일로 꼬투리를 잡아 아무리 타박을 해도 그저 통 크게 씨익 웃으며 넘겼을지도 모릅니다. 하지만 전업 주부라고 집 안에 갇혀 그러잖아도 푹푹 쌓이는 게 많은 판에 남편한테 '무식하다' 라는 말을 듣고 보니 억장이 무너졌습니다. 눈물이 핑 도는 거 있죠?

"지금 뭐라고 했어? 나보고 무식하다고? 그러는 너는 얼마나 유식하니?"

"뭐 너? 그따위 말버르장머리를 봐도 네 교양 수준을 알 수 있는 거아냐. 남편한테 너가 뭐야?"

"오는 말이 고와야 가는 말이 곱지? 아무리 내가 당신보다 학벌이 뒤진다고 해도 무식하다는 말이 어떻게 나와? 그래서 내가 연애할 때부텀 애초에 당신한테 맞는 졸업장을 딴 여자에게 장가들라고 입이 닳도록 말했잖아. 그렇게 데려와놓고는 쥐꼬리만한 월급에 이 고생을 시키면서 뭐가 잘났다고 되레 큰소리야!"

"그땐 그래도 문학소녀입네 하며 시집이라도 들고 다니던 때 아니니. 결혼하고 나서 제대로 책 한 권을 읽었니, 아니면 신문 쪼가리라도 들여다보며 세상 돌아가는 데 관심을 기울이길 했니? 그저 텔레비전에 매달려 남녀 사이에 질질 짜는 멜로물이나 불륜을 부추기는 연속극에 휘둘리기나 했지 뭐."

이거 서로의 자존심을 건드려놨으니 싸움이 단기간에 끝나기는 어려울 것 같습니다. 그러잖아도 석동씨가 자신의 가방끈이 길다고 평소 은근히 티를 내는 모양이 적잖이 서운하고 눈꼴시던 미혜씨는 이참에 아예 버릇을 뿌리째 고쳐놓고 말겠다는 전의가 불탑니다.

"야야, 책 좀 봐라, 책 좀. 저기 『짜라투스트라는 이렇게 말했다』 위에 두텁게 앉은 먼지 좀 봐. 내가 그렇게 읽어보라고 추천을 하는 책인데도 말이야."

"내가 한가하게 책 볼 시간이 어딨어? 자기가 돈이라도 많이 벌어다 주면 그렇게 한가하게 굴 틈이 날 수도 있지만……"

"오해하지 말아. 책이란 원래 한가해서 읽는 사치품이 아냐. 바쁜 와중에서 자기 개발을 위해 쥐어짜듯 시간을 쪼개서 손에 잡는 거란 말이야. 뭘 알고나 말하라구. 무식하긴 그저…… 앞으로 태어날 이세

114

가 걱정이 된다, 걱정."

석동씨는 말끝마다 『짜라투스트라는……』타령입니다. 줄줄이 외우는 대목이 한두 군데가 아닙니다.

"짜라투스트라는 이렇게 말했어! 고독한 자여 그대는 사랑하는 자의 길을 간다. 오직 사랑하는 자만이 경멸할 수 있다. 도대체 사랑한 것을 경멸하지 않는 자가 사랑에 대하여 무엇을 안단 말인가. 형제여, 사랑과 창조와 더불어 그대의 고독으로 돌아가라. 나는 자신을 초월하기 위해 멸망하는 자를 사랑한다. 어때? 죽여주지? 이 얼마나 섬뜩하고도 가슴 저미는 감동이야 응! 당신도 한번 읽어나보라구."

원래 미혜씨도 철학과 출신인 그가 입에 침이 마르도록 칭찬을 하는 책이니 한번쯤 읽어볼까 하는 마음이 없었던 건 아닙니다. 그런데 그렇게 매번 정나미가 떨어지는 재촉을 받고 보니 눈곱만큼 생긴 마음도 싹 사라지고 맙니다.

— 도대체 짜라투스트라가 어떤 놈이길래 그렇게 주저리주저리 허풍을 많이 떨어서 남편의 맘을 사로잡은 건지 원!

그래서 그 책만 쳐다봐도 한숨만 푹푹 나오고 남편인 석동씨에 대한 미움이 쌓여온 겁니다. 그러던 어느 날 미혜씨는 그 책을 꺼내보기로 맘을 먹었습니다. 공부를 하고 싶었냐구요? 천만에요. 그날 점심 때 옆집으로 놀러 갔다가 들은 아줌마의 말이 영 명치 한구석에 걸려서 말입니다.

— 남편들이 아내한테 들키기 싫은 비자금이나 결정적 증거물 같은 걸 감추는 곳으로 자주 쓰이는 데가 어딘 줄 알아? 음침하고 후미진 곳일 것 같지? 바로 그 점을 거꾸로 노리는 거야. 내 친구의 바람둥이 남편은 글쎄, 그 동안 몰래 사귀던 여자들의 연락처를 버젓이 가족들이 공동으로 쓰는 메모책에 써놓고 태연히 관리했다는 거야. 아무도 의심을 못 했는데 어느 날 그 메모책을 정리하다가…… 일종의

허허실실 전법이 아니고 뭐냐구?

미혜씨는 순간 머릿속으로 뭔가가 스쳐가는 게 있었습니다. 그『짜라투스트라는……』 속에 자신이 모르는 어떤 비밀이 숨겨져 있을 것만 같은 예감이었습니다. 그래서 미혜씨는 집에 돌아오자마자 먼저 책장 위에 꽂혀 있는 그 책부터 꺼내 내렸습니다. 그리고 거꾸로 들고는 마구 흔들었습니다. 그러자 짐작대로 갈피 사이사이에서 뭔가 적힌 쪽지가 색종이처럼 팔랑팔랑 떨어지는 게 아닙니까. 세상에 이럴 수가…… 미혜씨는 떨리는 손으로 그중의 한 장을 되는 대로 집어들었답니다. 남편의 필체가 틀림없었지요.

— …… 사랑이란 환상이 아니라 현실이며 생활이 아닐까. 잠든 아내가 코를 골며 잠꼬대까지 한다. 나는 살며시 몸을 일으켜 아내의 얼굴을 새삼 찬찬히 들여다본다. 얼마나 고단했으면 저럴까. 처녓적의 고운 태는 온데간데가 없다. 얄팍한 내 월급 봉투로 이리 쪼개고 저리 쪼개며 빠듯한 생활을 하다보면 어찌 피곤하지 않을까? 아내여, 부디 못난 남편을 용서하라! 당신한테 덥석 위로의 말 한마디 먼저 던져줄 알량한 용기조차 없는 이 못난 남편을 말이오……

쪽지가 수북이 방바닥에 쌓이는 걸 지켜보는 미혜씨의 눈자위가 어느 정도 짓물러졌는지 가히 상상이 되실 겁니다. 그 순간 그녀의 마음속에는 이런 생각이 스쳤답니다. 그래, 사랑이란 즉석에서 분위기 잡으며 표현하는 것도 아니고 또 뭐랄까…… 그래 깊을수록 은근히 숨기고 싶은 그 무엇이 아닐까?

결국 짜라투스트라라는 인물이 무슨 말을 한 게 아니고, 그 목소리의 본래 주인은 남편 장석동씨였다는 생각이 들었습니다. 그래서 그 쪽지들을 다시 차곡차곡 갈피 속에 끼워넣던 미혜씨는 앞으로 석동씨가 우연히 깨달을 때까지 자신도 뭔가를 적은 쪽지를 그 책갈피 속에 뒤섞어 끼워넣어야겠다고 맘먹은 겁니다. 두 사람 참 느리기도 합니다.

법대로

"숭어가 뛰면 망둥이도 뛴다더니……"

방진걸씨가 망둥이로 몰아붙인 사람은 두말할 것도 없이 자신의 마누라입니다. 사정을 요약하자면 그 집 사모님인 우윤경 여사께서 나이 쉰을 코앞에 두고 늦바람이 나셨다 이겁니다.

— 어이구, 어떻게 이뤄놓은 가정인데 이 망할 여편네가!

보름 전부터 은밀히 부탁을 해놓은 심부름센터의 젊고 날쌘 직원으로부터 마누라의 수상쩍은 행적을 담은 사진과 통화 테이프를 전달받은 방진걸씨는 하늘이 노래지는 충격과 분노에 휩싸였습니다.

— 단칼에 두부 베듯 확 찢어져?

그러나 며칠 계속된 심사숙고 끝에 이 문제를 안으로 조용히 마무리짓는 게 여러모로 좋을 것 같다는 판단이 섰답니다. 오십대 중반의 나이에 홀로 산다는 일이 그리 만만찮은데다, 더군다나 선량(善良)하다고 알려진 선량(選良) 아닙니까? 정치 생명이 끊기는 것은 둘째치고 오쟁이 진 남편이라고 등뒤에서 손가락질당하며 우세를 살 생각을 하니 더욱 그랬습니다. 또 결혼 이후 형성된 재산에 대해서는 쌍방 기여도를 인정하는 판례들을 고려하지 않을 수 없었지요.

—그래…… 내가 증거물들을 내놓고 추궁하면 눈물을 짜며 잘못을 빌고 새 출발을 약속할 거야…… 그럴 때 살신성인하는 듯한 표정으로 덮어버리는 거지 뭐. 산다는 게 다……

그렇게 정리를 하며 뚱뚱한 소파 위에 쪼그리고 앉아 기다리던 날 저녁 화려한 외출을 하고 돌아온 우윤경 여사는 남편 방진걸씨가 아무 말 없이 내미는 증거물을 훑어보고도 얼굴에 별 동요가 없는 게 아닙니까? 화들짝 놀라며 무릎을 꿇는 모습을 은근히 기대하던 방진걸씨가 오히려 어안이 더 벙벙해지고 당황스러워졌죠. 맥박 수가 늘고 심장이 벌렁벌렁, 귀에서는 쐐아 하고 소슬바람 소리가 일었습니다.

"사람이 언제부터 이렇게 뻔뻔하고 파렴치해졌어?"

방진걸씨는 떨리는 목소리로 간신히 이렇게 물었습니다.

"파렴치라구요?"

"그럼 지금 당신 앞에 놓인 것들이 도대체 무엇이라고 생각하는 거야? 다시 한번 자세히 들여다보라구."

"이미 다 거들떠봤어요. 역시 당신이라는 인간은 이렇게 사람이나 사서 남의 뒷조사나 시키는 그런 형편없는 부류군요. 아무튼 난 당신한테 용서를 구걸할 마음이 눈곱만큼도 없으니 법대로 해보자구요!"

"뭐 법대로? 도둑놈이 매를 들어도 유분수지 당신 정말 환장을 했구먼."

'법대로'라는 말을 들은 방진걸씨는 너무 흥분해서 눈이 다 튀어나올 지경이었지만 가슴에 손을 얹고 겨우 폭발하려는 분노를 다스렸습니다. 그러나 그럴수록 우여사의 얼굴은 얼음장처럼 냉정해지는 것이었지요. 방진걸씨는 영문을 몰라 우선 그 이유부터 캐묻지 않을 수 없었답니다.

"당신 왜 이러는 거야 응? 내가 지금 당신을 몰아붙이거나 끝장내자고 이러는 게 아니라구. 난 다만 당신이 스스로 잘못을 진정으로 회개하고 내 앞에서 새 출발을 다짐하는 모습을 보고 싶을 뿐이야. 그러면 이제까지의 허물은 다 덮어둘 수 있어 응?"

"이거 왜 이래요! 새로 통과된 법에 따르자니까요."

"무슨 법?"

우여사는 책장 앞에서 별로 두터워 보이지 않는 책자를 뽑아 그 앞에다 던져주었습니다.

"답답한 양반 같으니라구. 자기가 통과시킨 법도 모르나봐. 우선대체인력고용제!"

"뭐라고? 그게 뭔지나 알고 하는 말이야? 그 법은 파업이 일어났을 때 사용자가 다른 근로자를 대신 작업에 투입할 수 있다는 뜻이야."

"잘 아시는군요. 당신이 언제 날 인간적으로 인정해주고 대우해준 적이 있어요? 나라는 사람도 감정이 있고 욕망이 있는 한 여자라는 걸. 우리가 언제 부부 관계를 맺었나 달력을 한번 펼쳐보세요. 한 서너 장은 거꾸로 들춰야 할걸요. 그런 의미에서 당신은 파업을 한 남자고 따라서 난 당신 대신 대체인력을 고용할 권리가 이 법에 의해 보장돼 있다구요. 어때, 내 말이 틀렸나요?"

"이, 이런! 주부가 가사를 제대로 돌볼 생각은 않고……"

"그 점에 대해서도 난 법률적으로 하자가 없다구요. 변형근로시간제가 법적으로 보장하고 있으니. 내가 새벽에 일어나는 시각부터 따져서 아무튼 하루 여덟 시간의 표준 가사노동을 채우기만 하면 주부로서 집안일을 게을리 했다는 비난을 받을 하등의 이유가 없다구요. 오전 시간에 외출을 다녀왔으면 저녁 늦게 연장 가사노동을 하면 되고 새벽부터 꼬박 일했다면 저녁에 외출을 다녀올 권리가 있다 이거예요."

"세상에 어떻게 이런 터무니없는 오해와 편견이 빚어질 수 있담!"

이 비현실적인 현실 앞에서 머릿속이 어질어질해진 방진걸씨는 손바닥으로 이마를 짚으며 한탄했습니다.

"오해와 편견? 하지만 그것조차도 당신이 두 손을 높이 들어 통과시킨 새로운 법에서 비롯한 것이니 날 비난하진 말아요. 중요한 것은 법대로니까요."

방진걸씨는 더이상 그 법대로라는 말을 참을 수가 없었습니다.

"옜다, 법대로!"

그는 마침 집에서 기르는 애완견 워리가 꼬리를 살랑살랑 치며 다가오자 새로 바뀐 법조문이 적혀 있는 갈피의 종이를 북북 찢어 내던지며 외쳤습니다.

"씹어 삼키라구 워리 워리~!"

워리가 법대로의 근거를 담은 종이짝을 씹어 삼키는 순간 그는 정말 마누라한테 가장으로서의 본때를 보여주려고 굳게 맘먹었습니다. 자, 법보다 주먹이 가깝다는 말이 새삼 떠오르는 장면이긴 한데 왠지 아슬아슬합니다!

황혼빛에 물들어

맹도식씨는 한강물이 내려다보이는 서울시 마포구의 한 동사무소 이층에서 공직생활의 마지막 일 년을 보내고 있는 동장님입니다. 동서기보로 출발한 공직생활이 어느덧 반백의 머리를 얹은 할아버지 동장으로 막을 내리고 있습니다.

맹동장은 박봉 때문에 항상 쪼들렸던 공무원 생활이지만 후회는 없습니다. 그래서 그런지 정년이 내년으로 박두했지만 일에 대한 욕심은 여전합니다.

시도때도없이 "어이, 황주사! 재활용품 수거 현황이 어떻게 진행되고 있어요? 중간보고 좀 해주세요" 하고 업무를 깐깐하게 챙기니 아랫사람들도 그를 한물간 퇴물로 함부로 취급할 수가 없답니다.

그런데 맹동장이 요즘 들어 풀이 팍 죽어 지내니 주변 사람들이 의아해하는 건 당연한 일이죠. 그 속사정은 이렇습니다. 올해 그 유명한 윤팔월이 끼었다는 사실은 다들 알고 계실 겁니다. 예, 바로 그 윤팔월 때문이었습니다.

윤팔월 하면 웬만한 집에선 은근히 나이 든 부모님들을 위해 정성 껏 준비하는 게 있죠? 바로 수의(壽衣)였습니다. 여느 집과 마찬가지 로 이미 장성해서 분가를 한 맹동장의 아들 내외도 빠듯한 생활비를 아껴서 그 흔한 중국산도 아니고, 국내 최고급이라는 안동베로 수의 를 끊어 선물한 것이었습니다. 예부터 이 수의 선물이야말로 최고의 효도가 아니었습니까? 물론 그 전래의 미풍양속을 모를 턱이 없는 맹 동장이었으나 정작 자신이 관 속에서 입을 수의를 선물로 받고 나니 속으로 보통 섭한 게 아니었습니다.

— 아아, 내가 어느새 이런 나이가 돼버린 것인가? 그렇잖아도 정 년 퇴임이 낼모레니 쓸모 없는 노인이 정말 다 됐군.

왜, 사람이 한순간에 늙는다고들 하지요? 아들 내외를 좋은 낯으 로 배웅하긴 했지만 슬쩍 거울을 훔쳐보니 얼굴에 검버섯이 듬성듬 성 핀 영락없는 늙은이 한 사람이 들어 있는 것이었습니다.

그날 이후로 우리의 억척 동장 맹도식씨는 조금씩 일에 대한 의욕 을 잃은 기색이 역력했습니다. 퇴근을 하면 바로 집으로 가는 게 아니 라 바람을 맞으며 한강변을 혼자 어슬렁거리며 돌아다니는 일이 잦 게 되었습니다. 아무 생각 없이 발길에 몸을 맡기다보면 저녁놀이 맹 동장을 맞이하기도 합니다. 그러면 눈물이 주책없이 쏟아질 때가 한 두 번이 아닙니다. 출렁거리며 흘러가는 강물에 떨어지는 붉은 놀을 보고 있자면, 황혼기에 접어든 내 인생의 누추하기 짝이 없는 빛깔이 바로 이것이구나 하는 서운한 생각이 그의 머릿속으로 밀려들었습니 다.

하루는 그런 상념에 젖어 한강변을 어슬렁거리는데 자전거를 타고 옆으로 스쳐가던 어떤 노인이 알은체를 하는 것이었습니다.

"어, 이게 누구야? 맹주사가 아닌가?"

한승호씨였습니다. 그는 맹동장보다 무려 십 년이나 선배였는데 한때 맹동장이 주사 시절에 동장으로 모셨던 적이 있는 이였습니다.

"아이고 이게 누구십니까? 한선배님 아니십니까?"

"아니긴? 정말 오랜만일세그려. 자네가 너무 변해 있어서 그냥 지나칠 뻔했네."

맹동장은 쓴웃음을 지었습니다.

"지금은 제가 바로 동장 일을 보고 있습니다. 벌써 내년이 정년이니 세월 참 많이 흘렀죠? 근데 한선배님은 여전히 정정하시네요. 퇴임하신 뒤 어디 나가세요?"

"근데 이 시간에 여긴 웬일이야?"

맹동장의 행색을 위아래로 쭉 훑어본 한선배는 묻는 말에 대답은 않고 뭔가 눈치챘다는 듯 고개를 끄덕였습니다.

"내 자네를 보니 대충 알겠네."

"알다니요? 무엇을 말입니까?"

한선배는 자전거에서 내려 맹동장 옆에 나란히 서서 걷기 시작했습니다.

"자네 지금 정년을 맞이한 인생의 황혼이 섭해서 이렇게 하릴없이 강변을 거니는 것 아냐? 내가 이래 봬도 척하면 삼천리라고."

"……!"

맹동장은 고개를 푹 숙여 사실상 승복을 하고 말았습니다.

"죄송하게 됐습니다, 선배님. 이렇게 못난 모습을 보여서……"

"죄송하긴 이 사람……"

한선배는 다정하게 맹동장의 등을 다독거리다 어깨동무를 걸면서 말을 이었습니다.

"내 말 명심하게나. 직장생활에는 정년이 있는지 모르지만, 우리네 인생에 정년은 없다네. 그게 내 신조야. 무슨 말인지 알겠나? 나 좀 봐! 아직 동사무소를 떠나지 않았어. 매일 이렇게 아침마다 도시락을 싸서 자전거에 몸을 싣고 내가 동장으로 근무하던 동사무소로 출근을 하지."

"아니, 그게 무슨 말씀이세요. 벌써 십 년 전에 분명히 퇴직을 한 분이……"

"후후, 퇴직하고 나서 나 역시 아직 일을 할 수 있는 근력은 있는데 직장을 빼앗긴 기분이 들어 정신적으로 잠시 방황을 했지. 그러다가 다시 맘을 다잡아먹고 행정 자원봉사자로 나섰어. 동사무소 한켠에 책상 놓고 앉아서 나이 들거나 행정 업무에 밝지 않은 사람을 위해서 대필도 해주고 안내도 해주지. 또 짬짬이 새카만 후배들과 어울리면서 젊음을 유지한다네. 꼭 나처럼 하라는 건 아니지만, 자네도 정년 퇴임에 실망하지 말고 이번 기회에 한번 새로운 인생을 개척해보는 거야. 직장에서 해방된 우리야말로 자유야, 또 기회라구!"

맹동장은 그 자리에 우뚝 서서 한선배를 지긋한 눈길로 바라보았습니다. 너무너무 부끄럽고 또 어디선가 없던 힘이 갑자기 불끈불끈 치솟는 것 같아 고마워서였습니다.

"선배님, 정말 고맙습니다. 저에게 인생을 새롭게 보는 눈을 일깨워주셨어요!"

한선배는 맹동장의 손목을 힘껏 맞잡았습니다. 어깨동무를 한 채 힘차게 걸어가는 두 사내의 등뒤로 떨어지는 저녁놀이 어느덧 그 누추함을 벗고 싱싱한 황금빛에 물들어 있었습니다.

말 못 하게 하는 사회

우리 속담에 '말 한마디에 천냥 빚을 갚는다'는 선조들의 옛말씀이 전해내려온다. 이것은 거꾸로 뒤집어 해석하면 '입 한번 뻥긋 잘못 놀리면 천냥 빚을 진다'는 말이다.

이처럼 말(言語)에 대해 민감한 우리의 민족성을 성원철강 영업부의 이일심(李一心) 대리만큼 절감하는 이도 드물다. 말로 먹고사는 홍보실에 근무하는 것도 아닌데 그게 무슨 소린가 싶겠지만 그건 사정을 모르는 이야기.

지난달 셋째주 금요일 이대리는 지난 일 년간 자신의 회사가 부품을 납부해온 도급(都給)업체인 풍원그룹 쪽 자재부 사람들과 내년도 계약 갱신을 위해 만났다가 말 한마디 잘못 꺼내는 바람에 몹시 낭패를 보고 말았다. 그쪽 회의실에서 만났을 때만 해도 얘기는 순풍에 돛단 듯이 순탄했다.

그 동안 납품 기일을 한 번도 어기지 않은 성실성이 바탕이 됐겠지만 하청 경쟁이 붙은 다른 업체보다 낮은 단가를 제시하는 바람에 내년도 계약 갱신은 거의 따놓은 당상이나 마찬가지였다.

"구관이 명관이라고 같은 값이면 거래를 해오던 쪽이 유리한 법인데다 단가도 성원철강이 제시한 수준이 윗분들을 흡족하게 해줄 것 같아요. 문제는 품질일 텐데."

이대리는 이때다 싶어 아주 쐐기를 박고 나섰다.

"품질 걱정일랑 완전히 쇠말뚝에 붙들어매놓으십쇼. 그리고 오늘 화기애애한 분위기를 위해서 제가 한컵 거하게 사겠습니다."

"한컵! 어이구 이대리 당신 무척 감각이 있는 사람이구먼!"

풍원그룹 사람들은 이대리가 한잔이라고 하지 않고 한컵이라고 한데 대해서 무척이나 감동을 받은 모양이었다. 왜냐하면 풍원그룹에서는 '한잔'이라는 말이 금기어(禁忌語), 즉 입 밖에 내서는 안 되는 말에 해당했기 때문이었다. 창업주 이름이 '류한잔'이어서 사원들은 사석이든 공석이든 간에 한잔이라는 말을 입에 담길 꺼려했다. 거기까지 미리 알고 대처한 건 좋았는데 이대리는 그만 다음 함정에서 덜컥 걸리고 말았다.

"성원철강과 풍원그룹의 굳건한 유대를 위하여…… 자, 건배!"

무르익은 술자리 끝에 이대리가 술잔을 앞으로 쑥 내밀며 큰 소리로 외칠 때였다. 건배라는 말을 들은 풍원그룹 사람들의 얼굴 표정이 벌레 씹은 듯 일그러지더니 다들 잔에 입술도 대지 않고 내려놓았다.

"왜들 그러시죠? 제가 무슨 실수라도……"

사람들은 흥이 깨졌는지 슬그머니 일어서서 윗도리를 주섬주섬 챙겨 입으며 자리를 정리했다. 어리둥절한 이대리가 나중에 알고 보니 창업주의 아들이자 현재 풍원그룹 회장인 사람의 이름이 '류건배'여서 사원들이 술자리에서 절대 '건배'라고 하지 않고 '위하여'나 '지화자' 따위를 합창한다는 거였다.

─소사 소사, 맙소사. 누가 그걸 알았나 뭐……

그런 실수를 두 번 다시 되풀이하지 않기 위해 고심하던 이대리는 이번엔 대흥그룹 쪽 사람과 만나기 전에 그쪽 홍보실 직원과 통화를 해 미리 정보를 철저히 입수했다. 아닌게 아니라 대흥그룹에도 금기가 있었다. 회장이 박두병이어서 술자리에선 술 두 병은 절대 시키지 않는다는 것하고 요깃거리를 주문할 때 사장의 이름이 박우동이어서 우동은 아예 먹질 않거나 아니면 손가락질로 메뉴표를 가리키며 주문을 낸다는 거였다. 회식 때는 꼭 우동으로 속풀이를 해야 직성이 풀리는 이대리로서는 정말 놓칠 수 없는 긴요한 정보였다.

─모르고 갔더라면 또 큰코다칠 뻔했군.

이대리는 가슴을 쓸어내리며 자신만만한 표정으로 접대 자리에 나섰다.

"여러분 어느덧 한 해가 다 저무는 시점입니다. 오늘은 대흥과 성원이 기분좋게 내년을 기약하는 자리이기에 한번 취흥을 맘껏 돋우었으면 좋겠습니다."

이렇게 제법 송년회 기분까지 내면서 분위기를 끌고 갔다. 그리고 취중에서나마 금기어를 잊지 않고 살금살금 잘 피했다.

"저, 아가씨 여기 맥주 두…… (아차!)…… 둘 플러스 한 병 더 주세요."

"예? 몇 병이라구요?"

"어허, 둘 플러스 하나면 셋이지 뭐야."

술자리 끝에 술도 깰 겸 따끈따끈한 요깃거리로 배를 채우고 가자는 말이 나와서 간단한 식사 주문을 낼 때도 조심성을 잃지 않았다. 그는 손가락 끝으로 건너편 벽에 걸린 메뉴판에서 우동이라고 씌어진 부분을 가리켰다.

"아가씨, 난 저…… 저거로."

"저게 뭔데요?"

"저거 안 보여?"

두꺼운 안경을 쓰고 주문을 받아 적는 아가씨는 시력이 여간 낮은 게 아니어서 멀리 떨어진 메뉴판이 잘 안 보였다.

"손님 죄송한데요, 제가 잘 안 보여서요. 그냥 말씀으로 해주셨으면 좋겠어요."

"이, 이런……"

하마터면 '아, 저렇게 크게 쓴 글씨가 보이질 않는단 말이요?' 하고 버럭 소리를 칠 뻔했던 이대리는 답답한 나머지 가슴을 주먹으로 가볍게 두들겼다. 이대리가 원하는 메뉴가 뭔지 알아챈 몇몇 대홍그룹 사람들도 약간 긴장 어린 표정으로 그를 흘끔흘끔 쳐다보기 시작했다.

하지만 기어이 우동은 먹어야 직성이 풀릴 텐데 눈이 나쁜 아가씨는 먼 데 있는 글자를 제대로 읽지 못하지, 난처한 처지에 빠져 한동안 반벙어리처럼 말을 더듬던 이대리가 문득 좋은 생각이 났다는 듯 무릎을 내리치며 말했다.

"에잇! 할 수 없군. 수염이 석 자라도 먹어야 양반이랬다지! 내가 먹고 싶은 건……"

"아, 빨리 말씀하세요."

"가락국수!"

"아 예, 우동 말이죠?"

"그래요."

"아저씬 겨우 그것 가지고 왜 그리 우물쭈물 시간을 끌었어요, 흥!"

간신히 위기를 넘긴 뒤 가슴팍을 쓸어내리는 이대리의 귀에 아가씨의 투덜거리는 소리 따위는 이미 십 리 밖이었다.

카파와 비카파

"자네는 카파인가, 비카파인가?"

운영부로 첫 발령을 받은 지 반년쯤 지났을 때 직속 상사인 부정기 영업선과의 황대웅 과장이 은근히 내게 물어왔다. 나는 영문을 몰라 고개를 갸웃거렸다.

"과장님 무슨 말씀이세요?"

"응? 못 알아들은 거야? 아니면 일부러 시치미를 떼는 거야?"

"도대체 카파는 뭐고, 또 비카파는 뭡니까?"

어리둥절한 내 표정을 보고 장난이 아님을 안 황과장은 알 듯 모를 듯한 미소를 베어물었다.

"이런 쯧쯧, 입사한 지 반년이 지났는데도 아직 그게 무슨 말인지 모른다 이거지? 그거 모르면 출세도 거시키하고 업무 처리도 그렇고 아주 곤란해질 텐데."

"업무 가이드북에 그런 말은 없는데요."

"흐흐, 당연히 없겠지."

나는 그날 처음으로 카파와 비카파의 의미에 대해 황과장으로부터 설명을 들었다. 그건 말하자면 회사 내의 파벌을 가리키는 용어였다. 황과장에 따르면 회사 내에는 두 개의 파벌이 있다고 했다. 창업주이자 현재 회장직을 맡고 있는 정회장의 둘째아들로서 총무이사 자리에 있는 새파랗게 젊은 정형근 이사를 정점으로 한 파벌 이름이 카파이고 그 반대쪽이 기획실을 담당하고 있는 이태원 전무를 중심으로 한 비카파라는 것이었다.

"저한테는 카파가 주류로 들리고 비카파가 비주류로 들리는데요?"

"으흠, 그렇게 봐도 큰 무리는 아닐 거야. 하지만 양쪽의 힘이 팽팽해서 앞으로 어느 쪽이 주도권을 잡게 될지는 알 수 없을걸. 젊은 정이사가 회장의 절대적 신임과 패기가 무기라면, 이전무는 전문 경영인으로서 노회하고 또 창업주인 정회장과는 창업 초기부터 동고동락한 인물이거든."

"근데 양쪽 파벌 중 어느 한쪽에 꼭 들어야 하는 건 아니잖아요, 과장님."

"그건 옳은 말이지. 하지만 현실이 어디 그런가? 조만간 자네를 끌어당기려는 손길이 여기저기서 뻗칠 걸세."

그런데 듣고 보니 카파라는 이름이 재미있었다. 맥주 이름에서 비롯했다는 것이다. 각 파벌 사람들이 자주 어울리는 곳이 술집이었는데 우연히도 카파 계열 사람들이 주로 잘 마시는 맥주가 카스였다. 그러다보니 원래 카스 맥주를 안 마시던 사람들도 그 파벌에 들면 슬그머니 따라오게 되었고, 모임 장소도 카스타운 같은 곳으로 정해지곤 한 모양이었다. 반대쪽 사람들은 되도록이면 카스 맥주는 마시지 않고 라거 쪽을 고집했는데 그래서 비카파로 불렸다는 것이다.

나중에 알고 보니 황과장은 비카파였다. 그는 초짜인 내게 친절하게 업무를 차근차근 가르쳐주어서 개인적으로 고맙게 생각하는 사람이었다.

"과장님, 지난해 구월쯤 미국 롱비치 항에서 선적된 오리엔탈 주방기구 건인데요. 화물주 쪽에서 파손 클레임이 걸렸거든요. 우리가 책임을 면하려면 배에 싣기 전의 상태를 기록한 선적 면장을 봐야 할 텐데 그게 어디 구석에 처박혀 있는지 알 수가 있나요?"

"응, 그거, 법무보험실의 손대리를 찾아가봐! 그가 빠삭해."

나는 같은 파벌 쪽 사람의 손을 빌리면 일이 좀더 수월하게 풀린다는 사실을 서서히 깨달아갔다. 손대리 역시 비카파였던 것이다. 어쨌든 황과장이 그렇게 일도 잘 가르쳐주고 또 인간적으로도 호의를 베푸는 데 마음이 쏠리긴 했지만 최근 판세 분석을 해본 결과 실세가 카파 쪽인 듯한 게 좀 마음에 걸렸다.

"그래, 자네 같은 젊은 사람들이 앞으로 회사를 꾸려 나갈 텐데 우리들과 의기 투합을 해야지 응."

"우린 자네가 황과장과 잘 어울리길래 비카파로 넘어간 줄 알았지 뭐야 하하!"

카파 쪽 선배들은 내 등을 토닥거려주며 격려를 해주었다. 한데 고백건대 라거를 즐기는 내 맥주 취향에 따르자면 난 비카파를 택해야 마땅했다. 카파 쪽 맥주는 이상하게 내 코에 비린내가 풍겨서 사실 비위가 대단히 뒤틀리곤 했다. 그러나 실세 쪽에 줄을 서기 위해선 억지로라도 맥주 취향을 바꾸어야 했다. 그게 쉽진 않았다. 그러다보니 자연히 황과장과는 거리가 멀어져서 함께 술 마실 기회도 사라졌다.

"하하, 이번 연말 인사에서 비카파 쪽이 물을 왕창 먹었지 응? 한직으로 밀려난 사람이 한둘이 아냐."

인사 사령장이 나붙던 날 각 파벌들은 끼리끼리 모여 회사 근처에서 술을 마셨다. 카파는 잔칫집 분위기였고 비카파는 초상집 분위기였다. 황과장도 그 인사에서 지방 항구 도시의 지점장으로 발령이 난 모양이었다. 카파와 어울려 비위에 맞지도 않는 술을 입에 대느라 고역을 치른 나는 눈치를 보며 슬며시 자리를 떴다.

"어이, 김형!"

골목길을 서둘러 빠져나오려는데 누가 내 이름을 불렀다. 바로 좌천 인사를 당한 황과장이었다.

"과장님, 내려가시게 됐다면서요."

"허허, 그렇네만…… 인생이란 게 다 그런 거지 뭐. 물레방아처럼 돌고 도는 것……"

"죄송합니다……"

"뭐가 죄송해? 자네가 뭐 나한테 해코지를 한 게 있나? 아참, 자넨 내년 봄 대리 인사에서 승진은 따논 당상이겠어?"

나는 왠지 고개가 숙여지고 양 뺨이 후끈 달아올랐다.

"그래 그쪽 맥주 맛이 어때? 좋지?"

"좋긴요 뭐…… 과장님 내려가시면 언제 만나 뵐지도 모르는데 오늘 이렇게 만난 김에 한잔 걸치고 싶습니다."

"나랑?"

"예."

"조오치, 사실 난 입사 때부터 이상하게 자네가 맘에 들더라구. 그런데 술은 뭘로 할까? 카파로 할까, 비카파로 할까?"

"아아, 과장님 제발…… 술맛 떨어지게시리 이 마당에 카파가 뭐고 비카파가 뭡니까? 전 이젠 카파고 비카파고 정나미가 떨어져서 어느 것도 안 할래요. 내놓고 말은 안 하지만 저랑 비슷한 생각을 하는 사람들이 회사 안에 한둘이 아니라구요. 우린 그냥 포장마차로 가서 순수한 소주로 왕창 때리지요."

"하하, 그래. 아무래도 젊은 사람들이 문제의 실마리를 풀어내야지 아암. 가세! 내가 살 테니 소주병에 한번 코빼기가 풍덩 빠지도록 취해보세 하하!"

보름이 가까워졌는지 두 사람의 머리 위로 도시의 달이 푸짐한 빈대떡만큼이나 둥글게 커져 있었다.

외상 죽음

시골의 집안 어른들은 막내당숙을 보면 전갈이라도 본 듯 외면하며 사람 취급을 하지 않았다. 그가 수없이 많은 망나니짓을 저질렀다는 것이다. 특히 그가 동성동본혼을 감행했다는 점이 제일 먼저 꼽혔다.

"인간이 금수와 다른 게 삼강오륜이 있다는 것 아녀? 그런데 동성동본혼이라니? 같은 할아버지의 자손끼리 짝을 짓는 것은 천하에 없는 패륜인 것이여 아암."

집안 어른들은 청운의 꿈을 안고 일찌감치 도회지로 유학까지 갔던 당숙이 본관(本貫)이 같은 아가씨를 배필감으로 데려오자 팥죽 냄비처럼 들고일어났다. 유교적 관념에 젖은 분들로서는 당연한 반응이었다. 그러나 당숙은 완강했다.

"우리나라 역사에서 거의 일천 번에 해당하는 외침을 당하는 사이에 우리 할머니들이 당했을 갖은 봉욕을 생각해보란 말이여. 떼놈의 피, 쪽발이의 피가 수월찮이 스며들었을 것이지. 그리고 동성동본이라고 다 근친 교배여? 유전적으로도 생각해봐. 남자와 여자 피가 골고루 자손들한테 섞이는 법인데 부계 혈통만 따져서 어쩌자는 거여?"

그 뒤 당숙이 느닷없이 법학도의 길을 포기하고 화가의 길로 들어섰을 때도 집안에 망조가 들었다고 어른들은 천장이 무너져라 한숨을 내쉬었다.

"판검사가 돼서 퇴락한 집안 좀 일으켜보라고 했더니 하필 그 천하디천한 환쟁이를 하겠다고 덤벼들어! 허이구 못된 송아지 엉덩이에서 뿔 난다더니 집안 말아먹을 망조여, 망조."

어른들의 이러한 험구에도 아랑곳없이 당숙은 어릴 적부터 나의 우상이었다. 도회지 물이 뚝뚝 듣는 세련된 행동거지하며, 검정 베레모를 받쳐쓴 귓등에 필기도구 같은 것을 꽂고 나타나는 그의 모습은 어린 나에게 도회지 풍물이나 예술가에 대한 환상을 한껏 심어주었다.

그러나 당숙은 화가로서 성공하지 못했다. 가끔 천재 화가는 당대에서는 잘 몰라본다고 푸념을 하긴 했지만 어쨌든 그가 당대에서 인정받지 못한 것만큼은 분명한 사실이었다. 때문에 가난했다.

원래 몸이 약하던 당숙모가 자식 없이 일찍 세상을 뜨는 바람에 그의 궁기가 더욱 도드라져 보였는지도 모른다. 그는 남한강이 내려다보이는 한 갤러리 카페에서 거의 십 년간 이런저런 일을 봐주며 쉰 줄을 훌쩍 넘어선 노후를 간신히 추슬러갔다. 그 카페의 관리인 역을 맡아 인테리어를 꾸며주고 주방 물품도 대주며 어쩔 땐 겨울용 장작을 힘겹게 패기도 했다. 술을 좋아하던 그이기에 맘껏 술배를 채울 수 있는 게 더할 나위 없는 낙이었다.

당숙에게 늦가을은 결혼 시즌이었다. 그 카페에 있는 동안 내가 아는 한 결혼식을 세 번 올렸다. 세번째 결혼식 때는 하객들이 약간 줄긴 했지만 전국 각지에 젊었을 적에 술로 사귀어둔 친구들이 많아서 그런지 아무튼 성대한 결혼식들이었다.

그러나 실제로 장가를 든 것은 결코 아니었다. 그는 청첩장을 쓸 때마다 그 카페에서 일하는 아가씨를 잘 구슬리거나 돈 십만원쯤 집어 주고 통사정을 해서 하룻밤 거짓 신부 노릇을 하도록 했다. 그러니깐 부조금을 챙기기 위한 일종의 사기 행각에 불과한 결혼식이었다.

"이렇게라도 하지 않으면 혹독한 겨울을 통 날 수가 없다니깐. 엄동설한에는 카페도 당분간 문을 닫을 테고 말이야. 이러는 나도 맘이 편하겠니?"

나중에 그 사실을 알고 난 아내는 불쾌한 낯으로 펄펄 뛰며 당숙을 도덕적으로 맹비난했지만 난 당숙을 이해할 수도 있을 것 같았다. 그는 결혼식날이면 어린애처럼 즐거운 표정이 되었고 돌아가지 않고 남은 하객들과 모닥불 주위를 돌며 밤새 술을 마셨다. 겨울을 날 돈도 돈이지만 어쩌면 사람의 냄새가 그리고 사람들의 흥청거림이 더 그리워서 그런 연극을 꾸미는지도 몰랐다. 사실 당숙의 세번째 결혼식에선 적잖은 사람들이 그것이 연극임을 어렴풋이 눈치챘다. 그러나 그렇다고 당숙에게 따지고 들거나 인상을 찌푸려 잔치 분위기를 망치는 사람은 없었다. 그저 즐거운 해프닝 정도로 알고 짐짓 모르쇠를 떼며 즐겁게 놀다가 뿔뿔이 흩어졌다.

"조카! 날 그런 눈으로 보지 마! 이건 사기는 아냐. 분명히 말해두는데 난 앞으로 반드시 세 번은 결혼하고 말 테야. 지금 이 부조 봉투들은 지금 미리 외상으로 당겨 받은 것이지. 그러니깐 이 결혼식은 말하자면 외상 결혼식이야 아암."

당숙은 고개를 젖히고 유쾌하게 웃다가 쿨룩쿨룩 기침을 했다. 외상 결혼식이라! 나는 고개를 끄덕여주었다. 있을 수 있는 일 아닌가!

어느 날 저녁 회사에서 돌아온 나는 옷을 갈아입다가 문득 화장대 위에 놓인 전보를 펼쳐보았다. 그것은 당숙의 죽음을 알리는 것이었다. 그러나 날짜는 이미 열흘 이상이 지난 상태였다. 나는 화급히 아내를 불렀다.

"당신 이 전보 어떻게 된 거야! 왜 나한테 전달하지 않았어?"

당장 새파랗게 질릴 것 같았던 아내는 그러나 태연한 표정이었다.

"에그, 우리가 그 당숙한테 언제 한두 번 속았나요? 매번 외상 결혼식으로 사시는 분인데 하물며 이제는 외상 죽음이라고 마다시겠어요? 안 그래요?"

나는 관자놀이께를 스치는 한 줄기 현기증을 느끼며 그 자리에 풀썩 주저앉았다.

오촌 당숙은 못 말려

"여보, 마침 잘 오셨어요. 웬 이상한 사람이 당신 이름을 대면서 집 안으로 쳐들어왔다구요! 무서워서 혼났어요."

"이상한 사람이라니? 혹 당숙어른이 아니시고?"

토요일 오후였다. 현관문 앞에서 어찌할 바를 몰라 발을 동동 굴리다 맹형구씨를 맞이한 선미엄마는 턱밑으로 두 손을 모아 그러쥔 채 새하얗게 겁에 질려 있었다. 그러나 맹과장은 현관 바닥에 놓인 흰 고무신을 보는 순간 아내를 옆으로 밀치며 얼른 구두를 벗고 거실 위로 뛰어올랐다.

"아이구, 당숙께서 오셨나요?"

맹과장은 달려가듯 다가서는 넙죽 큰절을 올렸다.

"오랜만일세, 조카님."

"제가 서울역에 마중 나가서 얼마나 기다렸는데요."

"무더운 날씨에 고생했네. 나도 잠시 기다렸지만 조카님 모습이 뵈

138

질 않았지요. 때마침 친절한 학생 아이를 만나서 약도를 그린 쪽지를 보여주니 이리로 곧장 안내를……"

"아, 여보 뭐 해? 당숙어른께 얼른 큰절 올리지 않고? 우리집안의 종손이셔."

— 당숙! 큰절?!

맹과장 뒤를 쫓아 들어온 선미엄마는 갑자기 어안이 벙벙해졌다.

— 아참, 오전에 남편이 전화를 해서 시골에서 올라오는 당숙어른이 우리집에 한번 들르신다고 했었지. 그런데……

"질부님, 초면 인사올습니다 허허."

— 무슨 당숙이 저렇게 배추 이파리보다도 더 새파랗게 젊을까! 나보다도 거진 십 년은 어리겠네.

맹과장한테 억지로 등을 떼밀리다시피 해서 생전 처음 보게 된 젊은 당숙과 맞절을 하게 된 선미엄마는 힐끔힐끔 곁눈질을 하지 않을 수 없었다.

— 아니 나이 어린 건 둘째치고 행색이 저게 뭐야. 조선 시대도 아닌데 초립(옛날에 나이 어려서 관례를 치른 남자가 쓰던, 누런 풀로 짠 갓의 일종)에다 옛날 장돌뱅이들 모양 헐렁한 흰색 한복을 입었으니…… 쯧쯧.

그러나 남편은 젊은 당숙한테 아주 깍듯이 예의를 차렸다.

"조카님께서는 참으로 성공하셨나보우다. 이렇게 훌륭한 집에서 사시고."

"아이고 당숙도…… 이건 성공했다고 할 수도 없는 겁니다. 그저 조그마한 집칸이나 장만한 경우이지요."

"아녜요, 아니에요. 아주 가상합니다. 그러하니 이번 시제사 때는 질부님하고 아이하고 다같이 내려오셔서 집안 일가붙이들끼리 서로 인사를 나누고 얼굴도 익히면 오죽 좋겠습니까?"

"아 예, 그 동안 입에 풀칠하는 데 급급해서 사람의 도리를 지키지 못해왔지만 이번엔 의당 그래얍지요. 여보 수박 화채 뜬 것 있으면 빨리 내오지 않고 뭐 해?"

그런데 그날 밤 맹과장과 선미엄마는 젊은 당숙 모르게 이부자리 속에서 소리 죽여 한바탕 다투고 말았다. 당숙이 새끼줄로 꽁꽁 묶어서 가져온 조그마한 꿀병 다섯 개가 문제였다.

"어허, 이번에 그 맹수재라고 아시죠? 이름이 그렇듯이 우리집안에서는 그래도 머리가 제일 좋은 녀석 아닙니까? 그 아이가 대학 등록금이 없어서 학교를 잠시 쉬게 될 처지가 됐답니다. 그래서 내가 손수 서울에 있는 잘사는 친척들 좀 두루 돌면서 이 참에 아예 사 년 치 학자금을 마련하고 있어요. 그 대신 산 속 깊은 곳에서 딴 토종꿀을 드리고 있으니 조카님께서 다섯은 맡아주셔야겠어요."

"아하…… 예, 예…… 그러세요?"

결국 꿀 장사를 하러 왔다는 거였다.

"지금 집 안에 무슨 여윳돈이 있다고 한 병도 아니고 다섯 병씩을 다 사요? 우리가 꿀벌 가족이에요? 더군다나 꿀값에다가 성의로 한 장씩은 더 얹어달라는 눈치가 뻔한데 그러면 그 이 홉짜리 꿀 한 병에 거진 십만원을 쳐줘야 할 판이라구요!"

"그럼 어쩌란 말이야! 그냥 모른 척해? 예까지 올라온 어른에 대한 예의가 아니지. 시제사 때 내려가서 어떻게 얼굴을 보려고 그래?"

"아무튼 난 땡전 한푼 없으니 당신이 알아서 해요! 모른 척하고 있으면 제풀에 지쳐서 내려가든 말든 하겠지 뭐!"

그러나 젊은 오촌 당숙은 선미엄마가 일부러 꿀병에 대해서는 가타부타 모르쇠를 떼도 별로 서두르는 기색이 아니었다. 답답한 게 없는지 낮에는 도시락을 싸달래서는 혼자 나가서 여기저기 시가지 구경도 하고 경의선 너머 들판도 거닐다 오는 모양이었다.

"당숙어른, 복숭아 좀 드세요."

"고맙습니다, 질부님."

"그런데 당숙께서는 시골에서 뭘 하시나요?"

"허허, 저는 농사를 지어얍지요. 종손이 가문을 지키기 위해서는 무엇보다도 농사가 중요합니다. 예부터 조상님들께서 농자천하지대본이라 하지 않았습니까? 그런데 도시에 나와 보면 사람들이 도통 농사일을 하찮고 우습게 여기는 것 같아 여간 심기가 불편한 게 아닙죠."

선미엄마는 이때다 싶어서 슬그머니 입을 열었다.

"그런데 농사일을 이렇게 오랫동안 비워두시면 가을걷이에 문제가 있지 않을까요?"

"하하 질부님께서 농사일 걱정을 해주시는 건 고맙기 짝이 없는 노릇이지만, 왜 옛말에 유월 농부에 팔월 신선이라는 말이 있잖습니까?"

"예?"

"무슨 뜻인고 허니, 유월에는 농부들이 비지땀을 흘려가며 두더지처럼 땅을 파고 김을 매고 열심히 일하지만 팔월에는 그렇게 가꿔놓은 알곡들이 땡볕과 산들바람을 받으며 알차게 영글기를 기다리며 한가로움을 맘껏 즐기는 때다, 이런 말씀입니다 허허. 제가 지금 바로 그 알량한 신선 신세입니다."

"그러세요……(음머! 저 능청.)"

선미엄마는 속으로 혀를 내둘렀다. 결코 시골뜨기라고 만만하게 볼 만한 구석이 없다는 생각이 든 것이다. 두 병만 사겠다고 적당히 타협을 볼까?

그런데 며칠 뒤였다. 젊은 당숙이 상설 할인매장인 이마트에 가는 맹과장과 선미엄마를 따라가겠다고 나섰다.

"워낙 붐비니까요, 제 뒤를 잘 쫓아오셔야 합니다. 길 잃어버리니까요. 아시겠죠?"

"쌀이 풀어져도 솥 안에 있듯이 어딜 가겠습니까, 허허."

매장에 들어서자마자 선미엄마는 일 주일 치 식료품을 부지런히 챙기느라 정신이 하나도 없었다. 그사이에 맹과장은 당숙에 대한 보호 관찰을 게을리 하지 않았다.

"여기선 모든 물건이 거저인가요? 주인한테 값을 치르지도 않고 손수레 안으로 덥석덥석 집어넣으니 말이오?"

"하하, 그게 아니구요. 물건 뒤에 보면 줄이 좍좍 그어진 요게 바로 바코드라는 건데요. 나중에 여기다 저기 보이는 저 계산대에서 기계를 척 들이대면 이게 무슨 물건인지 값은 얼마인지가 컴퓨터로 한꺼번에 자동 처리됩니다."

"아항, 이럴 수가! 그러니까 이 안의 모든 물건은 나중에 저 문을 지날 때 자동적으로 셈이 치러진다는 말씀이구려."

젊은 당숙은 참으로 희한하다는 표정을 지었다.

"예, 그러니깐 혹 당숙께서도 맘에 드시는 게 있으면 한번 골라보세요."

"그럼 딱 한 가지만……"

맹과장은 당숙에게 쇼핑을 할 수 있는 기회를 일부러 내주었다. 촌구석에서만 살아온 사람이 집어봤자 얼마나 비싼 걸 집겠나 싶어서였다. 그리고 얼마나 시간이 지났을까, 이미 장을 다 본 선미엄마와 그가 계산대 앞에 줄을 서서 당숙을 기다렸지만 도무지 모습을 나타내지 않는 것이었다.

"혹시 길을 잃은 건 아닐까요?"

"이거 참, 매장 안을 암만 돌아봐도 안 계시네 응."

"아휴, 왜 이렇게 속을 썩이시는지……"

그때 어디선가 술에 얼큰히 취한 당숙이 얼굴을 불쑥 내밀었다.

"어허, 나도 조카님이 권한 대로 물건을 하나 골랐으니 그만 나갑시다."

"무슨 물건인데요?"

"보시면 압니다."

젊은 당숙은 계산대 앞으로 불쑥 나서더니 옷 앞자락을 열고 배를 불쑥 내미는 거였다.

"에구머니나! 이게 무슨 짓이에요?"

계산대 아가씨가 기겁을 한 것은 물론이다. 그러나 당숙은 되레 그렇게 행동하는 아가씨를 이해할 수 없다는 표정으로 맹과장을 쳐다보았다.

"조카님이 무슨 물건이든 저기 저 기계가 자동적으로 셈을 해준다고 이르지 않았수?"

"예, 그건 맞습니다만……"

"그렇다면 내가 저 구석에서 마개를 따고 마신 서양술(양주)을 셈하려면 그 술이 들어 있는 이 뱃속에다 저 기계의 주둥이를 대면 될 거 아니오?"

어이쿠! 맹과장은 손바닥으로 이마를 올려쳤고 선미엄마는 손수레 옆에 풀썩 엉덩방아를 찧었다. 계산대 밖에는 이미 폐쇄회로를 통해 젊은 당숙이 양주병을 뜯어 마시는 걸 지켜본 감시요원들이 뒷짐을 진 채 대기하고 있었다.

그렇게 망신을 톡톡히 당하고 돌아오는 길에 선미엄마는 오촌 당숙이 가져온 꿀병 다섯을 지금이라도 사두는 게 그래도 쌀 것 같은 생각이 들었다.

닭다리 벌벌벌

'꼬꼬나라' 홍보실에 근무하는 고대리에게는 한 가지 치명적인 약점이 있다. 국내에서 손꼽히는 닭고기 가공 업체의 엘리트 사원이었지만 정작 자신은 닭고기를 전혀 입에 대지 못했다. 이 점은 그가 오년 전 꼬꼬나라 면접을 볼 때도 문제가 되었다.

"그런데 키 백칠십삼 센티에 몸무게가 오십일 킬로밖에 안 나갑니까?"

모든 면접관들이 고대리의 능력, 창의력, 조직 화합력 등에 만족해하는 순간이었는데 유달리 한 면접관이 뿔테안경을 콧등 아래로 삐딱하게 내리며 묻는 것이었다.

"예! 하지만 군 복무를 정상적으로 마칠 만큼 체력에는 아무 이상이 없습니다."

고대리는 긴장한 표정으로 대답했다.

"우리는 닭고기를 먹음직스럽게 가공해서 파는 회삽니다. 그런데 그런 회사에 다닐 사람이 어디서 고기 한 점 못 얻어먹은 사람처럼 비쩍 말라서야 어디 말이 되겠어요? 닭고기는 좋아하나요?"

"예, 앉은자리에서 혼자서 두 마리는 뚝딱 먹어치울 정도입니다."

임기응변의 거짓말이었다. 그는 닭다리를 보기만 해도 몸에서 근질근질 왕소름이 솟는 체질이었다. 그래서 입사 후에는 여직원들 사이에서 별명이 '닭다리 벌벌벌'로 통했다.

"좋습니다. 아무튼 입사하면 일 년 안에 몸무게를 구 킬로 이상 살찌워서 최소한 육십 킬로는 돼야 합니다. 알겠습니까?"

"예, 잘 알겠습니다."

물론 그는 지금도 변함없이 오십일 킬로이다. 그것이 해고 사유가 되진 않았지만 윗사람들이 은근히 곱지 않은 눈길을 보내는 것 같아서 고대리는 속으로 항상 꺼림칙했다.

그러던 차에 꼬꼬나라 창립기념일이 열흘 뒤로 박두하자 회사에서 그 기념 행사를 홍보 차원에서 이벤트 식으로 치르기로 결정했다. 정확한 통계가 나와 있는 것은 아니었지만 지난 십 년간 꼬꼬나라에서 먹을 딴 닭이 무려 백만 마리가 되었다는 것이다. 그래서 창립기념식을 따분한 축사나 격려사, 연혁 보고 따위로 때우는 것보다 저 세상으로 간 백만 마리의 닭의 위령제 형식으로 꾸미는 게 좋겠다는 아이디어가 나왔다.

일반적인 위령제 행사처럼 제상도 차리고 '유세차 모년 모월' 하는 제문도 지어 읽고 전통무용가를 불러 닭을 위한 씻김굿판(억울하게 죽은 이의 혼령을 천도하는 굿)도 벌일 터였다. 고대리가 듣기에도 그럴 듯한 착상이 아닐 수 없었다. 그 내용이 흥미롭다고 해서 이미 각 언론사에서는 조그마한 토막 소식 혹은 상자 기사로 보도까지 한 상태였다.

그런데 그 굿판 끄트머리에 집어넣을 촌극을 보니 이승에서 닭을 학대하고 아무렇게나 죽인 사람이 저승에서 닭나라 임금 앞에 끌려가 심판을 받는다는 내용이었다. 그 역이 바로 홍보실 고대리한테 떨어졌다.

"아니, 황차장님 그걸 꼭 제가 해야 합니까?"

"그럼 이 나이에 내가 하랴?"

황차장은 넉살좋게 빙글빙글 웃으며 말했다.

"그런 건 아니지만……"

"그러면 극중에서 바구니에 담은 닭고기를 게걸스럽게 우적우적 먹는 장면을 시집도 안 간 홍보실 여사원들이 해내야겠나?"

고대리로서는 정말 죽을 맛이었다. 황차장은 고대리의 어깨를 투덕투덕 두드려주며 격려해주는 척했다.

"자네 비위에 안 맞는 것은 내 잘 알지만 어떡하겠나? 윗사람들이 다들 지켜보고 있는데. 이것도 다 애사심으로 극복해야 하지 않겠나 응? 윗분들한테 한번 잘 보이면 앞으로 여러모로 편리한 점이 많지 않겠어? 그리고 한 가지 비결을 일러줌세. 내가 왕년에 특전 부대에서 군 복무를 할 때 말이야……"

황차장은 틈만 나면 고장난 레코드판처럼 되풀이하는 군대 얘기를 꺼냈다. 침투 훈련을 받을 때 개구리하고 살아 있는 뱀의 살을 허겁지겁 물어뜯으며 버텼던 그 시절 얘기…… 자신도 원래 비위가 약한 체질이었지만 사흘을 굶으니깐 눈이 뒤집혀 보이는 게 없더라…… 마음먹기에 달렸다…… 비위 단련 훈련을 한번 해보라……

그러나 창립기념일까지 남은 시일이 너무 촉박했다. 두터운 책이 빵으로 보일 만큼 암만 굶어도 닭고기 앞에만 앉으면 고개가 저절로 뒤로 돌아갔다. 홍보실의 황차장은 그런 고대리를 곁에서 지그시 지켜보며 아예 즐기는 티가 역력했다.

드디어 창립기념일.

회사 내외 귀빈이 특별히 빌린 체육관 상석에 자리를 잡았고 언론사에서도 사진 기자들이 나왔다. 역시 이날의 하이라이트는 닭나라 임금 앞에서 벌어지는 촌극.

고대리는 그 많은 귀빈들 앞에서 닭고기를 먹지 못해 구역질을 하고 쓰러짐으로써 최악의 홍보 효과를 회사에 안겨줄 것인가!

"네 이놈 그 동안 어찌하여 우리 닭들을 그토록 학대하였는고? 네 죄를 네가 알렷다."

닭털로 꾸민 옷을 온몸에 걸쳐입은 닭나라 임금이 닭 학대죄로 저승으로 잠시 끌려온 고대리를 큰 소리로 꾸짖었다.

"죽을죄를 졌습니다."

"예부터 닭이란 동물은 새벽부터 홰를 쳐 어둠을 물리치고 농부들을 시각을 알려 깨워 농사에 빈틈이 없도록 했고, 또 가난한 사람이나 백년손님인 사위들에게는 몸을 바쳐 풍부한 단백질원을 제공해주는 구실을 해왔노라. 그런데 어찌 인간들이 마땅히 우리 닭들을 귀하고 고맙게 여기지 않는고?"

"지당하신 말씀입니다. 가슴 깊이 명심했다가 다시는 닭을 학대하거나 잔인하게 죽이지 않도록 유념하겠사옵니다."

"그토록 반성을 하니 이번 한 번만은 특별히 용서하노라."

지상으로 다시 내려온 고대리는 닭고기를 한 바구니 앞에 놓고 닭에 대한 고마움을 되새기는 표정으로 살코기를 맛있게 물어뜯었다.

"어이, 고대리 놀랐어. 닭다리 벌벌벌이라더니 그렇게 닭고기를 잘 뜯어? 도대체 며칠을 굶은 거야?"

행사를 마치고 회사로 돌아오는 길에 황차장이 귓속말로 물었다. 고대리도 귓속말로 응대했다.

"며칠요? 그거 닭고기 아녜요. 제가 뜯은 건 게맛살이에요. 식품 개발부 미스 박한테 특별히 잘 얘기해서 게맛살에다 튀김옷을 그럴 듯하게 입히니깐 멀리서 보기에는 닭다리처럼 보이잖아요 낄낄."

한솥밥 정식

전체 사원의 삼분의 일을 잘라내겠다는 회사 방침이 입소문으로 흉흉하게 떠돌던 터라 사내 분위기가 어수선하기 짝이 없었습니다. 하지만 만년 경리부장인 홍우탁씨는 회사 내의 실세인 박전무이사의 방으로 호출을 당할 때까지만 해도 속으로 '설마 나야' 했습니다.

비록 칠 년째 이사 승진에서 물을 먹고 있는 늙다리 부장이지만 이십대 중반에 입사하여 어느덧 쉰 줄을 바라보는 지금까지 회사를 위해 일편단심으로 봉직을 해오지 않았겠습니까? 팔팔한 청춘과 의욕이 넘치던 중년의 이십여 년 세월을 몽땅 바쳐온 데 대한 자긍심으로 똘똘 뭉쳐 있었지요. 그러나……

"어이, 홍부장 이거 어떡하나?"

"뭘 말씀입니까, 전무님?"

"내 말 곡해해서 듣지 말고 말이에요. 왜 이런 말도 있잖아요. 위기는 곧 기회라고. 어쩌면 이번 기회가 당신의 인생을 확 꽃피게 만들

수도 있어요. 회사에서는 특히 이번에 명예퇴직을 하는 사원들한테 퇴직금에다 보통 오십 내지 백 퍼센트까지 더 얹어준다네. 한번 응해 보지 않겠나?"

홍부장은 얼굴 근육을 딱딱하게 굳혔지요.

"그럼 지금 저에게 회사에서 나가달라는 말씀을 하시고 계신 겁니까?"

"나가달라는 게 아니고 명예퇴직이라니깐. 생각해보게. 자네는 거금 삼사억원쯤은 한목에 거머쥐게 되네. 그 정도라면 자그마하나마 자신의 사업 구상도 시작해볼 수 있는 것 아니겠나?"

박전무가 말꼬리에 '본인이 원한다면'이라는 구차스런 단서를 붙이긴 했지만 자신에 대한 회사의 처리 방침이 이미 서 있다는 느낌을 홍부장은 지울 수 없었습니다. 눈앞이 아찔해졌지요. 분노감과 모욕감이 뒤섞여 찾아들었습니다.

─결국 이 회사에선 아무짝에도 쓸모 없는 군살에 불과하단 말인가!

며칠 더 버텨보려고 했지만 그러다가는 어떤 험한 꼴을 당할지 몰라 하는 수 없이 사직서를 던지고 말았습니다. 그래도 퇴직금을 목돈으로 쥐고 보면 뭔가 새로 시작할 일이 있겠지 하는 위안을 억지로 붙들고 있었습니다. 그런데 한번 생각해보세요. 평생 남이 주는 월급봉투만 바라보고 살아온 홍부장이 아닙니까? 사업 수완도 변변찮은 그가 기껏 몇억을 쥐고 선뜻 뛰어들 곳이라곤 눈을 씻고 보아도 찾을 수 없었습니다. 답답한 노릇입니다.

아, 그런데 한낱 아무 쓸모 없는 깨어진 사기그릇 조각인 사금파리에 불과한 줄 알았던 홍부장의 사모님 한정숙 여사가 구세주가 될 줄 누가 알았겠습니까? 그 동안 홍부장의 까다로운 입맛을 군소리 하나 없이 잘 맞춰온 한여사의 맛깔스런 손맛이 드디어 진가를 발휘하기 시작해 홍부장이 퇴직을 한 회사 앞 지하상가에 자그마한 음식점을 차린 겁니다. 간판을 아예 '홍부장네집'으로 달아버렸습니다.

개업 첫날부터 손님이 득시글거렸습니다. 물론 홍부장이 다니던 회사에서 직장 동료들이 옛정을 생각해서 찾아오고 또 홍보도 해준 것이 큰 힘이 된 게 사실입니다. 그러나 가장 큰 일등 공신은 역시 한 여사였지요. 한여사는 자신의 남편이 조직으로부터 버림을 받은 처지를 감안해 무엇보다 '정'이 있는 식단을 봉급 생활자들한테 제공하고 싶었던 겁니다. 그래서 새로 개발해낸 메뉴가 바로 '한솥밥 정식'이었습니다.

알고 보면 별거 없습니다. 기존의 뚝배기 정식이나 보리밥 정식과 다를 게 없답니다. 그저 밥을 퍼줄 때 공깃밥 따로따로 담아주는 게 아니라 자그마한 옹기솥에 삼 인분, 사 인분씩 담아줘서 제각기 숟가락으로 퍼먹게 하는 겁니다. 원래 한솥밥이라는 게 그런 것 아닙니까?

그러잖아도 갈수록 삭막해지는 회사 분위기에 질린 직장인들이 얼마나 환호작약했는지 아십니까? 우리는 한솥밥을 먹는 처지이다, 이런 공감대를 짧은 점심때나마 느껴본다는 게 그들로서는 적잖은 위안이 됐던 모양입니다. 원래 밥상에서 우러나는 정이야말로 가장 끈끈한 법이니까요.

개업한 지 한 달이 조금 넘었을까요, 한솥밥이 인기라는 소문을 들었는지 박전무가 임원 몇 사람을 대동하고 홍부장네집에 들렀습니다.

"어이구 이 누추한 데를……"

"이 사람아 누추하긴. 하도 사원들이 한솥밥, 한솥밥 해쌓어서 개업 축하 인사도 할 겸 이렇게 찾아왔다네."

"어서 위로 오르시죠."

홍부장은 자신을 쫓아낸 악역을 맡은 그였지만 정성스레 한솥밥 정식을 차려 내왔답니다.

"어허 참 잘 먹었다. 보소 홍부장, 옛말에 명불허전(名不虛傳, 명성이 널리 퍼짐은 그만한 실상이 있어 그러함)이라고 했는데 정말 그른 데가 없어요."

"전무님, 변변찮았을 텐데 잘 드셨다니 고맙습니다."

"아녜요. 정말 오랜만에 흡족한 식사였던 것 같아. 안들 그래요?"

같이 온 사람들도 고개를 끄덕이며 이구동성으로 동의를 표했습니다.

"그런데 이렇게 맛을 낼 수 있는 비결이 뭐예요?"

박전무에게 물을 한 컵 따라주던 홍부장이 차분히 입을 열었지요.

"다른 비결이 있는 게 아니라 바로 정입니다. 직장인들은 정에 많이 굶주려 있습니다. 특히 요즘은 감원 바람이 불어서 서로들 눈치 보기도 여간 고역이 아닐 줄 압니다. 옛날에 한솥밥을 먹던 끈끈한 정 같은 건 찾아보기 어려운 처지가 된 겁니다. 전 그래서 점심시간에나마 그런 따스한 정을 느껴보라고 이런 정식을 개발한 겁니다."

"하긴 감원이다 뭐다 해서 삭풍이 몰아치는 요즘이다보니……"

"전무님, 삭풍이 몰아치면 머잖아 훈풍이 불어올 때도 있을 겁니다. 삭풍이 몰아칠 때 내보낸 식구는 훈풍이 불어도 다신 집 안으로 들어오지 않겠지요. 어려울 때일수록 한솥밥을 나눠 먹으며 버틴 집 안에 훈풍이 남보다 먼저 닿고 웃음꽃이 먼저 피리라는 생각이 더욱 간절히 들었습니다."

사근사근한 말투였지만 홍부장의 말에 뼈가 있었지요.

"저야 어차피 이 길로 나섰고…… 전무님께서 남은 후배들의 든든한 울타리가 돼주실 걸로 굳게 믿습니다."

아무 말 없이 듣고 있던 박전무가 홍부장의 두 손을 굳게 마주 잡았습니다. 홍부장이 그게 무슨 뜻인지 모를 리가 있겠습니까?

소문의 꼬리

　성실아파트는 신도시 안에서도 주민 의식이 높기로 소문이 난 곳입니다. 자발적인 반상회 참여율은 평균 팔십 퍼센트를 넘습니다. 아파트 주변은 항상 청결하며 반상회에서 어떤 결정이 내려지기만 하면 빈틈없이 일사불란하게 지켜집니다. 이에 대한 주민들의 자부심이 남다른 것은 물론입니다.

　그런데 이 성실아파트에서 일어날 수도 없고, 일어나서도 안 되는 일이 벌어졌답니다. 아파트 지상 주차장 옆 재활용 용품 분리 장소에 누군가가 새벽에 기습적으로 규격 쓰레기 봉투가 아닌 거무튀튀한 비닐 봉지에 뭔가를 담아서 얌체처럼 내다 놓은 것이었습니다.

　그것을 처음 발견한 사람은 401호의 황보동필씨였습니다. 은행 대리이기도 한 황보씨는 아침 일찍 출근을 하러 차에 시동을 걸다가 그 봉지를 발견하고는 너무 놀라 가슴이 두근거렸습니다.

　―아니 세상에 이런 야만적인 일이 다른 아파트도 아니고 우리 성

실아파트에서 발생하다니!

기가 찰 노릇이었습니다. 그는 출근이고 뭐고 다 집어치우고 얼른 경비실로 가 문을 벌컥 열어젖혔습니다.

"경비아저씨, 큰일났어요!"

"큰일이라뇨?"

황보씨는 경비아저씨의 태연한 표정으로 보아 그가 아직까지 어떤 일이 일어났는지 모르고 있음을 알았습니다.

"누군가가 저 앞에다 불법 쓰레기 봉투를 버리고 갔어요!"

"예, 그럴 리가요? 새벽 순찰을 돌 때까지만 해도 그런 걸 보지 못했는데……"

경비아저씨는 자리에서 벌떡 일어났습니다. 사건은 이래서 시작이 됐답니다. 그날 저녁 당장 임시 반상회가 소집된 것은 두말할 필요가 없는 일이지요. 사건이 사건인 만큼 단 한 가구를 뺀 모든 세대가 회의에 참석했습니다. 회의에 빠진 701호는 차가 밀린다며 새벽에 경비아저씨가 지켜보는 가운데 닷새 동안의 뒤늦은 여름 휴가를 떠난 것으로 확인되어 용의 선상에서 빠졌습니다. 회의는 숙연한 분위기 속에서 진행됐습니다.

"정말 여기 참석한 사람 중 아무도 이 짓을 한 이가 없단 말입니까?"

"……"

"혹시 우리 아파트가 아니고 다른 데 사는 사람이 일부러 그런 짓을 한 건 아닐까요?"

반상회의 사회를 맡은 부녀회장은 한숨을 푹 쉬었습니다.

"불행히도 아닌 것으로 판명되었어요. 경비아저씨와 우리 부녀회에서 합동 조사한 바에 따르면 그 쓰레기 봉투 옆에 찍힌 물 묻은 발자국이 우리 아파트 안에서 걸어나간 것으로 드러났답니다. 그러니까 분명히 우리 아파트 내에 사는 사람 중 한 명이 저지른 일이 분명합니다."

좌중은 찬물을 끼얹은 듯 조용해졌지요.

"안의 내용물을 한번 까봅시다. 그러면 대충 어느 집에서 나온 것인지 알 수도 있을 테니까요."

"그거 좋은 방법 같은데요."

"근데 암만 쓰레기지만 남의 집 것을 함부로 까봐도 되나?"

"쓰레긴데 무슨 상관이 있으려고! 이 참에 범인을 잡아서 발본색원해야 합니다."

의견이 분분했습니다. 가만히 있으면 눈총을 받을 것 같아서 서로들 더욱 목청을 높이는 분위기로 흘러갔던 겁니다.

"그렇게 강제적으로 할 게 아니라 한번 조용하게 기회를 줍시다."

역시 202호에 사는 나이 지긋한 박영감이 나서는군요.

"이렇게 만인이 모인 가운데서 매를 맞으러 나오라고 하면 어느 누가 겁이 나서 선뜻 나서겠어요? 이럴 게 아니라 하루쯤 여유를 주고 장본인이 스스로 그 쓰레기 봉투를 회수해서 자수를 하도록 시키는 겁니다."

"그게 나을 것 같기도 한데……"

"그럴까요."

그랬던 것인데, 만 하루가 지나도 엘리베이터 옆의 알림판 밑에 들여놓은 그 봉지를 내가 버렸노라 하고 나타나는 사람은 없었습니다. 그러자 둘쨋날부터 부녀회에서 쓰레기 봉투 위에 성토문을 갖다 붙이기 시작했습니다.

신성한 공동 생활을 어지럽힌 이는 각성하라!(둘쨋날)

그런데 그날 퇴근길에 엘리베이터 앞에서 만난 801호와 901호 남자가 농담 삼아 주고받은 말이 어찌 된 일인지 아파트 전체에 소문이 되어 돌아다녔답니다.

—그 봉투 안에 입다 버린 야한 여자 속옷이라도 잔뜩 들어 있는
게 아냐? 그러니깐 더욱 남세스러워서 도로 가져가지 못하는 게지 아
마, 킥킥!

양심 불량자는 자수하라!(셋쨋날)

갈수록 성토문의 열기가 뜨거워지더니 급기야는 알림판에다 '양
심 내버린 날 ○일째' 하는 계수판을 설치했답니다. 어떤 아주머니는
그 쓰레기 봉투 앞을 지날 때마다 슬리퍼로 툭툭 차기도 했습니다. 그
런데 이번에는 깔끔하기로 호가 난 501호 아줌마가 602호 아줌마한
테 슈퍼에서 무심코 던진 말이 또 한 번 소문이 되어 아파트 전체를
들끓게 했습니다.

—그 안에 무시무시한 세균들…… 박테리아나 혹 에이즈 병원균
같은 게 득시글거리는 물질이 들어 있는 것 아냐? 아까 보니 수상쩍
은 냄새도 풍기는 것 같았는데…… 설마……!

602호 아줌마의 얼굴에 순간적으로 공포 비슷한 표정이 스쳐 지나
갔습니다.

오물 무단 투기자는 자폭하라!(넷쨋날)

그날은 알림판 앞에 서서 시뻘건 매직 글씨로 휘갈긴 이 성토문을
바라보던 1002호의 상이용사 출신 홍영감이 경비아저씨와 말을 주고
받았습니다.

—이거 혹시 위험한 폭발물 아뇨? 예, 그럴 리가? 올림픽이 열리
는 미국 어디메선가도 수상한 폭탄이 이런 식으로 터졌다는데……
그, 그럼 경찰에 신고할까요? 아니 말이 그렇다는 게지 설마……

옆을 스쳐가며 이 대화를 들은 402호 아줌마의 얼굴이 허예진 것은
두말할 나위도 없습니다.

그런데 '양심 내버린 날 5일째' 였습니다. 그날은 마침 701호네가

휴가에서 돌아오는 날이자 토요일 오후였답니다.

"아빠, 빨리 이리 오세요!"

"왜 그러니?"

아파트 입구 엘리베이터 앞에 사람들이 대여섯 모여 있었지요. 휴가를 다녀오느라 얼굴이 구릿빛으로 그을린 701호 아저씨는 이웃들과 인사를 나누기에 바빴습니다.

"어마, 찾았어요. 이게 여기 있네, 아빠."

701호 남자가 귀여운 여섯 살배기 딸 예린이 쪽으로 얼굴을 돌렸을 때는 아이가 알림판 밑의 쓰레기 봉투 앞에 앉아 손을 뻗으려는 찰나였습니다.

"어? 애 예린아 그건 위험할지도 몰라, 만지지 마라!"

402호 아줌마가 기겁을 하고 달려들었지만 아뿔싸 이미 예린이의 손은 봉투에 닿고 말았습니다.

"위험해, 엎드려!"

"왜요, 아줌마?"

얼굴을 가리고 그 자리에 풀썩 주저앉았던 402호 아줌마가 한참 만에 샛눈을 뜨고 보니 봉투를 벗긴 예린이의 손에는 앙증맞은 배추머리 인형이 들려 있었습니다.

"아, 아니 그건……!"

"예 아줌마, 내가 좋아하는 배추머리 인형인데요. 아빠랑 놀러 가는 날 봉투에 담아가려다 여기 깜빡 흘리고 간 걸 모르고 그냥 가는 바람에 시골에서 한참 찾았더랬어요."

"그래?"

그 말을 들은 602호 아줌마가 슬그머니 알림판으로 다가가 '양심 내버린 날 5일째'라고 씌어진 기다란 종이를 북 뜯어내 구깃구깃 뭉쳐 손아귀에 쥐었습니다.

"그게 뭐예요 아줌마?"

"으응, 아무것도 아냐. 예린아 엘리베이터 다 내려왔어. 빨리 오르자."

엘리베이터 문이 열리고 그 안으로 뒤엉켜 쏟아져들어가는 사람들의 얼굴에는 뭔가 안도의 기색과 쑥스러운 표정이 엇갈려 스치고 있었답니다. 그들은 엘리베이터 문이 닫히려는 틈새로 도마뱀의 꼬리처럼 잘려 도망가는 소문의 꼬리를 잠자코 지켜보았습니다.

음해(陰害)

감각에 관해선 거의 동물적이라는 평을 들어온 황태기 이사였지만 이번 일만은 도무지 갈피를 잡을 수가 없었다. 사소한 장난일 수도 있지만 한편으로는 예사롭지 않은 어떤 무언의 경고 같기도 했기 때문이다.

—며칠 과로했더니 신경이 예민해져서 그럴까!

그는 목덜미가 뻣뻣해져오자 서랍을 열어 우황청심환 반쪼가리를 입에 넣고 깨물었다. 씁쓰레한 약물이 입 안 가득 고였다. 최근 며칠 동안 자신이 차를 몰면서 당했던 몇몇 '재수 좋은' 경우를 떠올리자 입 안은 더욱 씁쓰레해졌다.

한번은 출근길에 무리하게 차선을 바꿔 끼어들기를 한 적이 있었다. 옆에서 빨간 스포츠카를 모는 젊은 여자가 한 손으로 운전을 하면서 다른 한 손으로는 입술에 루주를 바르느라 정신이 없는 틈을 노린 것이었다. 그 바람에 하마터면 추돌 사고가 일어날 뻔했다.

후면경에 나타난 젊은 아가씨의 선글라스 낀 얼굴이 몹시 일그러졌다. 그는 어차피 먹는 욕이라고 생각하며 미안하다는 손짓도 해 보이지 않을 참이었다. 그런데 갑자기 전방을 노려보던 젊은 여자가 빙그레 미소를 머금기 시작하더니 웃음을 참지 못해 아예 운전대 위에 얼굴을 파묻고 폭소를 터뜨리는 것이었다.

　―별 미친년 다 보겠네!

　황이사는 영문을 몰라 시큰둥한 표정을 지으면서도 아무튼 욕 대신 웃음소리를 들었으니 기분이 나쁘진 않다고 생각하며 가속기 페달을 밟았다. 그 비슷한 일이 또 일어났다. 이번엔 교통경찰이었다. 한적한 길의 횡단보도 앞에서 신호가 바뀌기 전에 차를 몰았는데 그만 단속에 걸리고 말았다.

　"신호 위반입니다. 면허증 좀 제시해주십시오!"

　"어허, 이거 참…… 그런데 이거 함정 단속 아뇨? 숨어 있다가 위반 차량을 적발하는 게 말이오."

　"함정 단속 아닙니다! 어쨌든 선생님은 교통 신호를 위반한 객관적 사실이 있지 않습니까?"

　황이사는 할말이 없었다. 젊은 의경은 면허증을 받아들자 필요한 사항을 재빨리 기재하고 차량 번호를 대조하기 위해 차 꽁무니로 다가섰다. 황이사는 벌레 씹은 얼굴로 그 모습을 후면경으로 지켜보다가 또 한 번 의아해하지 않을 수 없었다. 그 젊은 의경이 갑자기 허파에 바람이 든 놈처럼 키득거리는 게 아닌가!

　"사장님 벌점 십오 점에 벌금 십만원인 신호 위반 대신에 안전띠 미착용으로 가볍게 끊었으니 다음부터는 유의하시기 바랍니다."

　교통 의경은 그런 관대한 처분에 보태어 힘찬 거수경례를 붙이면서도 뭐가 즐거운지 얼굴에 싱글벙글하는 태를 감추지 못했다. 그 까닭을 알게 된 것이 바로 어제 점심때였다. 함께 식사를 마친 홍보실

민과장이 아첨기 섞인 웃음을 지으며 말했다.

"황이사님 이거 참 기발하십니다."

"뭐가?"

황이사는 눈을 껌벅이며 민과장이 손가락으로 가리키는 자동차 뒷부분을 바라보았다. 그가 타고 다니는 차종은 쏘나타 골드였다. 따라서 차 뒷부분 왼편에는 SONATA가 오른편에는 약간 큰 황금빛 글씨로 GOLD라고 붙어 있었다. 그런데 SONATA에서 ATA가 떨어져나가고 그 자리에 GOLD 가운데 DOG 글자가 옮겨와 달라붙었다. 그래서 만들어진 글자가 바로 SONDOG이었다.

"SON이면 아들이고, DOG이면 개란 뜻인데…… 그러면 개아들…… 개새끼…… 이런 젠장!"

"에이 설마요, 황이사님! DOG를 거꾸로 하면 GOD, 즉 신(神)이 되고 그러면 신의 아들이잖습니까. 좋게 생각하셔야죠 헤헤."

그러나 황이사의 귀에는 아무 말도 들어오지 않았다. 여태까지 내가 차 뒤에 나는 거시기 아들놈입니다 하는 소름끼치는 선전 문구를 붙이고 다녔단 말인가! 이건 필시 어떤 놈이 아니 나를 반대하는 어떤 그룹이 조직적으로 내게 음해를 가하기 위해 벌인 짓이 분명해!

자기 방에서 거듭 상념에 빠진 황이사는 자신의 승승가도를 돌이켜보건대 참으로 얼마나 많은 적을 만들어왔는지를 깨달았다. 멀리 갈 것도 없었다. 지난가을 이세 체제로 바뀐 경영주의 물갈이 뜻에 따라 회사에서 추풍낙엽처럼 단행한 명예퇴직자 분류에 깊숙이 간여한 사람이 바로 자신이었다. 죽마고우고 동기고 동창이고 없었다. 쉬운 말 몇 마디면 구제할 수 있었던 아까운 사람도 있었으나 자신과 경쟁 관계였거나 사적인 친소(親疎) 관계에 따라 입을 열기도 하고 다물기도 했다. 퇴직을 당한 충격으로 쓰러져 병원에서 반신불수로 누워 지내는 사람도 생겨났다.

그리고 최근에 연말 상여금 반납 운동을 주도적으로 펼친 이가 바로 황이사 자신이었다. 그 바람에 얼마나 많은 가정에 쓸쓸하고 처량한 연말을 선사했는지 새삼 깨닫게 되었다.

　— 이들 중 날 죽이도록 미워하는 사람들이 반드시 있을 테고 그들이 아마 이런 무언의 경고를 했을 가능성이 높겠지, 아아! 이건 음해의 시작일 뿐이야, 음해. 쿨룩쿨룩!

　생각할수록 숨이 가빠지고 목덜미가 뻣뻣해져오던 황이사는 입을 벌린 채 자기 방 옆에 딸린 화장실로 휘청휘청 들어가 문을 닫았다. 그리고선 나오지 않았다. 그 바람에 바깥 임원 비서실에서 황이사를 만나러 왔던 청소년 선도계 박경사는 너무 오래 기다린다며 그 화풀이를 비서아가씨한테 해대고 있었다.

　"나도 엄연히 공무가 있는 사람인데 이렇게 마냥 기다리란 말이오 이거!"

　"죄송합니다. 황이사님이 평소 말씀도 없이 자리를 이렇게 오래 비우는 분은 아닌데……"

　"아니긴 뭘…… 그 아들을 보면 그 아버지를 빤히 아는 법이지. 내가 들고 온 이게 그 황이산가 뭔가 하는 양반의 고교생 아들 진술서요. 개가 막가는 교내 불량 서클인 '개××'파에 가담해서 집안 몰래 말썽을 부려왔는데 제 아버지 차에다 서클 이름인 썬도그(sondog)라고 박아넣고는 거리를 무면허 운전으로 휘젓고 다니며……"

잠꼬대 별곡

"아니, 그게 무슨 잠꼬대 같은 소리야!"

두 손을 홰홰 내저으며 부정을 해봤지만 때는 이미 늦었다. 잡아당긴 듯 위로 치솟은 아내의 사나운 눈초리를 보는 순간 지필묵씨는 등허리에 식은땀을 흘리지 않을 수 없었다.

"당신의 잠꼬대는 잠꼬대가 아닌 줄 내가 잘 알고 있다구요!"

"아냐, 오해야! 그건 진짜 잠꼬대라니깐!"

"구구한 변명 하지 말라구욧!"

필묵씨는 주먹을 들어 가슴팍을 치고 말았다. 왠지 달콤했던 그놈의 휴일 낮잠이 화근이었다. 거실 소파 위에서 시원한 수박 화채를 먹으며 텔레비전 프로야구 중계를 보던 필묵씨는 어느새 가물가물 잠속으로 빨려들어갔던 것이다.

오랜만에 꾸어보는 삼삼한 꿈이었다. 싸구려 잡지 화보에서나 흘끗흘끗 구경하던 늘씬한 미녀 한 사람이 그와 함께 바닷가에서 어울렸다. 근육질하고는 거리가 먼 필묵씨의 몸은 갑자기 육체미를 한 사람처럼 균형 잡힌 몸매가 되어 있었다. 아스라한 별빛이 쏟아지는 모래밭에서 쏴아쏴아 밀려오는 파도 소리를 들으며 두 사람은 뜨거운 살을 맞대고 밀어를 속삭이기 시작했다. 밀어는 끝이 없고 드디어 속삭임에 지친 미녀가 살포시 긴 머리를 어깨에 기대고⋯⋯

그런데 등허리께가 자꾸만 따끔거렸다. 어라, 모래 밑에 숨은 바닷게라도 올라와서 살을 무나? 아니면 뾰족한 돌멩이가 등짝에 걸렸나?

아쿠, 그런데 그게 아니었다. 그 아픔은 꿈이 아니라 생시였다. 필묵씨의 등허리께에 달라붙은 통증은 바닷게의 집게손도 뾰족한 돌멩이도 아니었다. 눈을 번쩍 떠보니 바로 아내의 날카로운 엄지와 검지가 자신의 살을 야무지게 비틀고 있었다.

"어이쿠, 당신 왜 이래? 남편이 낮잠 좀 자는데 이렇게 훼방을 놓아도 되는 거야 이거?"

"흥 이 인간아, 팔자 늘어지게 낮잠 좋아하시네? 도대체 연주라는 년이 누구야? 어디 사냐구?"

"뭐 이 인간? 연주? 아니 이 사람이 뜬금없이 늦더위를 먹었나⋯⋯"

그러나 아내는 손끝에 녹음 테이프 하나를 붙잡고 흔들어대고 있었다.

"이게 뭔지 알아? 바로 당신이 바람피우는 증거를 담고 있는 물증이야! 이제야 잡았다구!"

"도대체 무슨 물증이 들어 있다고 그래? 어디 한번 그 잘난 물증 한번 구경 좀 해보자구."

"구경하자면 못 틀어줄 줄 알아! 아이구 내가 이런 인간한테 여태껏 속아서 살아오다니."

아내가 흥분해서 녹음기에 넣고 틀어준 테이프에서는 필묵씨가 방금 전 낮잠을 자면서 중얼거린 듯한 잠꼬대가 흘러나왔다.

— 흐흥…… 연주씨 사랑합…… 오직 그대만을…… 새로운 인생을 찾아서…… 내 모든 걸 바쳐……

필묵씨는 자신의 마음속을 버선목처럼 뒤집어 보여줄 수도 없고 정말 뭐라고 해명을 해야 할지 몰라 막막해졌다. 자신의 잠꼬대가 유별나다는 걸 스스로도 잘 알고 있었기 때문이다. 그는 이따금씩 마치 실제로 얘기를 하듯이 있는 사실을 그대로 잠꼬대로 풀어놓는가 하면, 잠자다가도 옆에서 말을 걸면 그것에 일일이 대꾸를 하는 이상한 버릇이 있었다. 지난 주에도 그 잠꼬대 와중에서 말을 걸어온 아내의 술수에 말려 결혼 사진첩 뒤에 꼬불쳐둔 비상금 이십만원을 졸지에 털렸다. 그뿐 아니라 자신도 모르는 사이에 잠꼬대를 통해 경마장에 갔던 사실이 폭로되어 곤경을 당하기도 했던 것이다.

아무튼 필묵씨는 당분간 동지섣달 눈보라처럼 변해버린 아내를 피해 거실 소파에서 먹고 자는 고달픈 생활을 지속해야 했다.

— 잠꼬대로 인해 빚어진 분란이니까 모름지기 잠꼬대로 해결을 해야지!

며칠 뒤 자재과에 근무하는 직장 동료 맹대리의 말을 들은 필묵씨는 무릎을 내리쳤다. 그래 바로 그거야!

아내는 새벽 두시경이면 한 번 일어나 꼭 냉장고의 물을 꺼내 마시는 습관이 있었다. 그것은 신혼 이래로 거의 하루도 빠짐없이 되풀이하는 버릇이었다.

초저녁잠을 미리 자둔 필묵씨는 말똥말똥한 눈으로 소파 위에 누워 있었다. 냉장고 위의 뻐꾸기시계가 두 번 울렸고 그러자 마치 기다리고 있었다는 듯 아내가 걸어두었던 안방 문을 열고 나왔다. 필묵씨는 이때다 싶어 일부러 코를 골며 깊은 잠에 빠진 척하였다. 아내가 물병을 꺼내기 위해 냉장고 문을 여는 순간 필묵씨는 흥얼흥얼 잠꼬대를 하였다.

"흐흥…… 연주씨 오직 그대만을 사랑합니다…… 새로운 인생을 찾아서…… 내가 모든 걸 버리겠어요……"

물을 마시러 나왔던 아내의 눈초리가 다시 꼬이기 시작했다. 그러나 다음 순간……

"이봐요, 내가 이렇게 말해주길 원하는 거요? 하지만 아가씨, 마음을 돌리세요. 나에겐 소중하고 마음을 편하게 해주는 갸륵한 아내가 있어요. 아내의 사랑은 내게 큰 나무의 그늘처럼 시원하고 풍성하다오. 그러니……"

필묵씨는 콧소리를 적당히 섞어가며 그럴듯하게 연기를 했다. 그러자 열었던 냉장고 문을 닫은 아내는 사뿐사뿐 필묵씨가 누운 소파로 향하는 것이었다.

"여보, 여보……"

"음음…… 왜 이래…… 아흠 졸려……"

필묵씨는 아내가 깨울수록 더 잠에 취한 시늉을 하였다.

"여보 일어나세요, 일어나요! 당신의 속 깊은 생각을 제가 미처 다 헤아리지 못했어요."

"아흠, 무슨 일이야 또!"

필묵씨는 영문을 알 수 없다는 표정으로 하품을 하며 흘낏 아내의 얼굴을 바라보았다. 아내의 뺨이 젖어 있었다.

"여보, 오해가 다 풀렸어요. 내가 너무 속이 좁았나봐요."

"뭐가?"

"당신 잠꼬대 말예요."

"잠꼬대?"

"예, 방금 다 들었어요."

필묵씨는 이때다 싶어 아내의 손을 잡아끌었다.

"뭔진 모르겠지만 아무튼 당신 오해가 풀렸다니 정말 다행이야."

필묵씨는 아내의 젖은 얼굴을 닦아주었다. 다음번엔 자신이 또 어떤 얼토당토않은 잠꼬대로 곤경에 빠질는지 모르지만 일단 오늘 새벽만큼은 이렇게라도 화해를 해두는 게 남는 일일 것 같아서였다.

아빠, 내 사랑!

    제 이름은 선미랍니다. 맹선미…… 백마초등학교 3학년 4반인데
요, 우리 선생님 이름까지는 아실 필요 없구요. 아빠 이름은 그 동안
들으셔서 다들 아시죠? 맹자, 형자, 구자를 쓰잖아요. 예 바로 그 맹
과장님…… 어쩜 요즘 아이답지 않게 그렇게 예의바르게 나오냐구
요? 우리 선생님이 어른들 이름을 댈 때는 그렇게 한 자씩 또박또박
말하는 거라구 수업시간에 가르쳐주셨어요. 그거 틀리면 회초리로
손바닥 세 대씩 되게 아프게 맞거든요.

    그런데 저는요…… 이거 진짜 비밀인데요, 별명이 두 개예요. 하나
는 맹꽁이구요…… 성이 맹씨라서 애들이 그렇게 놀리는 것 같아요.
근데 하고많은 성씨 중에 왜 하필 맹씨인지 몰라요. 윤선미나 박선
미…… 하다못해 그 흔해빠진 김씨 성만 해도 중간은 들 텐데 쩝쩝.
아무튼 그리고 또하나는 깜치예요. 제가 원래 아빠를 닮아서 키도 작
은데다 얼굴이 까무잡잡하거든요. 저도 애들이 그런 별명을 부르는

게 기분이 좋지는 않지만 어쩌겠어요? 후유, 성을 갈 수도 없고 그렇다고 이제 와서 아빠를 바꿀 수도 없는 노릇 아녜요?

전 그래도 아직 한 번도 아빠를 원망하거나 탓해본 적이 없걸랑요. 왜냐하면 말이죠, 아빠는 저라면 좋아서 아주 사족을 못 쓰시거든요. 우리 선미가 세상에서 제일 예쁘고 또 제일 착하대요. 물론 슈퍼로 담배나 술 같은 잔심부름을 시키실 때 주로 하는 말씀이지만 말예요.

아빠는 제 앞에서는 절대 기죽는 모습을 보여주지 않으려 하지요. 아빠 말로는 아빠가 세상에서 제일 강한 싸나이 중의 싸나이래요. 작은 고추가 맵다는 거예요. 술을 약간 드시면 아빠가 곧잘 꺼내시는 군대생활 얘기에 따르면 무슨 물개 잡는(하마라 그랬던가?) 해병대라나요…… 그게 아니라 무슨 특수 대테러…… 아니 대간첩 수중 침투 특공대라나 아무튼 그런 최고 용감한 병사 출신이래요. 말씀하실 때마다 조금씩 바뀌어서 제가 딱 부러지게 기억할 수는 없지만 말예요.

아빠가 가끔 운전하시는 프레스토 차 있잖아요? 십 년 된 헌털뱅이 말예요. 그걸 우리 아파트에서는 다들 '공포의 프레스토'라고 부르긴 하지만 아빠 말에 따르면 월드컵이 열리는 2002년까지 굴러가는 데는 아무런 지장이 없대요. 그 말은 딸인 제가 믿기에도 좀 미심쩍긴 하지만 그래도 아빠는 뭔가 단단히 믿는 구석이 있는 모양이에요.

그 고물차를 타고 지난 공휴일 호수공원에 구경 가다가 중간에서 웬 삐까번쩍한 새 차와 살짝 키스한 거 있죠? 백미러끼리 부딪혀서 뭐 대단한 사고는 아닌 것 같았는데 그 고급차를 운전하는 아저씨의 표정이 휴지 조각처럼 마구 일그러졌어요. 차체 밑부분이 벗겨지고 군데군데 녹까지 슨 우리 프레스토를 무슨 똥차 바라보듯 하더니 기어코 차문을 열고 나와 침을 바닥에 탁 뱉는 거예요. 그 우락부락한 덩치를 보니깐 거의 울 아빠 갑절은 돼 보이지 뭐예요.

그러나 역시 울 아빠는 용감했어요. 나보고 가만히 앉아 있으라고 안심을 시켜놓고는 의젓하게 문을 따고 나가 그 아저씨의 앞을 턱 가로막고 섰답니다. 저는 속으로 간이 콩알만해졌죠. 뒷머리를 짧게 올려친데다 더운 날씨에도 아랑곳없이 까만 양복에 선글라스까지 긴 그 아저씨는 곧이라도 아빠의 멱살을 잡고 흔들듯 입에 거품을 물고 따지기 시작하는 거였습니다. 나는 무서워서 창문을 열고 울먹이는 목소리로 아빠 하고 불렀어요. 그 아저씨한테 동정심을 자아내게 하려는 속셈도 없지는 않았던 거지요. 그런데 아빠는 내게 다가와 말했습니다.

"선미야, 조금만 기다려 응? 아무 일도 아니니깐. 이 아빠가 저렇게 시민 의식이 부족하고 버르장머리가 없는 놈을 좀 혼내줄 때까지 말이야. 얼마 안 걸릴 거야."

너무 뜻밖이었지요. 아빠가 되레 그 아저씨를 혼내준다니 말예요. 그러나 창문을 닫게 하고 뒤돌아 서서 손바닥을 마주쳐 탈탈 털면서 저벅저벅 걸어간 아버지는 차 안의 제가 보기에도 정말 용감했습니다. 큰 소리로 뭐라고 대거리를 하시더니 길옆으로 그 덩치 큰 아저씨를 끌고 가시는 거였습니다. 울 아빠 브라보! 무슨 말을 들었는지는 몰라도 그 아저씨는 처음보다 한결 양순해진 게 사실이었습니다. 그 아저씨는 허릿장을 질렀던 양손을 풀어 잘 길들여진 짐승처럼 앞으로 공손히 모아 쥐고 아빠의 말에 연신 고개를 끄덕였고 말을 마친 아빠가 손바닥으로 등을 툭툭 쳐 격려하는 시늉을 하자 그 아저씨는 안녕히 가시라는 인사까지 하는 거였습니다.

"아빠, 도대체 어떻게 된 거예요?"

"뭐가?"

아빠는 아무것도 아니라는 표정으로 운전석에 앉아서 시동을 다시 걸었지요.

"저 아저씨를 손끝 하나 대지 않고 꼼짝 못 하게 만들었잖아요?"

"허허, 이 귀여운 짜아식이 이 아빠를 어떻게 보고 하는 소리야? 이 아빠가 말이야, 이래 봬도 태권도가 이단, 유도가 이단, 검도가 이단, 합기도가 삼단 해서 말이야 토탈, 응 토탈이란 다 합쳐서 그런 뜻인데, 아무튼 십단이 넘어요, 십단이. 그러니 제놈이 어쩌겠어 싹싹 빌고 앞으로는 정신차려서 운전하겠다고 통사정하고 나오는 수밖에 말이야, 응? 하하하!"

저는 아빠를 경이로운 눈빛으로 바라보는 척했지요. 아빠의 모습이 그때처럼 재밌다고 느껴진 적이 없었거든요. 왜냐하면 전 아빠의 바지 호주머니에 들어 있던 손이 슬쩍 빠져나와 뭔가를 그 우락부락한 아저씨의 손에 쥐어주는 걸 잽싸게 보았으니까요. 그게 뭔지는 잘 알 수 없지만 그 아저씨를 양순하게 만드는 데 적잖은 구실을 한 것만은 틀림없다는 생각이 들었어요. 그래도 아무튼 전 딸 앞에서 당당해지려고 애쓰는 울 아빠가 무지무지 사랑스러워요. 쪼오옥(뺨에다 대고).

그렇지만 한번은 아빠가 제 앞에서 쩔쩔매신 적이 있었어요. 언제였냐구요? 그걸 생각하면 웃음이 절로 나요. 제가 그걸 은근히 물어봤지요, 히힛. 애 낳는 거 말예요. 우리도 학교에서 기초 성교육 시간이 조금 있거든요.

그때 아빠는 저녁을 드시고 베란다에서 담배를 피우고 계셨지요. 여러분도 눈치채셨겠지만 아빠는 '반딧불족' 이라구요. 집 안에서는 엄마 성화 때문에 담배를 못 피우시거든요.

"아빠, 뭐 해?"

"으응, 담배 한 대 피워."

"엄마는 잠깐 슈퍼에 갔는데 들어오셔서 거실에서 피우세요. 난 괜찮아."

"헐헐헐, 우리 딸내미 건강을 생각해서라도 이 아빠가 어디 그럴

170

수 있나 응?"

"그래두 왠지 아빠 모습이 쩨쩨하게 보여서……"

"쩨쩨? 어허, 그런 게 아니고 말이지. 이 아빤 꼭 담배를 피우기 위해서 여기 베란다로 나오는 게 아니란다. 아빠는 말이지, 차분히 떠오르는 생각을 정리하고 명상을 하기 위해 나오거든. 베란다 밖의 세상 속 어둠을 이렇게 지그시 응시하면서 말이지 오늘 하루를 반성하고 내일은 어떻게 지낼까 설계하는 소중한 시간을 갖는 거란다. 그러다가 인생이란 무엇인지 심오한 질문도 가끔 던져본단다. 어때 근사하지?"

"예…… 근데 아빠, 오늘 학교에서 특별 성교육 시간에 배운 건데요?"

"으, 으응 뭔데……"

아빠의 표정이 이상하게 바뀌었어요. 약간 당황을 하셨는지 허둥거리는 바람에 손가락 새에 끼어 있던 담배꽁초가 바닥에 떨어질 뻔했지요.

"아기가 태어나려면 말예요. 나도 그랬겠지만, 엄마의 몸 속으로 아빠의 정자라는 게 올챙이처럼 헤엄쳐 가야 한다고 선생님이 그림으로 설명해주셨거든요. 그런데 도대체 헤엄을 어떻게 쳐가요? 그럼 결혼한 여자랑 남자랑 서로 수영을 많이 다녀야 애가 잘 생기나요?"

"으흠, 그, 그건 말이지…… 어, 그러니깐 말이지…… 잘 들어야돼."

아빠가 그렇게 말을 더듬는 것은 그때가 처음이라니깐요.

"정말 자, 잘…… 들어야 하는데 말이지. 으응, 그래 엄마랑 아빠랑 서로 많은 시간을 보내면서 사랑을 하면 그게 가능하지."

"사랑?"

"으응, 사랑!"

"그럼 나랑 아빠도 서로 사랑한다고 하는데 애가 안 생겨?"

그러자 아빠는 칠색 팔색을 하며 제 입을 거의 틀어막다시피 한 채 놀라시는 거예요. 아빠는 입술이 마르는지 계속해서 혀로 마른 입술을 핥으시며 쩔쩔맸습니다. 그럴수록 전 더 짓궂어지고 싶어졌어요 (와, 되게 재밌는데).

"그, 그러려면 말이지, 우리 선미가 좀더 커서 어른이 돼서 말이지…… 응, 맞아. 사랑에도 여러 종류가 있는데, 그중에 한 가지가 들어맞아야 하는 거거든. 아빠가 이담에 천천히 말이야, 잘 알려줄 테니 오늘은 그, 그만큼만 알아도 될 거야 아마…… 필요 이상으로 너무 많이 알면 머리가 아파져요. 머리가. 어이쿠, 머리야!"

저는 하나 더 물어보려다 그만두었어요. 어른인 아빠를 더 놀려먹는 것도 딸의 도리가 아닌 것 같아서 말예요. 그러자 서둘러 담배를 비벼 끈 아빠가 갑자기 저를 번쩍 안고 거실로 들어오면서 뺨을 따갑도록 막 비벼주셨어요.

"어이쿠, 우리 깜치아가씨가 이젠 막 숙녀가 되려는가본데 응, 하하! 아빠 기분이 오늘따라 아주 좋아, 좋다구!"

저도 왠지 기분이 막 좋아져서 속으로 주먹을 꽉 쥐고 외쳤어요. 울아빠 파이팅!

172

빌린 장미꽃

    봉근아빠 박공배씨는 요즘 눈꼴이 시어도 보통 신 게 아닙니다. 갑자기 집 안 살림에 소홀해진 듯한 봉근엄마가 정신을 딴 데 팔고 있는 낌새가 역력했으니까요. "야, 거 장태완이 저놈아 진짜 끝내주네…… 쩝쩝 정말 아쉬워. 근데…… 당신 지금 뭐 하는 거야, 아까부터? 그 좋아하는 드라마도 안 보고?"

    열흘 전쯤이었습니다. 저녁식사를 한 뒤 소파에 앉아 〈……공화국〉이라는 정치 다큐 드라마를 보던 공배씨가 소파 아래 한 귀퉁이에 배를 깔고 누운 채 종이쪽지 위에 뭔가를 끼적거리고 있는 봉근엄마에게 물었습니다. 봉근엄마는 고개도 돌리지 않은 채 대꾸했습니다.

    "나 원래 정치 드라마는 안 좋아하는 거 잘 알잖아요. 당신이나 실컷 보세요."

    "아, 글쎄 그게 뭐냐니깐?"

    공배씨가 와락 달려들어 종이를 뺏으려 들자 봉근엄마는 등뒤로 한사코 숨기면서 완강하게 버텼습니다.

"당신 왜 그래욧? 암만 부부 사이지만 지켜야 할 최소한의 예의가 있는 거 아녜요?"

마늘모처럼 찢어진 마누라의 눈초리를 보자 공배씨는 그만 전의를 상실해 슬그머니 한 발짝 물러서고 말았습니다.

"아따 표독스럽긴? 내가 명색이 남편인데 당신이 뭐 하는 줄은 알아야 할 것 아냐?"

"알 필요 없어욧!"

봉근엄마는 완전히 앵돌아진 표정입니다. 그 길로 작은방 문을 쾅 닫고 들어가 걸어잠그더니 아예 다음날 아침까지 나오질 않는 겁니다. 그럴수록 공배씨의 궁금증은 더해갈 수밖에요.

"거 아직도 그걸 모르고 있었단 말이야?"

공배씨는 마누라가 무엇에 미쳐 있는가를 옆집 맹형구씨를 통해 겨우 알아낼 수 있었습니다. 공배씨가 맥주를 사 들고 가 한잔 안긴 다음에야 형구씨는 자기 마누라인 선미엄마한테서 들은 얘기를 털어 놓는 겁니다.

"거 아주머니께서 옛날 학교 다닐 때 문예반 하셨다며?"

"그래 맞아. 나도 고등학교 때 문예반 한답시고 하면서 애엄마를 꼬셨거든. 왜, 그 나이 또래에서는 다들 한번쯤 문학소녀가 되는 것 아냐?"

"근데 이번에 부녀회 주최로 흰솔마을 가을맞이 문학의 밤이 열리 나보데."

"뭐? 문학의 밤?"

"삭막한 아파트 생활의 분위기를 바꾸고 이웃간의 유대도 돈독히 하려는 취지래. 그래서 주부 백일장도 하고 유명 시인을 초청한다는 거 아냐. 「물망초꽃 당신」이라는 시 당신도 알지?"

"물망초꽃인지 할미꽃인지 간에, 지금 우리 마누라가 주부 백일장인가 뭔가 하는 데 나가려고 저 유난을 떨고 있다는 거야? 나 참, 기가 막혀서."

"우리 마누라도 거기 나간다고 설치는 모양인데…… 그건 그렇고, 우리끼리 얘긴데…… 그 문학의 밤 식전 행사로 각 동별로 에어로빅 경연이 열린다는 거야. 그게 아마 우리한테는 더 볼 만할걸. 몸에 쫙 달라붙는 옷들을 입고 나와서 아주 요염하게 몸을 흔들어댄다고."

"자네나 실컷 가서 구경하라고. 남의 여편네 엉덩짝이나."

박공배씨는 마누라를 말려야 할지 말아야 할지 몰라 가슴이 답답해졌습니다.

"글쎄 시를 쓴다고? 어휴, 이 여편네가 바람이 들어도 완전히 에이급 태풍으로 단단히 든 모양이군. 아, 시를 아무나 쓰나? 서천 소가 들어도 웃을 일이지."

박공배씨는 며칠 설치다 제풀에 지치고 말겠지 하는 생각에 모른 척하기로 맘먹었습니다. 그런데 그가 경의선 열차를 타고 어쩌다 일찍 집으로 돌아올 때면 잔디 깔린 둔덕 위에 무릎을 세우고 앉아 물끄러미 기찻길을 내려다보고 있는 봉근엄마의 뒷모습을 보곤 하였습니다. 아마도 시 구상을 가다듬고 있는 것인지도 모를 일입니다. 그때마다 공배씨는 아내의 어깨를 건드리지 못하고 혼자서 집으로 돌아오곤 했습니다.

아내에게 너무도 소중할지도 모를 그 시간을 깨뜨리고 싶지가 않아서였습니다. 사실 가슴이 아팠습니다. 문예반 활동을 하며 누구보다도 꿈 많던 여고생이었던 아내였지 않습니까. 그런데 자신처럼 못난 남편을 만나 그처럼 고생만 해온 마누라의 처지를 생각해보면 그 몸부림을 이해할 만도 했던 겁니다.

그 동안 얼마나 지겹도록 가난한테 꿈과 정신을 물어뜯겼으면 남들은 시큰둥하게 지나칠 동네 주부 백일장에도 옛날의 향수가 생각나 저렇게 환장을 떨가 싶었습니다. 생각 끝에 공배씨는 백일장에서 마누라가 상을 타든 못 타든 꽃이라도 한 송이 선물할까 하는 궁리도 해봤지만 그만두기로 결정하였습니다. 어디까지나 살림하는 여편네 처지에 남편은 밖에서 뼈 빠지게 일하는데 문학이니 시 나부랭이니 하는 게 도통 씨알이 먹히지 않는 짓이라는 냉정한 생각이 들었던 겁니다.

공배씨는 문학의 밤 당일에도 행사장에는 가지 않으려 했지만 옆집 형구씨가 와서 식전행사인 에어로빅이라도 보러 가자며 조르는 바람에 운동복 차림에 슬리퍼를 질질 끌고 마지못한 듯 따라나섰습니다. 유명 시인이 온다고 하니깐 사람들이 관심을 가졌는지 행사장인 관리사무소 지하실에는 백여 명가량의 사람들이 빼곡이 들어차 있더군요. 연단 앞 칠판에는 행사 시작 한 시간 전부터 시인이 냈다는 그날 백일장 제목이 커다란 글씨로 씌어 있었습니다.

'기차.'

열기 속에 시작된 흰솔마을 가을맞이 문학의 밤은 아무런 불상사 없이 잘 치러졌습니다. 그 초대 시인은 감동 깊은 대표작 「물망초꽃 당신」을 구수하게 낭송해 우레와 같은 갈채를 받았습니다. 시낭송이 끝나자 시인이 자신이 직접 낸 백일장 제목에 대해 설명을 해주는군요.

"기차를 타고 오면서 보니 그 기차가 참으로 인상깊습니다. 좀 낡아서 그런지 옛정이 물씬 느껴지는 기찻길이더군요. 대도시의 전철하고는 영 다른 맛이 나서 한번 백일장 제목을 기차라고 정해봤어요. 우리의 인생이라는 게 사실은 어디론가 한없이 떠나가는 길 위에 있는 것 아니겠습니까? 그런 의미에서 기찻길은 바로 우리네 인생길하고도 맥이 닿아 있지요."

시인의 말이 채 끝나기도 전에 벌써 적은 쪽지를 제출하는 주부들도 있었습니다. 제목이 미리 정해져 있어서인지 그 동안 생각을 해둔 사람이 많은 모양입니다.

"맹형, 그만 나갑시다."

"에헤, 한 십 분 있다 곧바로 당선작 발표를 한다니 기왕이면 보고 가지. 혹 우리 마누라가 장원이라도 하면 어떡해? 이것 좀 주려고, 헤헤."

맹형구씨의 손에는 곱다란 장미꽃 한 송이가 들려 있었습니다. 공배씨는 머쓱해져 그만 뒤통수를 긁지 않을 수 없었습니다.

"자, 드디어 장원을 발표하겠습니다. 다른 좋은 작품도 많이 눈에 띄었으니 오늘 장원을 못 했다 해도 계속 정진해주시면 고맙겠습니다."

사람들이 술렁거리기 시작했지요.

"자, 호명하겠습니다. 근데 이분은 이름을 안 쓰시고 아무개 엄마라고 하셨군요. 좋습니다. 봉근엄마 앞으로 나오세요. 장원입니다."

곳곳에서 환호성이 울렸습니다. 아, 봉근엄마라니! 공배씨는 뒤통수를 얻어맞은 듯 아찔한 느낌이 들었습니다. 기뻐서 어쩔 줄 모르고 앞으로 뛰어나가는 마누라의 뒷모습이 가물가물해 보였습니다.

'젠장, 이젠 가슴이 바람이 잔뜩 든 마누라가 살림을 전폐하고 시인의 길로 나서겠다고 할 판이니 이거 내가 고생길이 훤하군.'

이렇게 속으로 넋두리를 하고 있는데 연단에 올라 장원으로 뽑힌 시를 낭송하는 소리가 귓전으로 아득히 밀려들었습니다. 그런데 그 시를 듣는 순간 공배씨는 갑자기 가슴이 찡해지기 시작했습니다. 고달픈 하루 일과를 끝내고 만원 기차에 실려 오는 남편을 기다리는 부인의 속마음을 읊은 내용이었습니다.

……

저기

오늘 마지막 기차의 불빛이 보입니다

당신의 고단한 하루를 싣고

거친 숨을 헐떡이는 막차 앞에 서면

전 한없이 초라해지죠……

아아, 무엇보다 당신의 지친 삶이 기댈 수 있는

포근한 어깨이고 싶습니다……

　　구절마다 남편의 노고를 잊지 않는 아내의 깊은 속정이 넘치는 절절한 시구에 저절로 고개를 숙인 공배씨에게 맹형구씨가 소리없이 꽃을 불쑥 내미는 것이었습니다. 자기 마누라에게 주기 위해 마련했던 그 장미꽃이었습니다.

　　"뭐 해, 이 사람아? 얼른 받지 않고. 내 빌려줌세. 이 꽃을 전해줄 임자는 내가 아니라 바로 자네일세. 축하하네. 정말."

　　공배씨는 고마운 이웃을 눈물 젖은 시선으로 힐끗 쳐다본 다음 그가 빌려준 장미꽃 한 송이를 받아들고 연단 앞으로 저벅저벅 걸어나갔습니다. 가슴을 쫙 펴고요.

누가 용의 꼬리를……

생각이 날 듯 말 듯한 잡탕꿈을 꾸고 난 맹형구씨는 오늘따라 이부자리 위에서 밍기적거리며 화장대 옆의 달력만 하냥 바라보고 있었습니다. 아아, 바야흐로……

긴 탄식이 까칠한 입술 새로 낮게 흘러나왔습니다. 올해의 달력도 어느덧 달랑 한 장만 남은 채 빛이 바래가고 있는 것이었지요. 그러나 돌이켜보건대 지난 일 년 세월이 허무하면서도 한편으론 대견스러웠습니다.

한번 생각해보세요. 올해 역시 오죽이나 사건이 많았던 한 해였습니까? 지하철 가스폭발사고를 비롯해 기억하고 싶지도 않은 삼풍백화점 대참사 등을 거치면서 파리목숨 같은 명줄을 부지해온 것만 해도 그게 어딘가 하는 생각에 새삼 손바닥으로 목을 쓰다듬게 되는 것이었습니다.

그뿐입니까? 이른바 비자금 정국의 안개가 여전히 희뿌연 마당이 아닙니까. 누구 덕에 한 개에 이백억(?)이라고 써붙인 붕어빵을 사서 씹으며 입 안에 쓴 침이 한가득 고이긴 했지만, 기왕에 터진 것 갈 데까지 가야 한다는 게 우리 맹과장의 생각입니다. 그런데 비자금 파동을 지켜보노라면 뒷골이 왜 이렇게 땡기는지…… 사실은 맹과장도 그 파문의 유탄을 맞지 않았다고 할 순 없는 처지였지요. 허술하게 보관하던 비자금을 졸지에 날리게 됐는데 그게 아무래도 신경이 날카로워진 마누라의 농간……?

그때 방문이 덜컥 열리며 마누라가 뭔가를 한 그릇 쟁반에 담아들고 들어왔습니다.

"아니, 이 양반이 일어났으면 후딱 자리도 좀 개고……"

맹과장은 부러 피곤한 표정으로 기지개를 켰습니다.

"아, 보믄 몰러? 연일 야근하느라 밖에서 죽어나는 줄도 모르고설랑……"

인상을 쓰며 닦달을 해댈 줄 알았던 선미엄마가 의외로 애교 넘치는 웃음을 입가에 살살 흘리며 다가와 앉아 맹과장이 되레 어안이 벙벙해졌습니다.

"힝, 내 당신 애로사항 다 알아요. 연말이면 회사에서 제일 바쁜 부서 중 하나가 바로 당신 부서인 줄 내가 뭐 모르나요? 겹치기 야근 하는 사정을 다 이해하고 있다구요, 홍홍."

"어라? 아침부터 뭘 잘못 먹었어? 왜 이래, 징그럽게?"

자리에서 벌떡 윗몸을 일으키는 맹과장에게 선미엄마가 콧소리를 내며 쟁반에 담아온 사발을 내미는 것이었습니다.

"이게 뭐여?"

"아, 보믄 몰라요? 보약이지. 암만 생각해봐도 당신이 올 연말을 무사히 넘기려면 우선 체력이 문제일 것 같더라구요. 그래서 내가 큰맘먹고 아주 비싼 약을 지어서 다려 올리는 것이니…… 자자, 눈 꼬옥 감고 사발에서 입 떼지 말고 그대로 쭈욱 드세요. 당신 요즘 너무 허하더라."

선미엄마는 약사발을 건네고는 이부자리 속으로 손을 밀어넣고 눈을 찡긋하며 맹과장의 허벅지를 슬쩍 꼬집었습니다. 뜨끔해진 맹과장이 한다는 소리가,

"어, 돈이 없어서 징징 우는 소리를 하던 때가 엊그젠데 무슨 돈이 있어서 이런 보약을 다 지었어?"

그러자 슬그머니 반쯤 돌아앉은 선미엄마가 손바닥으로 코를 훔치는 시늉을 하더니 털어놨지요.

"글쎄 그 수표 두 장이……"

"뭐? 수표? 그건 당신이 접때 돈세탁시켜버렸다며?"

부디 놀라지 마시길! 이 두 사람이 말하는 돈세탁은 언론에서 떠드는 돈세탁하고는 차원이 다름을 알려드려야 할 것 같습니다. 검은 돈을 빼돌리려는 돈세탁이 아니라 실수로 인한 진짜 돈세탁입니다.

사흘 전 일입니다.

맹과장이 비자금을 몰래 넣어두곤 하는 장롱 속의 남방이 보이지 않길래 은근히물어 보았더니 선미엄마는 그 옷을 두드려 빨고 비벼 빨고 하는 초강력 세탁기에 그냥 넣어버렸다고 태연히 일러주는 것이었습니다. 부리나케 달려드는 맹과장에게 선미엄마가 내던져준 그 빨랫감의 윗주머니에서는 정말로 흔적도 없이 뭉개져버린 종잇조각만 몇 개 나올 뿐이었습니다.

"으이그, 그렇다면 그게 다 날 기만한 연극이었단 말이야. 그 종이 쪼가리들은 그럼 수표 쪼가리가 아니었고?"

"그게 무슨 중요한 사실이에요? 그것이 이렇게 당신 몸을 보해줄 용이 되어 나타났으면 그만이지."

용(茸)? 사슴뿔 말이렷다……

맹과장은 그만 혓바닥으로 널름 입가를 훔쳤습니다. 그런데 갑자기 그 용이라는 말을 듣는 순간 아삼삼하던 간밤 꿈의 한자락이 언뜻 스쳐가는 것이었습니다. 앗, 그게 무엇이더라. 분명히 이무기 꼬리가 아니면 용의 꼬리였던 것 같았습니다만 분명하지가 않았습니다. 아무튼 낮은 구름 속에서 어떤 기다란 몸뚱어리를 지닌 동물의 꼬리가 꿈틀거리는 장면만은 눈에 선해졌습니다. 맹과장은 손바닥으로 무릎을 쳤지요.

'히야. 그게 만약 용의 꼬리라면 이거 죽여줄 텐데. 내년도 진급대상자 막차를 타는 게 분명해. 그러면 내년까지 내 운세가 좌악 펴질 텐데.'

맹과장은 단숨에 용 한 사발을 마신 뒤 꿈속에서 본 그 꼬리가 용일 거라는 확신을 해보면서 가뿐한 출근길에 나섰습니다.

그런데 그날은 이상하게도 그놈의 '용' 자 돌림 때문에 엄청 꼬이는 날이었습니다. 마누라가 현관까지 따라붙어 용 먹고 다음부터 용 좀 써보라고 귓속말을 속닥일 때도 은근히 기분 나빴지요. 내가 의무방어전을 빼먹은 적이 있남? 하긴 양보다 질이라고 하면 할말은 없지만 서두…… 쩝쩝.

근데 출근하자마자 엘리베이터 앞에서 갓 들어온 신입사원 한 명이 다른 부서의 동료한테 용용……죽겠지 어쩌구 장난을 치면서 경박하게 돌아서다가 맹과장과 부닥쳤습니다. 맹과장의 흰 와이셔츠 소매에 커피가 찔끔 쏟아진 것은 가벼운 서곡에 불과했습니다. 당일 만기가 돌아온 용원실업의 어음이 부도가 날 것 같다며 그 기업의 신용조사보고서를 재작성해 올리라는 지시가 떨어져 오전 내내 그 일을 처리하랴, 상사에게 보고하랴 학을 뗐다 이 말입니다. 어쩐지 그 회사 이름이 용…… 용원실업이라니……

홧김에 중소기업 신용조사 담당인 곽대리를 닦달하려니깐 그 깐깐

한 용태진 부장이 그 정도면 과장 선에서 알아서 처리해야 할 사안이라면서 곽대리 역성을 드는 바람에 김이 팍 샌 것도 예사롭지가 않았습니다. 굳이 말하자면 바로 곽대리가 육사년 용띠였거든요. 용부장의 용자도 거슬리긴 매한가지구요. 어휴, 그저 용자 돌림들은 그냥 콱……

근데 결정적으로 꼬인 일은 그게 아니었지요. 심사가 뒤틀려서 그런지 점심 무렵부터는 속마저 슬슬 뒤틀리기 시작했습니다. 아침에 널름 받아먹은 그 사슴뿔 용을 아주 오랜만에 만난 창자가 놀란 나머지 접수할 수 없다고 발광을 치고 나오는 모양이었습니다. 어쩔까요? 맹과장은 괄약근을 잔뜩 오므리느라 다리를 배배 꼰 자세로 화장실 앞을 몇 번이고 왔다갔다했습니다. 뱃속을 편하게 비워버릴까도 생각했지만 그게 그렇게 쉽게 포기해버릴 값싼 내용물이 아니지 않습니까. 비자금으로 꼬불쳐둔 수표 두 장하고 맞바꿔 마누라가 피가 되고 살이 되라고 먹여준 것이기도 했지만 뱃속의 용을 쏟아내 버리고 나면 왠지 꿈속에 본 용꼬리가 뱀꼬리로 바뀔 것 같은 불안한 징크스에 휩싸였기 때문입니다.

'낑낑…… 이 용을 낑낑, 밀어넣지 못하고, 낑낑 쏟아내버리면 난 내년 운세부터 아후, 국물도 없을 거야.'

이거 정말 사람이 죽을 노릇이었습니다. 그토록 필사적으로 버티던 맹과장한테도 드디어 인간으로서의 한계상황이 오고야 말았습니다.

이제는 오직 두 가지 선택만이 있을 뿐이었습니다.

시원하게 화장실 문고리를 잡느냐, 아니면 오기를 부리다 인간적 창피까지 당하느냐 하는 것이었습니다. 그렇다면 도리가 없는 일 아니겠어요?

드디어 우리의 현명한 맹과장은 화장실 문고리를 잡는 용단을 내렸습니다. 그래서 창자 속 가득히 부글부글 끓고 있던 아까운 용을 폭

포수처럼 괄약근 밖으로 배출시켰습니다.

　어허, 물론 시원했습니다. 아울러 그 순간 눈물이 찔끔 비어져나온 것도 사실입니다. 아, 이 허탈감. 그런데 문득 그 허탈함 속에서도 하나의 깨달음이 비집고 드는 게 있었습니다. 그게 무엇이었을까요?

　앞으로 용꿈 따위는 없다 이거였습니다. 그것은 사치라는 생각이 들었던 겁니다.

　왜냐고요? 글쎄요…… 언젠가 헛바람 빠지듯 추락하고야 말 꿈속의 용을 바라보기보다는 여우 같은 마누라와 토끼 같은 새끼하고 장수에 지장 없는 선에서 오순도순 평범하게 사는 게 더 낫겠다는 생각이 드는 거 있죠……

바람 부는 쪽으로 가라

보일러 기술자인 박공배씨의 빠뜨릴 수 없는 낙 가운데 하나가 바로 '오늘의 운세'란 들여다보기입니다. 주로 점심시간을 이용해 스포츠 신문에 실린 것을 찾아봅니다. 물론 처음엔 누구나 다 그렇겠지만 심심풀이 땅콩으로 대수롭지 않게 보아 넘겼지요.

그런데 요즘 들어서부터는 이상하게 그 운세풀이가 족집게처럼 척척 들어맞지 무엇이겠습니까? 이번 주는 월요일부터 심상치 않습니다. 오팔년생 남자 개띠 건설인(공배씨는 보일러 기술자를 스스로 건설인으로 분류하고 있습니다)의 운세가 어땠는지 아십니까?

— 증권이나 경마에 투자하면 음양이 조화를 이루니 투자하는 대로 큰 이득을 볼 격.

공배씨는 가슴이 철렁 내려앉았습니다. 평소 여윳돈이 없어 증권이나 경마에 목돈을 쏟아부은 적은 없었지요. 그렇지만 복권도 공배씨로서는 투자라면 투자라고 할 수 있는 거 아니겠습니까?

며칠 전 밤늦은 귀갓길 백마역 앞 포장마차에서 닭똥집 한 접시 놓고 그린소주 딱 한 병 깔 수 있는 오천원을 아꼈다가 투자해서 복권을 샀다 이겁니다. 당첨만 되면 자그마치 일억오천…… 아흐, 박공배 인생은 꽃피고 한 큐에 팔자를 고칠 수도 있다는 거 아니겠어요? 공배씨는 마누라가 알세라 작업복 윗주머니에 그 복권들을 넣어 갖고 다녔습니다.

그래서 '오늘의 운세'를 본 다음 그는 신문을 뒤적여 복권 당첨번호가 실린 면을 펼쳐 들었습니다. 아, 그런데 이게 정말 웬일입니까? 비록 일억오천은 놓쳤지만 거금 오십만원을 맞춘 겁니다. 마누라도 모르는 알토란 같은 오십만원이 걸리다니……

그런데 그 다음날 오팔년생 개띠 건설인에 대한 운세풀이가 또 나와 있지 뭡니까?

— 오팔년 남성은 횡재 뒤에 구설수 있으니 남과 시비하지 말 것.

그래서 그날 공배씨는 하루 종일 입을 꿰맨 듯이 다물고 조심하며 아예 일절 말을 꺼내지 않았습니다. 구설수에 오를 염려를 원천봉쇄하기 위해서 말입니다. 하루가 무사히 지나가는가 싶었습니다. 집에 돌아올 때까지 남이 시비를 건 적이 없었으니까요.

그런데 뜻밖에도 구설수는 집 안에서 생겼습니다. 집으로 돌아온 공배씨는 샤워를 하기 위해 바지춤에 차고 있던 삐삐를 화장대 위에 빼놓고 옷을 벗은 다음 욕탕에 들어갔다 나왔습니다. 한데 마누라인 봉근엄마 입이 한 주먹쯤 부어 있는 거였어요. 현관에 들어설 때만 해도 화사하게 웃으며 맞아주던 봉근엄마였기에 공배씨는 어리둥절하지 않을 수 없었습니다.

"어라? 당신 무슨 일 있었어? 갑자기 왜 그리 뾰로통해졌어?"

그러자 봉근엄마는 공배씨를 향해 삐삐를 휙 내던지는 거였습니다.

"당신 샤워하는 사이에 삐삐가 울리길래 번호대로 눌러봤더니, 어떤 젊은 계집년이 전화를 받더라구? 내 목소리를 듣더니 황급히 전화를 끊어서 또 걸어봤더니 거기가 무슨 카페인데 그런 삐삐 친 적 없다고 시치미를 잡아떼는데, 당신 혹시 나 몰래 바람피우는 거 아냐?"

공배씨는 미치고 폴짝 뛸 일이었지요.

"내가 하늘을 두고 맹세하는데, 결단코 그런 일은 없다니깐. 어떤 눈 삔 젊은 애가 돈벌이 시원찮고 머리까지 벗겨진 남자에게 눈길을 주겠어? 앙, 안 그래? 또 잘못 오는 삐삐가 얼마나 많은데, 당신 혹시 나 넘겨짚으려고 장난치는 거 아냐?"

"장난? 장난 좋아하시네. 으이그, 아무튼 나 몰래 바람피우는 거 들켰다간 그 자리에서 끝장이야, 끝장!"

봉근엄마는 손으로 목을 쓱싹 베는 시늉을 했지요. 공배씨는 어이가 없어 입을 딱 벌렸습니다. 밖에서 간신히 선방한 그놈의 운세풀이 액땜을 집 안에서 당하고 마는구나 하는 생각이 들었던 겁니다.

'그런데 마누라가 남이가……? 운세풀이는 분명히 남과 시비를 걸어 구설수에 오른다고 나와 있었는데, 어쨌든 그놈의 운세풀이 한 번 끝내주네. 내가 뭐에 홀린 것 아닌가?

공배씨는 그 다음날 일부러 운세풀이를 보지 않았습니다. 족집게 같은 그 운세풀이가 사실 약간은 두려웠던 겁니다. 좀이 쑤셔오는 걸 며칠간 몸을 배배 꼬며 참았습니다. 그런데 그것도 한도가 있는 것 아닙니까?

"무등산 폭격기 선동열이가 일본 프로야구단하고 계약을 맺었다며?"

"뒷얘기가 무지하게 재밌는데!"

주위에서 쏘삭거리는 소리에 점심을 때우고 난 뒤 담배를 입에 물던 공배씨는 자신도 모르게 동료들의 어깨 너머로 슬쩍 신문을 넘겨다보게 되었답니다. 아, 그랬더니 바로 그 운세풀이가 기다렸다는 듯이 공배씨의 눈앞을 턱 막아서고 나서는 것이었습니다.

—오팔년생 개띠 건설인은 오후 늦게 바람 부는 쪽으로 가라. 기필코 반가운 임을 만나 새 출발을 하게 되니 돈을 아끼지 마라.

무슨 뜻인지 몰라 고개를 갸웃거리는 순간 기다렸다는 듯이 허리춤에 차고 있던 삐삐가 요란하게 울리는 거였습니다. 삐삐를 열어보니 처음 받아보는 전화번호였습니다. 공배씨는 그 순간 머릿속으로 퍼뜩 스쳐가는 예감이 있었습니다. 며칠 전 샤워하는 도중에 아내에게 잘못 왔다는 그 삐삐 말입니다.

"여보세요? 누구 찾으셨지요? 전 박공배라는 사람인데요."

전화의 감이 아주 좋지 않았지만 수화기 저편에서 들려오는 목소리는 사근사근한 젊은 여자의 것이 틀림없었습니다.

"전 박선생님을 잘 알고 있는 사람인데요. 한번 뵙고 진솔한 말씀 드리고 싶어서요. 꼭 한번 뵙고 싶습니다."

좀 꺼림칙하긴 했지만 간절하게 만나달라고 호소하는 여자의 목소리를 들을 때 은근히 기분이 나쁘지 않은 게 남자들의 공통심리 아니겠습니까? 공배씨는 일단 신촌로터리에 있는 ㄱ백화점 시계탑 앞에서 여섯시 반에 보자고 약속을 잡아두었답니다. 신촌이라면 공배씨가 사는 일산에서 동북쪽으로 약 오십 킬로 지점에 있는 동네 아닙니까? 게다가 요즘 같은 겨울철에는 동북풍이 불어 일산을 기준으로 볼 때 운세풀이에서 말한 바람 부는 쪽이란 바로 신촌 방향하고 일치하고 있었습니다.

"쉽게 눈에 띄도록 물방울 스카프를 매고 있을게요."

공배씨는 드디어 약속시간 정각에 설렘 반 긴장 반으로 ㄱ백화점 앞에 도착했답니다. 물방울 스카프라, 물방울……

백화점 앞에 빽빽이 서 있는 사람 틈새를 비집고 다니던 공배씨의 눈에 드디어 산뜻한 물방울 스카프를 한 여자의 뒷모습이 눈에 들어왔습니다. 뒷모습이긴 했지만 정말 눈부셨답니다. 정갈하게 빗은 머리를 비롯해 늘씬하게 빠진 몸매를 품고 있는 감색 반코트가 인상적이었습니다. 반코트 밑에는 알타리 무처럼 탄력 있는 종아리가 자극적인 살색 스타킹에 감싸여 있었구요. 에구, 우리 마누라가 저 정도만 됐어도……!

공배씨는 쭈뼛거리며 그 여인의 옆으로 다가가 더듬거리며 말문을 열었습니다.

"저…… 제가 박공배입니다만……"

그러자 그 여인이 머리를 팔랑거리며 돌아서는 것이었습니다. 여인은 몹시 반가운 듯 생글생글 웃고 있었습니다.

"그러세요……"

그런데 그 웃음이 무척 낯익은 것 있죠? 공배씨는 한 손에 들고 있던 공구가방을 놀라서 바닥에 떨어뜨릴 뻔했습니다. 그 여인은 다름아닌 마누라였기 때문이죠.

"다, 당신……!"

"어휴 왜 이리 복잡한 델 약속장소로 잡았어요?"

공배씨는 영문을 몰라 말을 더듬었습니다.

"그, 그런데……"

"내가 직접 전화를 받았다면 딴 데로 정했을 텐데."

"직접?"

"예, 짓궂은 장난 잘 치는 그 미용실 아줌마가 나 머리 푸는 사이에 대신 받는 바람에……"

"으응, 맞아 그랬지!"

그제야 어떻게 돌아간 사정인지를 깨달은 공배씨는 천만다행이라는 생각에 목덜미를 손바닥으로 쓸어내렸습니다. 그 순간 공배씨는 힘차게 봉근엄마의 팔을 잡아끌면서 그놈의 운세풀이를 떠올렸답니다.

……반가운 임을 만나 새 출발을 하게 되니 돈을 아끼지 마라.

"좋아, 좋다구, 다름이 아니고 오늘 내가 큰맘먹고 백화점에서 당신 옷 한 벌 맞춰주려고 불렀어."

"히야, 정말? 아니 짠돌이 당신이…… 이크 내 입 좀 봐. 아무튼 당신이 무슨 돈이 있다고요? 난 그저 짜장면이나 한 그릇 얻어먹을까 하고 나왔는데……"

봉근엄마는 완전히 감격한 표정이었답니다.

"더이상 묻지 마. 내게 눈먼 돈이 생겼다니깐. 집에 가서 다 말해줄게."

아내여, 아내여

여기 결혼한 지 어느덧 십 년하고도 일 년의 세월을 넘어가는 사내가 있다고 칩시다. 당연히 곁에서 살을 맞부비며 잊혀져가는 한 사람이 있겠지요. 아내라는 이름의 여자 말입니다. 그런데 아내란 도대체 어떤 존재일까요?

이게 바로 퇴근길의 맹형구 과장이 문득 집요하게 붙들게 된 엄중한 화두랍니다. 촌수를 한번 따져볼까요? 떼려야 뗄 수 없는 천륜(天倫)으로 맺어진 아버지와 자식 사이가 일촌(一村)인 것은 누구나 다 아는 사실입니다. 형제자매들끼리는 이촌이고요. 그러면 아내와 남편 사이는 몇 촌이던가요? 물을 것도 없이 바로 무(無)촌지간이 아닙니까?

무촌이라는 것은 상당히 이중적인 함축을 지니고 있지요. 천륜보다도 가까운 사이일 수도 있고, 자칫하다가는 영 남남보다 못한 사이로 돌아설 수도 있다는 것 아니겠습니까.

내숭은 이쯤에서 접고 맹과장의 착잡한 심정이나 들여다봅시다.

사실 그 동안 맹과장한테 아내인 선미엄마는 한낱 사금파리에 불과했었습니다. 사기그릇의 깨어진 조각 말입니다. 그것은 단지 맹과장만 비난하고 말 일이 아니지요. 모르긴 몰라도 대한민국의 대부분 남편이 아마 그런 수준일 겁니다. 애 낳고 키우고 밥하고 빨래하고 청소하고 바가지 긁다가 코나 드르렁 골고…… 어디다 내놔도 가져갈 이 하나 없을 것 같은 사람 취급 당하기가 일쑤이지 않습니까. 그런데 그게……

그날 아침 일찍 맹과장은 눈길을 헤치며 경의선 기차를 타기 위해 백마역으로 걸어가고 있었습니다. 밤새 내린 눈 때문에 타이어에 체인을 감은 차들은 엉금썰썰 거북걸음을 치고 있었지요. 그럴 땐 뭐니 뭐니 해도 교통체증 없는 기차가 제일 아닙니까?

"지금 출근하십니까?"

누가 뒤따라오며 인사를 건네기에 뒤돌아보았더니 401호 황씨아저씨였습니다. 맹과장보다는 한 십 년 연장이죠. 맹과장은 코트 호주머니에 넣어두었던 손을 빼내며 허리를 굽혔습니다.

"어이쿠, 안녕하세요? 날씨가 몹시 쌀쌀하죠?"

대답은 않고 맹과장을 쳐다보며 싱글거리며 웃던 황씨가 뭔가 또 의미심장한 미소를 띠며 알쏭달쏭한 말을 건네는 것이었습니다.

"맹형은 좋으시겠어요?"

"아, 예? 무슨 말씀이신지……"

그때 멀리서 기차가 역으로 들어오는 기적 소리가 들리는 바람에 둘은 달음박질을 치느라 더이상 대화를 나누지 못했습니다. 허겁지겁 비집고 들어간 기차 안에서 더 물어보려 했지만 만원칸에서 움쭉달싹 못 하게 된 처지에 황씨를 찾는다는 건 어림도 없는 일이었습니다. 도대체 뭐가 좋다는 말이야……? 사람 궁금증만 키워놓고 이거 좀이 쑤셔서 견딜 수가 있나. 혹시 어제 내가 없는 사이에 집에 무슨 일이 일어난 것 아냐? 꺼림칙한 기분을 안고 출근한 맹과장은 출근하자마자 집에 전화를 걸어 선미엄마를 은근슬쩍 떠보았습니다.

"내가 벗어놓은 와이셔츠 주머니에 영수증 하나 있지? 그거 버리지 말라구. 부서 내에서 회식 영수증으로 처리할 거니깐. 근데 집에 별일 없지?"

"어이구 이 양반이 출근하자마자 그깟 일로 뜬금없이 왜 전화를 걸고 야단이에요? 내가 다 어련히 알아서 챙기지 않을까봐서. 그렇게 할 일이 없으세요? 그리고 당신 오늘이 무슨 날인 줄 알아요?"

무슨 말? 그 순간 맹과장의 뇌리에 아침 식탁에 오른 미역국이 떠올랐습니다. 이 여편네가 진작 귀띔해주지 않고……

"응, 내가 왜 모르겠어. 당신 귀빠진 날 아냐?"

"그런 양반이 암만 부서 회식이지만 어젯밤에 그렇게 고주망태가 돼서 들어와요? 당신 정말 너무한다는 생각 안 들어요?"

"미안해. 하도 면목이 없어서 아침에 당신한테 생일 축하한다는 말도 못 꺼냈어. 그리고 늦었지만 축하해!"

"에구 옆구리 찔러 절받기지. 내가 뭐 그런 인사치레가 아쉬워서 따지는 게 아녜요. 그깟 아내 생일 한 번쯤 잊고 넘어가면 어때요. 사람 마음만 잊지 않고 있으면 되는 거지. 아무튼 난 지금 설거지하느라 선미 과제물 챙겨주느라 정신이 하나도 없으니 전화 끊어요!"

아마 황씨아저씨가 무언가 잘못 알고 그런 말을 했겠거니 하고 생각을 꺼버렸답니다. 그렇게 하루가 가고, 퇴근을 하기 위해 기차를 타러 갔는데 이번에는 바로 옆집의 대머리 박공배씨를 만나 나란히 옆자리에 앉은 겁니다. 타는 역이 같아서 가끔 만나거든요.

"어이, 박형 이거 여기서 또 만나게 되네."

"어제 꽤 늦으시더니만 오늘은 집에 일쩍 들어가시네요."

"예, 어제 하도 술을 때려먹었더니 오늘은……"

그런데 낡은 연장가방을 들고 사람 좋은 미소를 연신 얼굴에 띠며 싱글벙글이던 박공배씨가 또다시 뒤통수를 치는 소리를 하는 겁니다.

"좋으시겠어요?"

뭐라고! 좋으시겠다구? 아니, 이 친구마저도!

맹과장은 박씨를 꽉 붙들고 저간의 사정을 캐볼 작정을 했습니다. 그러기 위해서는 쥐약이 있어야겠죠. 맹과장은 기차간 복도로 지나가는 이동판매 수레를 붙들어세웠습니다.

"여기, 깡통 하나씩 하고 훈제오징어 있죠? 그거하고 모두 얼마요?"

드디어 기차가 움직이기 시작했습니다. 맥주 깡통을 홀짝홀짝 빨면서 기회를 엿보고 있던 맹과장이 입을 뗐습니다.

"그게 좋은 건지 나쁜 건지 모르겠단 말이야."

이렇게 유도심문을 던지자,

"아따, 뭐 그렇게 어렵게 생각해요? 나 같으면 좋아서 펄펄 뛰겠구면."

하면서 즉각적인 반응이 왔습니다.

"과연 그럴까? 근데 자초지종을 자세히 들어나봅시다."

"맹형, 어제 반상회 안 나왔죠?"

"그거야 여자들이나 나가는 것 아뇨?"

"이렇게 깜깜하니…… 새해를 시작하는 첫달이라고 해서 정월 반상회는 남자들끼리 모여서 얼굴도 익히고 친목도 도모하기로 한 것을 몰랐단 말예요?"

맹과장은 뒤통수를 긁었습니다. 박공배씨는 입가의 맥주거품을 손등으로 쓰윽 닦아내며 말을 이었습니다.

"남자들이 모이면 할 일이 뭐 있겠수? 술판을 벌였다가 누군가 제안을 해서 그걸 뽑기로 했어요. 이건 남자들끼리의 비밀로 하기로 했는데요……"

뽑아? 뭘? 맹과장은 아연 긴장을 했습니다.

"우리 아파트 남자들이 포장마차에서 제일 함께 술을 마시고 싶은 아줌마를 무기명 투표로 뽑은 거예요. 일종의 인기 투표죠. 근데 선미엄마가 압도적인 표차로 당첨된 거죠 뭐."

맹과장은 머리가 띵해졌답니다. 충격을 받은 거죠. 처음엔 분노 비슷한 감정이었습니다. 이 여편네가 어떻게 꼬리를 치고 다니기에…… 그런데 선미엄마가 그렇게 꼬리치며 다니는 타입이 아니라는 사실은 맹과장 자신이 더 잘 알고 있었습니다. 박공배씨가 첨가한 설명을 들어봐도 선미엄마가 꼬리를 쳤거나 섹시해서 그런 게 아니라는 사실은 분명했습니다. 한국 여인답게 수더분하다, 마음 씀씀이가 누님처럼 푸근할 것 같다, 옆모습이 따뜻하다 등 막연한 이유들로 표를 얻었다는 겁니다. 그런데 맹과장이 기가 막힌 이유는 다른 데 있었습니다.

"맹형이 어떻게 들을지는 모르겠지만…… 에이 관두죠."

"관두긴요. 기왕에 나온 얘기 다 말씀해주세요. 제가 그렇게 옹졸한 놈이 아닙니다. 지금 얼마나 기분이 좋은지 몰라요. 우리 마누라가 새삼 갸륵하게 보입니다."

"아, 그래요? 다행입니다. 다름이 아니고 헤헤…… 재미없을 것 같은 남편을 지극정성으로 모신다는 거예요."

맹과장은 무슨 뜻인지 알고도 남음이 있었습니다. 완곡하게 재미없을 것 같다는 표현을 쓰긴 했지만 그게 결국 못나고 보잘것없다는 얘기라는 걸 눈치채지 못할 맹과장이 아니지요. 맹과장의 입 안에 쓴 침이 한가득 고였답니다.

사금차리처럼 하찮아 보이던 아내가 청자, 그것도 고려청자로 보이는 것 있죠? 자기가 아내를 가볍게 볼 때 정작 밖에서 남들은 아내의 가치와 인간성을 제대로 보고 평가해준 겁니다. 오직 송구스러울 따름이었습니다. 그래서 백마역에 내리자 일부러,

"어이 박형, 내 따로 볼일이 있으니 먼저 들어가슈."

하고는 광장 끄트머리에 있는 공중전화 부스로 쳐들어갔습니다.

"나야. 뭐 해? 나 지금 어딘지 알아맞혀볼래? 틀렸어. 나 지금 백마역에 와 있어. 빨리 안 들어오고 뭐 하냐고? 나 지금 술고파. 농담이 아니라구. 선미 잠깐 떼놓고 당신 이리로 나와. 오랜만에 당신하고 연애시절처럼 포장마차에서 소주 한잔 기울이고 싶으니깐. 진심이야."

어둠이 깔린 백마역 앞에는 벌써 정겨운 포장마차의 훈훈한 불빛이 하나둘씩 켜지고 있었습니다.

보물찾기

아니! 이럴 수가! 봉근엄마는 눈앞이 캄캄해졌습니다. 시커먼 먹구름이 하늘을 온통 뒤덮는 듯한 기분이었습니다.

때는 오전 아홉시. 봉근아빠와 아이를 챙겨서 보내고 설거지를 마친 다음 막 한시름 놓는 시각이 아닙니까? 거실 바닥에 잠시 풀썩 주저앉아 이마에 송글송글 맺힌 땀을 닦아내다가 말고 무심코 거칠어진 왼쪽 손등에 영양크림이라도 듬뿍 발라주려고 봤더니 구멍이 뻥 뚫린 것 있죠? 어젯밤에 오랜만에 끼워봤다가 빼놓지 않고 잠이 들었던 그 다이아 반지 말이에요. 반지 한복판에 영롱하게 빛나고 있어야 할 다이아가 어디론가 빠져 달아났지 뭡니까? 세상에나!

봉근엄마는 자신이 뭔가를 잘못 봤겠지 싶어 눈두덩을 썩썩 비빈 다음 손가락을 바로 코앞에 바싹 들이대고 보았지만 그건 틀림없는 사실이었습니다.

"아이고 하느님, 부처님 맙소사, 이 일을 우짠다냐!"

하느님이고 부처님이고 다 찾아봤지만 그렇다고 상황이 변할 리는 없지요. 그러자 갑자기 온몸이 후끈 달아오르고 목덜미께에서는 땀이 샘솟듯 미어져나오는 것이었습니다. 그도 그럴 것이 그 반지는 봉근아빠인 공배씨가 결혼할 때 사랑의 증표라며 유일하게 마련해준 것이기 때문입니다. 얼마나 어렵게 시작한 살림입니까? 그러나 그 와중에서도 마음의 증표만은 있어야 한다며 긴요한 살림도구마저 뒤로 미룬 채 공배씨가 마련해준 게 바로 그 반지였거든요.

물론 몇 캐럿이 나가는 것도 아니고 일등품 보석 원석을 가공한 것도 아니라는 걸 봉근엄마 자신도 잘 알고 있답니다. 좁쌀 두 알쯤 합쳐놓은 크기이고 품질도 그저 삼등품 정도가 아닌가 싶었지만 봉근엄마는 그게 남편 봉근씨의 쌀뜰한 마음이거니 생각하고 특별한 날이 아니면 끼워보지고 못하고 애지중지해온 터입니다.

"봉근아빠가 이 사실을 아는 날에는 날 얼마나 우스운 년으로 취급하겠어그래! 이거 정말 큰일났네! 아이 참 어디로 달아난 거지!"

그러나 마냥 한탄만 하고 있을 수는 없는 노릇 아닙니까? 봉근엄마는 얼른 안방으로 뛰어들었습니다. 안방에는 아직도 어젯밤 이부자리가 헝클어진 채 깔려 있었습니다. 봉근엄마는 눈을 화등잔만하게 뜨고 이부자리 위로 폭 고꾸라져 마치 멱감는 아이가 물장구라도 치듯 허우적거리며 이 잡듯이 샅샅이 더듬고 야단이었습니다.

그 반지를 끼고 잔 어젯밤은…… 오랜만에 좋은 밤이었거든요…… 그래서 혹시 그 격렬한 부딪침의 와중에서 다이아가 빠져나갔나 싶었던 겁니다. 그런데 암만 눈에 힘을 주고 손끝에 신경을 곤두세우고 뒤져봐도 허탕이었습니다. 잠시 이부자리 위에 망연자실한 표정으로 천장 바라기를 하며 앉아 있던 봉근엄마는 또 부리나케 주방으로 뛰어나갔습니다.

그리고는 싱크대 위에 허물처럼 아무렇게나 벗어놓았던 비닐장갑

을 조심스레 끌어당겨 요모조모 살펴보기 시작했습니다. 그 비닐장
갑을 끼고 설거지를 할 때 혹시 다이아가 빠져나와 장갑 안에 들어 있
을지도 모르기 때문입니다. 봉근엄마는 거실 바닥에 신문지를 곱게
깔고 그 위에 앉아 조심스레 털어도 보고 까뒤집어도 보았지만 성과
가 없었지요.

"아 뭣 해?"

그때 선미엄마가 불쑥 현관문을 열고 고개를 비죽이 내밀며 묻는
것이었습니다.

"아니…… 그저…… 거시기가……"

"거시기가 으쨌다는 거여? 오늘 에어로빅하러 안 가? 빨랑빨랑 챙
겨야지 벌써 늦었어."

"오늘은 자기 먼저 가."

"왜 믄 일인데? 봉근아빠가 바람이라도 피웠어?"

봉근엄마는 남 속도 모르고 저런다는 표정으로 눈을 하얗게 흘기
며 선미엄마를 쳐다보았답니다.

"나 큰일나부렀어."

봉근엄마는 거의 울상을 지었습니다.

"왜?"

자초지종을 듣고 난 선미엄마도 그 타는 속을 알 만하다는 듯 고개
를 끄덕거렸답니다. 그래서 이번에는 선미엄마까지 동원돼 욕실이고
베란다고 심지어는 장롱 안의 옷가지 하나하나까지 포함해 집 안 구
석구석을 샅샅이 뒤지는 대대적 수색작전이 펼쳐졌습니다. 선미엄마
는 선미가 탐구생활 시간에 교재용으로 쓰던 확대경까지 가져와 먼
지 한 톨마저도 놓치지 않고 살폈지만 끝내 수포로 돌아갔지요. 봉근
엄마는 끝내 울음을 터뜨렸답니다.

"그게 어떤 사연이 깃든 것인데…… 봉근아빠가 알면 얼마나 칠칠

치 못한 여편네라고…… 으흐흑……"

"살다보면 그런 일, 저런 일, 생길 수도 있는 거지 뭘 그래? 솔직히 털어놓으면 봉근아빠도 다 이해를 해줄 사람이니깐 너무 그러지 말아."

"십수 년간 어려운 결혼생활이었지만 고비 때마다 그이가 끼워준 그 반지를 어루만지며 간신히 버텨왔는데…… 흑흑 난 몰라."

그날 저녁 봉근엄마는 선미엄마가 조언을 해준 대로 봉근아빠를 맞이했습니다.

일단은 봉근아빠한테 미인계를 쓰면서 얘기하라고…… 마주앙도 한 병 내놓고 몸에 쫙 달라붙는 야한 옷도 좀 입고……

"오늘 무슨 날이야?"

공배씨는 평소와 다른 분위기로 자신을 맞이해주는 봉근엄마를 보고 놀라서 물었습니다.

"무슨 날이긴요? 난 이러면 안 돼요?"

"안 될 건 없지만……"

"당신한테 할말이 있어서요."

봉근엄마한테서 얘기를 듣고 난 공배씨는 아무 말이 없었습니다. 봉근엄마는 바로 그 침묵이 더 겁이 났습니다. 차라리 큰 소리로 책망을 하면 속맘이 조금은 편안해질 것도 같았는데 말입니다. 공배씨는 말없이 자리에서 일어나 봉근엄마를 살포시 안아주었습니다.

"뭘 그런 것 갖고 상심하고 그랬어?"

"그런 것이라뇨? 그게 바로 결혼생활 내내 마음의 안식처 노릇을 했는데……"

"정말이야?"

"그럼요. 당신 실망시켜드려서 정말 죄송해요."

"……"

공배씨는 대답 대신 봉근엄마의 등을 손바닥으로 천천히 쓸어주었습니다. 그런데 그때……

"당신 등허리에 뾰루지가 솟았나? 여기 아프지 않아? 그래 바로 거기."

공배씨가 등허리 한 곳을 손가락으로 꾹꾹 누르며 말했습니다. 감정이 복받쳐올라 오르고 있었는데 봉근엄마가 가만히 생각해보니 등허리께가 아까부터 껄끄럽게 느껴졌답니다.

"뾰루지요? 글쎄…… 그 근처가 왠지 걸리적거리고 까칠한 게……"

공배씨가 뜬금없이 등허리 속으로 손을 쑤욱 집어넣었습니다.

"아유, 간지러워요……"

영문을 모르는 봉근엄마는 허리를 배배 꼬았습니다.

"자, 잠깐……"

봉근엄마가 간드러진 웃음을 터뜨리며 몸을 배배 꼬면 꼴수록 공배씨는 손을 요리조리 깊숙이 집어넣었습니다. 아마 남들이 봤다면 부부끼리 거실에서 남세스러운 행동을 한다고 오해할 만한 광경이 아닐 수 없었답니다. 그런데 공배씨의 손가락 끝에 마침내 뭔가가 걸린 모양입니다.

"여보, 뭐예요?"

"잠깐……"

갑자기 공배씨가 얼굴 한가득 흐물흐물한 웃음을 베물기 시작했습니다.

"여보…… 도대체 왜 그러세요?"

"아하, 그럼 그렇지……"

공배씨가 봉근엄마의 등허리에서 손을 불쑥 꺼냈습니다. 그러더니 봉근엄마의 코앞에 뭔가를 바짝 들이미는 것입니다.

"봐! 요놈 보라구."

"뭐, 뭔데요……"

"뭐긴? 당신이 찾던 바로 그놈이지 뭐야."

"예에? 뭐라구요?"

봉근엄마는 두 손을 쳐들어 공배씨의 손목을 부여잡았답니다. 그랬더니…… 공배씨의 엄지와 검지 틈새에 하루 종일 그토록 찾고 또 찾았던 깨알만한 다이아가 끼워져 있지 뭡니까?

"아니 이게 어떻게 내 등가죽에 달라붙어 있었지?"

"왜긴 왜겠어? 아마 어젯밤에 그 다이아가 반지에서 떨어져나왔을 테고 그게 우연히 방바닥이나 이부자리 위로 굴러다니다 당신 목덜미 아니면 허리춤을 통해서 이렇게 꽉 끼는 옷 속으로 기어들어간 거지. 그 속에서 땀이니 뭐니 해서 끈끈해진 살갗에 찹쌀떡모양 달라붙은 거 아니겠어?"

"아휴 참, 기가 막혀서…… 등잔 밑이 어둡다고 하더니만. 그렇게 눈에 불을 켜고 찾을 땐 띄지도 않던 게, 다른 데도 아니고 바로 내 몸뚱어리에 달라붙어 있을 줄이야……"

"기가 막히긴? 세상일이라는 게 눈이 뒤집혀 찾으면 되레 보이지 않는 것이지 뭐. 그리고 원래 소중한 것이란 아주 가까이…… 너무 가까이 있어서 안 보이는 경우가 태반이잖아."

공배씨는 마치 철학자처럼 근엄한 표정을 지어 보였지요.

"당신 말이 맞아요. 사람 사이에 은근히 싹트는 정도, 마음도, 멀리만 바라보다간 이 작은 보석알처럼 놓치기 쉽고…… 아, 안 그래요?"

공배씨와 봉근엄마는 오늘 저녁도 이렇게 서로를 향해 한 발짝씩 이끌려 다가섰답니다.

목련꽃 그늘 아래

"아, 방구석에서 노느니 뭐 해?"

401호 혜정엄마는 선미엄마가 열어주는 현관문 안으로 들어서자마자 뜬금없이 이렇게 닦달부터 하는 것이었습니다. 고즈넉한 주말, 베란다 유리문 앞에 한갓지게 서서 봄비 내리는 바깥 풍경을 하염없이 바라보던 선미엄마는 영문을 몰라 고개를 갸우뚱거렸지요.

"그럼 지금 이 시간에 딱히 무얼 하겠어요? 그런데 혜정엄마는 어딜 가시는 길이세요? 이렇게 비가 추적추적 내리는데요?"

"어랍쇼, 추적추적! 봄비 좋아하시네!"

혜정엄마는 사십 줄에 든 사람답지 않게 울긋불긋한 원색의 등산복 차림 위에 비옷을 걸치고 있었습니다.

"암만 말고 날 따라 나오라구. 한 두어 시간만 때우면 되니깐. 그러면 일당이 서너 장쯤은 뚝뚝 떨어질 테고."

"무슨 일당이요?"

선미엄마는 눈을 휘둥그레 떴습니다. 그러나 속으로 짐작이 가는 구석이 있었습니다. 혜정엄마는 요즘 어느 국회의원 후보자 쪽에 서서 열렬히 뛰어주는 핵심 선거운동원이었답니다. 아마 오늘은 후보자 합동연설회에 동원할 사람들을 끌어모으는 중인 모양입니다.

"오늘이 백마초등학교에서 마지막 주말 선거유세전이 펼쳐지는 날 아냐? 어느 쪽에서 유세장 분위기를 휘어잡는가에 따라 살얼음판 같은 판세가 갈라지는 아주 중요한 날이라구."

"나 오늘 무릎도 시원찮은데……"

선미엄마는 가만히 손바닥으로 무릎을 쓸어보았지요.

"아참, 자기 류머티즘 있다고 했지?"

"예, 그래서 비 오는 날이면 움직이기가 좀 그래요."

"꼼짝도 못 하겠어? 그저 시간 반쯤 손뼉이나 치면 되는데……"

선미엄마는 서너 장이나 된다는 일당도 일당이려니와 한 번 유세장 구경도 하고 싶은 생각이 들어서 마지못한 듯 응낙을 놓았습니다.

"시간 반이요? 그러면 슬슬 구경 삼아서 나가볼까요?"

"그래라, 선미엄마. 심심한데 유세장 가서 소리지르면 스트레스도 풀리고 남편 모르는 용돈도 생기고, 그리고 말이야…… 그 가수 이름이 뭐더라."

"무슨 가수요?"

"이번에 출마한 가수 출신 후보 있잖아. 그 사람이 불러서 히트 친 노래가 무엇이더라…… 나 옛날에 잘 불렀는데."

"아아, 맞아. 선거 포스터에서 얼굴 봤어요. 그 사람도 오늘 나와서 유세해요?"

"아따, 유세만 하겠어? 유권자들이 열화와 같이 재촉을 하면 연단에서 신청곡 한두 개쯤 못 뽑으란 법이 어딨어? 아, 안 그래?"

"맞아요……"

선미엄마는 가벼운 마음으로 우산을 들고 혜정엄마를 따라나섰습니다. 유세장인 백마초등학교 앞에서 혜정엄마가 신신당부를 했습니다.

"우리 쪽 구호는 '유일한 선택'이야, 알지? 그리고 손가락은 요렇게 펴 보이라구. 이게 우리 후보 번호니깐, 알았지? 한번 연습 삼아 따라 해봐. 유일한 선택!"

"유, 유일한 선택……"

봄비 때문인지 유세장에 스스로 찾아온 청중은 그리 많은 것 같지 않았습니다. 한 십분의 일이나 될까요. 나머지 90퍼센트는 모두 후보자 쪽에서 동원한 사람들이 틀림없어 보였습니다.

'유일한 선택'의 가장 강력한 라이벌은 '깨끗한 정치' 부르짖는 후보 쪽이었습니다. 그러고 보니 양쪽에서 동원한 청중이 거의 절반을 헤아릴 만큼 서로 세가 팽팽해졌습니다. 나머지 후보들은 거의 들러리로 나온 듯이 그 세력이 미미해 보였습니다.

"와와, 힘 있는 유일한 선택!"

"차차차, 21세기의 깨끗한 정치!"

숫기가 좋은 혜정엄마는 청중들 앞에 서서 구호를 선창하기도 하고 후보자의 이름을 연호하는 등 맹렬하게 뛰어다녔습니다. 그러나 선미엄마는 사람들 틈 속에 파묻혀 목소리도 거의 들릴 듯 말 듯하게 내었답니다. 사실 그 가수 출신의 후보자가 노래도 부르지 않고 연단을 내려가버리는 바람에 김이 좀 빠졌고, 후보자들끼리 서로 헐뜯고 인신공격을 하는 유세 내용도 그다지 흥미를 끌지 못했지요.

"야야, 집어치워라. 너희들이 무슨 깨끗한 정치냐? 카바레를 해서 끌어모은 돈으로 출마한 걸 세상 사람들이 다 아는데."

"야, 너희들 지금 뭐라고 지껄였어? 유일한 선택 좋아하고 있네! 유일한 것 좋아하는 후보자가 웬 이혼 경력에다 내연의 처야!"

"뭐야? 이것들이 정말 보자보자 하니깐!"

이런 말싸움 끝에 한바탕 몸싸움이 벌어지려는 찰나입니다.

선미엄마는 아까부터 '깨끗한 정치' 쪽에서 남자 같은 굵직굵직한 목소리로 분위기를 이끌어가는 한 억센 여자를 유심히 지켜보고 있었습니다. 챙이 깊은 모자를 쓰고 있어 얼굴을 자세히 확인하지 못했지만 왠지 낯이 몹시 익다는 생각이 들었답니다. 하지만 선뜻 이름이 떠오르지 않지 뭡니까?

'누구더라……'

그러는 사이 양쪽 사람들이 서로 엉겨붙고, 사람들 틈새에 애인 선미엄마는 이러지도 저러지도 못한 채 휩쓸릴 수밖에 없었답니다. 그런데 그렇게 정신없이 밀리다보니 자신이 어느새 '유일한 선택' 진영에서 벗어나 반대편 '깨끗한 정치' 진영 쪽으로 훌쩍 밀려가 있지 뭡니까. 아, 이런 낭패가 어디 있을까요. 선미엄마는 너무 당황스러웠습니다.

"어? 당신 뭐야? 왜 남의 편 자리로 넘어와서 얼씬거리고 있는 거지? 뭘 살펴보려는 거야, 응?"

몇 명 사내와 여자들이 험상궂은 기세로 선미엄마를 에워쌌습니다.

"어어, 전 그게 아니구요……"

"아니긴 뭐가 아니라는 거요?"

그때 그 낯이 익은 챙모자가 참견을 해왔습니다.

"보소! 김씨아저씨. 그 아줌마는 아무 생각 없이 이리로 떠밀려온 것 같으니 그냥 보내주세요."

선미엄마는 휴, 살았다 싶어 챙모자에게 인사를 건넸습니다.

"아, 예. 고맙습니다."

그때서야 비로소 그 챙모자와 선미엄마의 눈길이 마주쳤습니다.

'아, 유진이!'

선미엄마는 눈길이 마주치는 순간 챙모자의 이름을 떠올릴 수 있었지요. 바로 고등학교 때 단짝이 아닙니까? 챙모자도 선미엄마를 보고 씩 미소를 지어 보였지만 곧이어 사람들한테 휩쓸려 멀어져 갔습니다.

'유진이를 여기서 다시 보다니! 그것도 하필이면 서로 다투는 후보자의 운동원이 되어서 말이야!'

선미엄마는 한숨을 푹 내쉬었습니다.

어느덧 유세가 막을 내렸습니다. 청중들이 거의 다 빠져나가 썰렁해진 운동장 한켠에 서 있던 선미엄마는 연단 뒤쪽으로 걸음을 천천히 옮겨갔습니다. 거기에는 봄비를 맞으며 꽃봉오리를 한껏 부풀리고 있는 하얀 목련 한 그루가 서 있었거든요. 하얀 목련!

여고 시절 단짝이던 유진이와 하얀 목련이 탐스럽게 터지는 봄날이면 학교에 늦게까지 남아 있다가 목련꽃 아래 단둘이 앉아 속닥거리고 나지막이 노래도 불러보곤 했던 추억이 떠올랐습니다.

선미엄마는 자신도 모르게 낮은 목소리로 가사를 읊조려보았습니다. 그때였습니다. 누군가가 어깨를 툭 건드리는 것이었습니다. 돌아다보니 챙모자, 아니 유진씨였습니다.

"유진이!"

"그래, 이 깍쟁아! 정말 반갑다. 그 동안 어떻게 지냈니?"

"그럭저럭…… 나 이 근처에 살아. 너도 이사 왔니?"

"난 아냐. 그저 선거운동원으로 따라온 것뿐이야."

"그런데 이렇게 오랜만에 만났는데 서로 후보 진영이 갈라져서 이게 무슨 꼴이라니……"

"정말 그렇지? 우습지……?"

선미엄마는 유진씨가 내미는 손을 부여잡았습니다.

"난 유세 내내 후보자 연설은 안 듣고 이 목련만 바라보았다!"

"너도 그랬니? 사실 나도 고래고래 소리는 지르면서도 은근히 눈 길이 자꾸 목련에 쏠리더라."

둘은 어깨를 가지런히 하고 목련을 올려다보았습니다. 누가 먼저 인지도 모르게 둘의 입술 사이에서 노래 가사가 새나왔습니다.

"목련꽃 그늘 아아래……"

서로 부여잡은 둘의 손아귀에 점점 힘이 세게 들어갔답니다. 선미 엄마가 입을 열었습니다.

"유진아, 바쁘더라도 우리집에 잠깐 들러. 내가 맛있는 커피를 뜨 끈뜨끈하게 타줄게, 먹고 힘내서 열심히 뛰어봐."

"고맙구나…… 그러잖아도 속이 떨리던 참이었는데."

"짬 내주는 거지?"

"아무렴. 암만 일당이 중요하다 해도 오랜만에 만난 친구와 마시는 꿀맛 같은 커피와 맞바꾸려구?"

함께 운동장을 나서는 둘의 등뒤에서 봄비를 맞는 꽃봉오리가 더 욱더 벙그러지기 시작했습니다.

종이비행기

저녁을 먹고 형식적으로 잠깐 들른다고 생각했던 1, 2, 3동 통합 반상회에서 뜻하지 않게 비행청소년 선도위원이라는 억지감투를 덜컥쓰게 된 박공배씨는 얼떨떨한 기분이었다.

"한번은 승강기 안에다 누군가 술 먹고 토해놓아서 구역질 때문에 혼났어요."

"현관 투입구 안쪽에 열쇠꾸러미를 밀어넣고 장을 다녀온 사이에 그 열쇠를 꺼내갖고 침입해서는 화장대를 뒤져 돈만 빼갔지 뭡니까?"

"쯧쯧, 그놈이 그예 절도짓까지……"

평소와는 달리 회의 장소인 관리사무소에 사람들이 그득먹하게 나와 앉아 열띤 성토를 벌이고 있었다.

"글쎄, 그뿐이면 말도 안 해요. 밤늦게마다 험상궂은 불량한 아이들을 불러들이는데 말이죠, 우리 딸아이가 하루는 학교 도서관에서

늦게까지 공부하고 돌아오다 승강기 안에서 그 아이들한테 둘러싸여
서……."

"저런 세상에, 그래서 어떻게 됐어요?"

"그냥 무사히 넘어가긴 했지만 딸을 기르는 부모 처지에서는 여간
한 걱정이 아니지 뭐예요? 경찰에다가 연락을 해서 보호관찰이라도
받게 하든지 해야지 원."

주민들이 비난하는 문제아는 1동 702호에 사는 일봉이라는 중학
3년짜리 사내아이였다. 그 회의 끝에서 유일하게 반대 의견을 낸 사
람이 바로 공배씨였다.

"저…… 제가 외람되지만 한 말씀 올리도록 하겠습니다. 가만히
말씀들을 들어보니 일봉이라는 아이한테 적지 않은 문제가 있는 듯
합니다. 하지만 뚜렷한 증거 없이 억측만으로 자라는 아이에게 벌부
터 주자고 하는 일은 저희 어른들이 할 일이 아닌 것 같아서요."

사람들은 웬 이단자가 나와서 산통을 깨느냐는 듯 시큰둥한 표정
들을 지으며 빈정거렸다.

"쳇 누군 선도할 줄 몰라서 그러나…… 옆에서 겪어보지 않은 사람
은 요즘 애들이 얼마나 무서운지 모른다구."

"그 집이 알고 보니까 아빠가 없는 결손 가정이라면서요. 걔 엄마
는 술집 마담이라서 가정교육을 제대로 받아보질 못했대요."

"도량이 넓으신 선생께서 한번 선도위원을 맡아서 알찬 선도 좀 해
보시구려. 우리가 밀어드릴 테니."

"그럼 406호 아저씨를 선도위원으로 정하는 데 다들 이의 없으시
죠? 박수로써 만장일치 가결을 시킵시다."

부녀회장이 제안을 내놓자 주민들은 시늉뿐인 박수를 터뜨렸다.
살아오면서 여태껏 감투를 써본 적이 없는 공배씨는 적잖이 당황스
러워 굳이 사양을 하려 했지만 처벌보다는 선도를 해야 한다고 주장

했던 자신의 말과도 모순되는 것이어서 옴짝달싹 빼지 못할 상황이었다.

우선은 일봉이라는 아이를 정식으로 만나보는 일이 급선무였다. 얼굴에 여드름이 두꺼비 등짝처럼 우툴두툴하고 진하게 뻐친 눈썹 아래 왠지 불만을 한껏 담은 눈을 굴리고 다니는 아이가 일봉이임은 쉽게 떠올릴 수 있었다. 그는 출퇴근 때마다 1동의 702호를 올려다보고 전화도 수시로 넣어봤지만 일봉이라는 아이는 그를 애써 피하고 있었다. 딱 한 번 통화가 됐을 때 일봉이한테 들은 말은 만날 이유가 없다는 것이었다.

한번은 밤늦게 자기 오토바이 뒤에 여자친구를 태우고 속도를 즐기고 막 아파트 단지로 들어오던 일봉이와 마주쳤다. 일봉이는 자신의 앞을 가로막은 그림자를 힐끗 쳐다보더니 자기를 선도한답시고 끈질기게 따라붙는 공배씨임을 알아보고는 불량스럽게 침을 바닥에 퉤 뱉었다.

"난 또 누구시라고…… 쳇!"

그 말을 듣는 순간 공배씨는 갑자기 속에서 욱 치받아오르는 느낌이 들었다.

"시동 꺼, 이 자식아!"

그의 노한 음성을 들은 일봉이는 뭔가 사태가 심상치 않음을 느꼈는지 시동을 끄고 여자애를 내리게 한 뒤 빨리 가라는 손짓을 했다. 중학교 3년짜리라지만 오토바이 헬멧을 벗고 앞에 다가와 선 아이의 덩치는 어른과 진배없었다. 공배씨는 당장이라도 종주먹을 들이댈 듯한 험상궂은 표정을 거두지 않았다.

"그러잖아도 널 만나려고 벼르던 참인데……"

"관두세요, 아저씨. 아저씨가 뭔데 절 선도하려고 든단 말예요? 제 아버지라도 된단 말입니까? 저에 대해서 뭘 안다고 선도 운운하세요."

"이 녀석이, 그게 다 니깟놈 사람 되라는 것이지……"

공배씨는 자신도 모르는 사이에 일봉이의 어깨를 거칠게 밀어젖혔다. 아차, 이러면 안 되는데 하는 생각이 들었지만 일은 이미 벌어진 뒤였다. 바닥에 나동그라진 일봉이는 손등으로 입술을 훔치며 노려보더니 오토바이도 그대로 둔 채 어둠 속으로 뛰어들었다.

보름쯤 뒤 그는 일봉의 엄마가 한다는 술집을 수소문해 찾아갔다. 일봉엄마는 일산역 근처의 카페식 술집 '도린결'의 주인이었다. 도린결이란 '인적이 드문 외진 곳'이란 뜻의 순수한 우리말에서 따온 이름이었다. 원래는 백마역 바로 앞에 있다가 신도시가 조성되는 바람에 일산역 쪽으로 옮겼다고 했다. 그녀가 일봉의 아버지와 일찌감치 헤어졌다는 사실은 전부터 얼핏 들어서 알고 있었다.

"얼마 전 본의 아니지만 일봉이에게 손을 대고 말았습니다. 손찌검을 한 데 대해 정중하게 사과를 드리고 어떠한 비난과 처벌도 감수하려고 온 겁니다."

그녀는 도라지담배를 꺼내 길게 빼물었다.

"그러셨어요? 전 그런 점은 개의치 않습니다. 그녀석도 제가 가야 할 운명의 길이 있겠죠. 남들은 나보고 집 안에서 살림하며 애를 좀 돌보라는 속 좋은 소리를 하지만, 박선생도 아시다시피 이 사회에서 혼자 사는 여자가 어찌어찌해서 이만큼 터전을 잡았는데 이걸 놓고 살림만 한다는 게 가능할 것 같아요?"

"……!"

공배씨는 슬그머니 탁자 아래서 손을 빼 종이비행기 하나를 올려 놓았다.

"이게 뭐죠?"

"보시다시피 종이로 접은 비행기죠. 누구한테선지는 모르지만 며칠 전 저한테 날아온 겁니다."

"……?"

"한 삼십 년쯤 됐나요. 전 꼴 베는 아이였죠. 어무이가 아무리 허리끈을 졸라매고 남의 집 품팔이를 다녀도 입에 풀칠하기에 바빴던 겁니다. 아버지는 서울로 돈 벌러 갔구요. 남의 집 나무 해주러 산에 올라갔다가 멀리서 기적 소리가 들리면 서울 쪽 구름을 보면서 눈물을 마구 쏟던 여린 소년이 바로 저였답니다. 아부지가 빨리 돈 많이 벌어와서 이 지긋지긋한 가난 구덩이에서 어무이와 날 구해줬으면 하는 바람뿐이었으니까요."

"아버지가 돌아오셨나요?"

"아뇨…… 제가 계속해서 아부지 이름을 적어서 고추잠자리 따라서 비행기를 날리고 또 날렸지만…… 하루는 그 비행기가 이상한 돌풍에 휩싸여 하늘로 사라져 돌아오지 않았지요. 아직까지 오지 않았는데 며칠 전 이 비행기가 저희 집에 날아든 겁니다."

"집으로요?"

"베란다로요."

공배씨는 직접 종이비행기를 풀어 보였다. 그 접혀진 비행기 속에는 굵직한 매직 글씨로 '아버지'라고 씌어 있었다.

"이건……"

"아는 겁니까?"

"아니요, 제가 알 턱이 있을까요?"

"……!"

늦도록 술을 마시고 도린결을 빠져나온 공배씨는 오뉴월 소꼬랑지처럼 휘적거리는 걸음걸이를 추슬러 저벅저벅 달빛이 밝게 쏟아지는 밤길을 걸어갔다. 자신의 무능력함을 주민들 앞에 고백하며 선도위원직을 반납하겠다고 마음먹자 걸음이 가벼워졌다.

"내 주제를 진작에 알았어야지…… 아암. 어허 일봉아 미안하다. 미안하다구!"

밤하늘엔 오랜만에 별들이 빼곡히 들어차 있었다. 문득 뒤에서 인기척이 들려 돌아다본 공배씨는 예닐곱 발짝 떨어진 가로등 밑에 가죽잠바를 입은 일봉이가 서 있는 걸 보았다. 일봉이는 등뒤에서 얼른 손을 빼더니 그를 향해 뭔가를 힘껏 내던졌다. 그는 엉거주춤한 자세로 자신에게 날아오는 물체를 향해 손을 들어 막는 시늉을 했다. 흉기일지도……

그러나 뜻밖에도 그것은 종이비행기였다. 그에게 종이비행기를 날린 일봉이는 말없이 어둠 속으로 뛰어들었다. 공배씨는 원을 그리며 자신의 발치에 착륙한 종이비행기를 천천히 주워들었다. 그리고 가로등불 밑에서 펼쳐보았다. 종이비행기의 날개에는 굵직한 매직펜 글씨가 적혀 있었다. 그 글씨를 읽어보던 공배씨는 갑자기 눈시울이 후끈 달아올랐다.

"아, 버, 지."

순간 뭔가 일이 잘 풀릴 것도 같은 막연한 예감이 들어 그는 밤하늘을 쳐다보며 허허허 너털웃음을 지었다.

김칫국

'소설 왜곡됐다. 작가 폭행 / 자작극일 가능성도.'

아마도 기삿거리가 어지간히 궁했던 날인지, 사회면 한 귀퉁이를 버젓이 차지한 일 단짜리 가십기사의 제목이었다. 물론 그 작가는 바로 나였고, 하지만 맹세코 자작극은 아니었다. 자작극으로 몰릴 경우 자칫 주위에서 속 들여다보이는 위인으로 찍혀 따돌림당할 일을 생각하니 등에서 식은땀이 미끄럼을 탔다. 그 가십기사에 오르내린 덕인지 며칠 뒤 소설집이 2쇄에 들어가긴 했으나 여간 찜찜한게 아니었다.

사건의 내막은 간단했다. 내가 최근에 펴낸 『○○○네 사람들』이라는 연작소설의 열렬한 독자를 자처하는 웬 젊은 남자한테서 전화가 걸려왔다. 그 소설은 내가 어린 시절을 보낸 한 지붕 아홉 가구의 '기찻집' 사람들 이야기를 연작으로 엮은 것이었다.

"코끝이 찡하도록 감명 깊게 읽었습니다."

독자가 감명 깊게 읽었다는데 감히 들뜨지 않을 작가가 세상천지에 어디 있겠는가. 더구나 몇몇 고향 후배들과 술자리에선가 "책만 잘 팔린다면야 누가 테러를 한대도 감수하겠다"며 우스개 삼아 떠벌릴 만큼 답답한 판이었으니.

"근데 거기 나오는 사람들 얘기는 다 사실인가요?"

"암요…… 대부분이 그렇고…… 아닌 것도 좀 섞이고 그렇죠 뭐."

자신도 미아리 산동네에서 자랐노라며, 가성을 쓰는지 아니면 손수건 따위로 수화기를 둘러쌌는지 쉰 듯한 목소리로 임갑석이라는 이름을 대주었다. 왠지 가명 같은 느낌이 들어 약간 꺼림칙했지만 그 뒤로도 전화를 몇 번 더 걸면서 만나고 싶다고 해 그예 승낙을 하고 말았다.

약속장소로 정한 '길다방'이 우연찮게 내 소설의 배경인 바로 그 산동네 시장의 뒷골목에 있어서 쉽게 찾을 수 있었다. 시장통의 복덕방 아저씨들이나 들락거리는 '노땅'들 다방답게 흑설탕하고 프림을 어찌나 듬뿍 쏟아부었느지 커피가 암죽처럼 걸쭉했다.

그런데 정작 만나자고 전화를 한 사내는 끝내 모습을 드러내지 않았다. 약속시간에서 벌써 사십 분이 넘쳐나고 있었다. 나는 어느 실없는 사람의 장난기에 한 번쯤 속아넘어가준 셈 치자며 떨떠름한 기분을 털고 일어나 밖으로 나왔다. 어느새 이곳저곳 보안등이 불을 밝힐 만큼 사방은 어둑해져 있었다.

"ㅎ아무개 작가 선생인지요?"

몇 발짝을 떼었을까, 보안등 불빛이 눈 속으로 역광이 돼 들어오는데다 챙모자를 깊숙이 눌러 써 얼굴을 알아볼 수가 없는 건장한 사내 하나가 앞을 불쑥 가로막고 물었다. 목소리가 어디선가 몹시 익다는 느낌이 들었다.

"그런데요……!?"

위기다. 일단 튀고 보자. 순간적으로 불길한 육감이 비끼고 지나갔다. 그러나 벌써 늦은 것 같았다. 사내는 이미 호주머니에서 뭔가 묵직한 것을 꺼내고 있었다.

"소설을 왜 그따위로 씁니까! 앞으로 똑바로 하는 게 신상에 이로울 겝니다."

사내의 손길이 번쩍 스치는 순간 눈앞에서 별똥별이 우수수 쏟아졌다. 의식을 잃어가는 짧은 순간이었지만 그 사내의 존댓말 때문인지 왠지 맘이 놓였다. 그 와중에서도 크게 당할 것 같지는 않다는 생각이 퍼뜩 스쳤던 것이다.

얼마나 시간이 흘렀을까, 다시 눈을 떠보니 역시 바로 그 보안등 아래였다. 나는 얼른 뻐근한 옆이마로 손을 뻗쳤다. 끈끈한 액체가 손끝에 감촉됐다.

그따위로 쓰지 말라니? 그러고 보니 짚이는 바가 없진 않았다.

사실 내 큰 실수 중의 하나이기도 한데, 그 소설의 등장인물 대부분한테 실명제를 충실히 적용했고 내용도 거의 실제로 일어났던 일들을 바탕으로 한 것이었다. 그러나 어디까지나 소설이라는 게 어느 정도 초치는 과정은 불가피한 일이고, 그러다보니 사실과 달리 왜곡되거나 본디보다 훨씬 사악한 인물로 묘사되는 사람도 없지 않았다. 누군가 내 소설을 읽고 충격을 받았나?

근처 의원에서 몇 바늘 꿰매고 안주머니로 손을 집어넣었을 때야 비로소 난 지갑이 없어진 사실을 깨달았다. 치료비를 못 받은 의원 쪽의 신고에 따라 나는 파출소로 넘어갔고, 파출소 쪽은 해 떨어진 다음의 폭행·강도 사건은 무조건 본서 이첩 사안이라며 관할 경찰서로 데려다줬다.

"그러니깐 소설 내용에 불만을 품은 사람의 짓일 가능성이 높다는 거죠? 으흠, 그렇다면 이것도 일종의 필화사건이긴 필화사건인데. 요즘도 소설 보고 흥분하는 그런 사람이 다 있나."

한참 만에야 하품을 하며 나타나 느릿느릿 타자기를 두드리는 늙수그레한 당직 형사의 유도심문에 말려든 나는 엉겁결에 진술서에 손도장을 누르고 말았다.

"꼭 그렇다기보다는……"

"작가선생…… 이거 미안하우만, 내가 그 소설을 읽지 못해서 그렇긴 헌데, 직접 쓴 양반이라니깐 용의자도 쉽게 찍어낼 수도 있을 텐데…… 가령."

"꼭 소설 내용과 관련됐다고 단정적으로 얘기한 적은 없는데요."

그러나 수사관의 말투에서 빈정거리는 기색이 묻어났다.

"이거 왜 이러슈? 이 피해자 진술서에 다 그렇게 씌어 있는데, 피해 품목으로 지갑까지 빼앗겼다고 안 허셨남?"

"나참, 물론이죠, 그래서 보다시피 치료비조차 못 물고 여기까지 끌려오는 신세가 되지 않았습니까?"

"헐헐, 이쯤 해서 쑥스럽겠지만 솔직히 얘기허시는 게 서로 좋지 않을까? 거 혹시 자작극이 아뇨? 우린 예술허는 분들 심정 다 이해헙니다. 암요, 그쪽 신분이 확실허니깐 자작극이래두 내가 얘기 잘해서 선처를 주선허도록 허지."

"자작극요? 무슨 증거로 그렇게 함부로……"

혈압이 오른 내가 공중에서 팔랑거리는 진술서를 잡아채려고 하자 형사는 느물느물한 미소를 지으며 얼른 등뒤로 감추었다. 나는 당황하기 시작했다. 뭔가 일이 꼬이고 있다는 느낌이 들었다. 엎친 데 덮친 격으로 빼앗긴 줄 알았던 지갑이 그 보안등 아래에서 얌전히 수거됐다는 소식이 파출소에서 뒤따랐다.

"소설가선생…… 어때요? 이 사건 진짜 정식으로 입건할깝쇼?"

사실 내가 형사 입장이라고 해도 내 말을 더이상 곧이들을 수 없는 지경이었다. 나는 고개를 떨군 채 그의 '선처'를 곱게 받아들이고 형사계를 빠져나올 수밖에 없었다. 그러나 그때 파기된 줄 알았던 진술서가 우연찮게 경찰서를 돌던 모 신문사 수습기자의 손에 들어간 모양이었다. 그 햇병아리 기자가 내게 제대로 확인도 하지 않은 채 기사를 쓴 것이 화근이라면 화근이었다.

그런 일이 있은 며칠 뒤 바로 그 목소리한테서 다시 전화가 걸려왔다. 나는 필사적으로 수화기를 붙잡고 늘어졌다.

"당신, 신원부터 밝히라고! 비겁하게 어둠 속에서 테러나 하지 말구! 도대체 소설 어느 대목이 불만이야?"

"그 일은 참 죄송시러워서…… 허지만 소설엔 불만 없슈, 살짝 헌다고 헌 게 그만…… 근디 정녕 제 목소릴 모르시겄단 말이유, 입때껏 형이 다 알구두 일부러 그러는 줄 알았는디, 난."

"……?"

"난, 준섭인다, 몰러? 고향 후배 곰바우 준섭이."

"뭐, 곰바우 준섭이?"

"맞어유, 형이 접때 술 사주는 자리에서 하두 책이 안 팔린다구 그개갈 안 나는 소리를 해쌓아서 워쩌케 허면 도움이 될 성부를까……"

"어 너, 어 너 이 곰바우 같은 짜식!"

그러나 나는 그 다음 할말을 찾지 못해 어 너, 하는 말만 몇 번이고 되뇌고 있었다. 입 속에서는 신 김칫국을 한 입 문 듯 생침만 잔뜩 고이기 시작했다.

맨발로 뛰어라

우리 회사의 명물이라면 할리우드의 영화배우 아놀드 슈워제네거쯤은 저리 가라 할 만큼 울퉁불퉁한 근육질의 사내가 이를 악물고 전력질주하는 마라토너 모양을 본뜬 조각상이었다. 역동적인 이미지를 표현해준다는 그 철강인상은 주로 철강제품을 생산하는 우리 회사의 이미지와도 빈틈없이 맞아떨어졌다.

'우리는 뛰는 철강인.'

이것은 회사의 캐치프레이즈이기도 했지만 신문이나 잡지에 광고를 낼 때마다 그 철강인상과 함께 단골로 등장하는 문구였다. 회사에서는 한 달에 한 번씩 첫째주 월요일이면 로비에 전 사원이 모여 맨발로 뛰는 철강인상 앞에서 임직원 총회를 열었다. 철강인상만을 전담해서 관리하는 팀이 비서실 안에 구성돼 있을 정도였다. 또한 신입사원이 들어오면 꼭 거쳐가는 연수과정으로 지정돼 그 앞에서 철강인이 지녀야 하는 기백에 대한 즉석강의를 듣기도 했다.

그런데 어느 늦가을날 아침, 온 회사가 발칵 뒤집히고도 남을 만한 일이 벌어졌다. 그날은 또 임직원 총회가 열리는 날이어서 전 사원들이 로비에 빽빽하게 도열돼 회장단의 입장을 기다리고 있었다. 그때 맨 앞줄에서 행사진행요원으로 일하던 총무부의 미스 현이 조각상에서 결정적인 이상을 찾아낸 것이다.

　"어머, 어째 저런 일이! 실장님 저기, 저 철강인상 좀 보세요."

　"어디 어디, 뭐가 어떻게 됐다고 그래?"

　"저게 안 보이세요? 발, 맨발 말이에요."

　미스 현은 어찌나 놀랐던지 그러잖아도 회사 여직원 가운데 가장 크다고 알려진 왕방울 눈이 금방이라도 비어져나올 듯이 확대돼 있었다. 미스 현이 가리키는 쪽을 바라보던 임직원들은 약속이나 한 듯이 입 속으로 질긴 탄식을 베물지 않을 수 없었다. 누가 감히 저런 일을!

　그도 그럴 것이 어제 퇴근 무렵만 해도 멀쩡하던 그 철강인상의 맨발에는 어느새 운동화가 신겨져 있었던 것이다. 오른발은 바닥에서 떨어져 있으니깐 간단하게 운동화를 신겼다 치더라도 바닥에 붙어 있는 왼발까지 교묘하게 운동화를 신겼다면 어지간히 시간이 걸렸을 터인데 경비원들은 도대체 무엇을 하고 있었단 말인가. 몇몇 사람들이 앞으로 튀어나가 손을 쓰려 했지만 이미 때는 늦어 있었다. 벌써 회장단 일행이 탄 엘리베이터 문이 열리면서 막 연단 앞으로 저벅저벅 걸어들어오는 참이었다.

　'크윽, 이거 잘못하다간 줄줄이 사표 사태가 나겠는걸.'

　모두들 어떤 불호령이 떨어질까 몰라 긴장해 눈망울조차 돌리지 못하고 얼어 있었다. 그러나 비서실장에게서 즉석 보고를 받은 회장은 호통을 치기는커녕 만면 가득히 미소를 머금고 연단으로 올랐다.

　"본인은 오히려 철강인상의 맨발에 운동화를 신겨준 사람의 따스한 마음을 읽고자 합니다. 땀 흘려 일하고 뛰는 일꾼들의 발을 보호해주고자 하는 기업인의 훈훈한 마음이 그대로 잘 전달되지 않습니까? 이보세요, 권실장. 내 생각에는 되도록 빨리 이 철강인상에 신발을 신겨준 주인공을 찾아내 표창도 하고 미담 사례로 정해 회사 안팎으로 두루 알리는 게 좋다고 생각합니다."

전화위복이라는 게 이런 걸 두고 하는 말일까. 권실장은 자신의 목덜미를 어루만지며 서 있다가 얼른 수첩을 꺼내 지시사항을 메모까지 했다. 사원들 사이에서도 찬탄과 그리고 곧 푸짐한 시상을 받게 될 주인공에 대한 가벼운 질투 같은 게 뒤섞인 술렁거림이 일어났다.

그러나 겨울이 지나 해가 바뀌도록 그 주인공은 모습을 드러내지 않았다. 매월 월례조회 때마다 그 주인공을 아직도 못 찾았다고 보고해야 하는 회사 간부들의 속은 탈 대로 탔다. 그러자 회사 안에서 여러 말이 나돌았다.

'뭐야? 어떤 떨거지기에 상을 주겠다는데도 코빼기조차 안 비쳐. 이거 고도의 술수가 아닐까. 자기의 주가를 상한가까지 올려놓고 나서 나 여기 있노라 하고 극적으로 나서는 것 말이야.'

'설마 그런 속 들여다보이는 짓을? 혹시 외부 사람의 소행이 아닐까? 그러잖고서야 몇 달씩이나 모습을 안 드러낼 리야……'

'순수하게 받아들이자고. 요즘 시대에 참으로 보기 드문 순정파지 뭐. 우리 같았어봐라. 자기가 한 일이 아니래도 제가 했다고 부득부득 우기고 나설 판인데 말이야. 아, 안 그래?'

갖가지 수소문 끝에 주인공의 윤곽이 어느 정도 드러나게 되었다. 물론 본인은 극구 부인하는 터이지만 철강인상의 발에 맞을 만한 큰 운동화를 신는 마당발의 소유자이기도 하거니와 이러저러한 정황도 증거를 종합해 볼 때 자타가 공인하는 선두주자 사원인 기획부의 강대리가 거의 틀림없었다.

'역시 발상의 전환이라는 측면에서 강대리는 뭐가 달라도 달라. 게 다가 겸손하기까지 하니…… 그러잖아도 능력 면에서 어디 하나 빠지는 구석이 없어 다음 세대 대들보감으로 찍힌 사람인데 이번 일로 윗분의 눈도장까지 꽉 찍어놨으니 앞날이 훤하지 뭐. 부러울세.'

"저는 정말 그런 일을 한 적이 없습니다. 믿어주십시오."

"허허, 이거 왜 이러나 강대리. 우리 숨바꼭질은 그만 하자고. 자네가 그렇게 강하게 부정한다는 것도 더 수상쩍구만. 강한 부정은 강한 긍정이라는 격언이 있지 않은가. 응."

강대리는 이루 말할 수 없는 낭패한 표정을 지었다. 그 이유는 머잖아 밝혀졌다. 드디어 운동화의 주인공을 찾았다는 보고가 막 올라가려고 하는 찰나에 새봄맞이 특별 지시가 떨어졌다. 현재의 사회 분위기상 회사 이미지에 좀더 적극성을 부여하기 위해 역시 맨발로 뛰는 철강인상이 필요하다며 즉각 조각상에서 운동화를 벗겨 내라는 내용이었다. 드디어 전 사원이 보는 앞에서 운동화가 벗겨지자 사람들은 경악을 금치 못했다. 운동화를 벗은 철강인상의 오른발등은 심하게 부서져 조각 안의 녹슨 철삿줄이 흉측하게 드러나 있었던 것이다. 그러자 그 동안 그 훈훈한 마음씨의 주인공에게 쏟아졌던 찬사는 순식간에 최고의 경멸투로 뒤바뀌었다.

"자신의 잘못을 수단방법을 가리지 않고 숨긴 교활한 사람."

"회사의 이미지에 먹칠을 한 파괴분자!"

"뭇 사람을 기만하고서도 부끄럼을 모르는 뻔뻔한 작자!"

그 다음날로 강대리가 낸 사직서에는 다음과 같은 알쏭달쏭한 말이 씌어 있었다.

'맨발로 뛰어본 사람만이 맨발의 고통을 압니다.'

홀로서기

"힘들 내야지, 힘! 고달픈 봉급생활자지만 꿈을 먹고 살아야지! 아, 안 그래?"

허동식 차장은 요즘 만나는 사람마다 등짝을 두드려주며 이렇게 격려를 해주곤 합니다. 허차장이 이토록 기운이 펄펄 나는 이유가 무엇일까요? 모르는 이들은 아마 이렇게도 생각할 겁니다.

'정작 격려를 받아야 할 사람은 바로 자신 아냐? 동기들은 일찌감치 부장 자리를 꿰찼거나 회사를 떠나 알토란 같은 자기 사업에 손대고 있는데 말이야. 만년 차장 주제에 도대체 뭐가 좋아서 저렇게 희희낙락이람. 올해 차장 진급 연한에 걸려 한 번만 더 진급에서 물을 먹으면 회사를 떠나야 할 판인데 말이야.'

허차장이 바보가 아닌 다음에야 그런 사정을 왜 모르겠습니까? 자기 목에 시퍼런 칼날이 들어와 있다는 사실을 누구보다 사무치게 느끼는 장본인이 말입니다. 이런 백척간두의 아슬아슬한 상황인데 허차장 얼굴이 시커멓게 타기는커녕 웃음기가 돌다니, 이게 도대체 어떻게 된 일일까요? 결론부터 말씀드리자면 허차장의 홀로서기가 시작된 것입니다.

아아, 봉급생활자 최후의 꿈이자 희망봉인 홀로서기!

그 길을 향해 십칠 년간 봉급에만 매달려 온 허차장이 남모르게 출사표를 던졌습니다. 허차장의 얼굴에 미소가 감돌고 있다는 사실은 그런 홀로서기 준비과정이 순풍을 타고 있다는 간접적 증거였던 겁니다.

"야, 조대리 네드윈이 무슨 뜻이야?"

"예? 네드윈이요?"

걸어다니는 백과사전이라고 불리는 조대리는 눈동자를 한번 팽그르르 돌려 머릿속을 검색해냈습니다.

"그게 페르시아가 한창 전성기를 누릴 때인 팔구 세기쯤 될까요? 당시 사라센 왕조의 유명한 왕자 이름인 것 같은데요. 아마 틀림없을 겁니다."

"히야, 역시 조대리야."

"근데 그건 갑자기 왜 물어보세요?"

"으응, 그거? 오, 마이 네드윈."

감개무량한 표정을 지으며 자리에서 벌떡 일어나 조대리에게 바짝 다가온 허차장은 두 손을 기도하듯이 모아 가슴께로 가져갔습니다.

"자네만 알고 있게나. 그 왕자님이 바로 내 홀로서기 꿈을 이뤄줄 의인이시라네. 내가 곧 인수할지도 모를 캐주얼 의류 체인점 이름이 바로 네드윈일세."

"그렇습니까? 아하, 그래서 요즘……"

조대리가 알 만하다는 듯 고개를 끄덕였습니다.

"낄낄 그래…… 어때? 자네가 들어도 뭔가 될 것 같은 이름이지?

특히 여대생들이 완전히 꼬여들 것 같은 매혹적인 이름이지 않나?"

"차장님, 좋으시겠어요?"

"아암, 난 그 생각만 하면 요즘 밥을 먹지 않아도 저절로 배가 부르다네."

허차장은 완전히 자기 도취에 빠진 표정이었습니다. 자신의 회전의자에 돌아가 앉자마자 창가 쪽으로 돌려앉으며, 마치 네드원 왕자가 당장이라도 찾아와줄 것만 같은 허공을 오랫동안 아련히 바라보는 것이었습니다.

점포 계약은 이제 막 돈만 치르면 되는 단계에 가 있었습니다. 그 체인점 주인 역시 삼 년 전만 해도 허차장처럼 봉급자 생활을 했다고 합니다. 지금은 그 자리에서 돈을 벌어 다른 사업으로 진출할 만큼 아주 목이 좋은 점포라고 귀띔을 해주는 것이었습니다.

'전기료 따위는 아끼지 말고 내부 매장이나 네온사인의 조명을 한껏 밝게 해주세요. 그것이 주는 분위기와 광고 효과가 엄청나니까요.'

주인은 경영 노하우까지 전수해주며 계약서에 서명할 것을 독촉했습니다. 인수 금액은 딱 한 장이었습니다. 한 장 알죠? 퇴직금과 집을 저당잡히고 은행융자를 튼다면 불가능할 것도 없는 규모였지요.

그런데 한 가지 걸리는 게 바로 권리금이었습니다. 주인은 인수금액에 보태서 권리금 조로 다시 반 장을 요구하지 뭡니까? 그 대목에서 허차장은 고민에 빠진 겁니다. 놓치기 아까운 절호의 홀로서기 기회인데, 쩝쩝.

그런데 한 달 매출액이 사천만원이라고 했으니, 마진율 삼사십 퍼센트 집을 때 임대료와 금융비용·로열티·인건비 등을 빼고도 그럭저럭 한 달에 오백 정도는 수지를 맞출 수 있다는 것 아닌가. 그렇다면 권리금도 일 년 정도면 빠지겠지.

허차장은 큰맘먹고 결단을 내렸습니다. 그래서 있는 돈 없는 돈 다 털어서 점포를 인수했습니다. 그렇게 결단을 내리게 된 데는 그 주인의 초청으로 매출액이 얼마나 되는가를 알아보기 위해 하루 동안 매장을 둘러본 게 큰 도움을 주었습니다. 정말 손님이 엄청나게 붐비더라구요. 허차장은 더이상 두고 볼 게 없다고 결론지었던 겁니다. 그런데 말입니다. 회사에 사표까지 내던지고 그 점포를 인수해 운영한 지 한 달이나 채 되었을까……

"여보, 그게 아닌가봐요. 아무래도 우리가 속은 것 같아요."

마누라가 울상을 짓는 것이었습니다. 허차장도 답답해서 담배만 뻐끔뻐끔 빨았습니다. 하루에 기껏해야 이삼십 명밖에는 손님이 들질 않는 것이었습니다. 허차장은 나중에야 비로소 그 체인점 전주인이 허차장이 오는 날에 맞춰 자기들 일가친척이며 친구의 아들딸들을 동원한 사실을 알게 되었습니다.

"여보, 파리만 날리는 이 점포를 누가 인수하겠어요? 당신 퇴직금이며 은행 융자금을 싹 날리게 됐단 말이에요."

"시끄럿! 빌어먹을 네드윈!"

허차장은 도망치듯 체인점에서 빠져나와 그 길로 술집으로 향했습니다. 물론 대낮부터 맘껏 취해 혀 꼬부라진 소리로.

"오, 사라진…… 마이…… 네, 드, 원……"을 되풀이하며 팔에 얼굴을 묻고 서럽게 흐느꼈습니다. 자신을 속인 세상이 너무 야속해서였지요. 자꾸자꾸 울었습니다. 그때였습니다. 누군가 자신의 어깨를 자꾸 흔드는 것이었습니다. 허차장은 울음을 삼키며 고개를 들었습니다. 조대리였습니다.

"차장님, 점심식사 안 가세요?"

"차장? 내가 아직도 차장이란 말이야?"

"무슨 말씀이신지? 차장님께서 책상에 엎드려 주무신 지 벌써 한 시간이 다돼 갑니다. 슬픈 꿈을 꾸셨는지 어깨를 들먹이시던데요. 이러다 점심 거르시겠어요."

허차장은 자리에서 벌떡 일어났습니다. 정말 사무실 안이었고, 자신은 책상 위로 엎드려 침을 질질 흘리며 졸고 있었던 게 틀림없지 뭡니까.

"아이고, 그놈의 섣부른 홀로서기가 하마터면 사람 잡을 뻔했네잉?"

"무슨 말씀이세요?"

"아닐세. 빨리 밥이나 먹으러 가세. 일해야지."

맹대리는 없다

그 결정은 지난 가을 사원연수회 때 이루어졌다.

아침에 출근해보면 자신의 책상이 치워져 있는 걸 발견하는 사람이 있을 것이다. 그러나 놀라진 말라. 바로 그날은 당신이 일을 하지 않아도 되는 날이다. 만 하루 동안 해고를 당한 셈이다. 물론 그 다음 날이면 당신의 책상은 감쪽같이 제자리에 돌아와 있을 테니 아무 걱정할 필요가 없다.

처음 그런 아이디어를 낸 사람은 바로 맹대리였다. 장난기가 다분히 섞인 것이었지만 연수회에 참석한 윗분의 눈에 들어 즉석에서 채택이 되었다. 회사 쪽에서 보면 사원들에게 '하루 해고'를 경험하게 함으로써 회사의 소중함을 새삼 깨닫게 하는 기회가 될 것으로 보아 흔쾌히 채택하고 나설 만도 했다. 그렇다면 맹대리는 과연 무슨 속셈이었을까?

'아마 내가 없으면 당장 부서 업무가 꽤나 곤란을 겪을걸? 두고 보

라지.'

이런 심보였던 것이다. 그런데 이런 생각은 맹대리뿐 아니라 일반 사원들한테도 대부분 비슷했는지 노골적으로 반대하거나 거부감을 표시하는 이들은 별로 없었다.

'까짓것 하루쯤 농땡이 치는 날로 삼지 뭐.'

이렇게들 생각하며 그저 심드렁한 표정으로 대수롭지 않게 넘겼다. 그런데 몇 번 그 제도가 시행되자 사람들은 점점 심각해지지 않을 수 없었다. 일일해고제에 걸린 사람은 지위고하를 막론하고 일단 회사 밖으로 나갈 순 없었다. 그러자니 하는 일 없이 회사 안을 빈둥빈둥 돌아다니는 게 그렇게 마음 편한 일은 아니었다. 그건 그렇다치고 회사로 걸려오는 자신의 전화에 '아무개씨는 현재 사원 신분이 아닙니다'라고 대꾸하는 걸 들을 때는 정말 이상한 느낌마저 들었다. 자재부의 어느 차장 부인은 회사로 남편을 찾는 전화를 넣었다가 뜬금없이 이런 응답을 듣고는 충격을 받아 병원에 입원하는 소동까지 벌였다. 때문에 그 부작용이 심각하게 지적됐지만 회사 윗분의 뜻이 워낙 완고해 그대로 시행되었다.

맹대리는 자신이 바로 이 제도의 제안자여서가 아니라 안팎에서 업무처리 능력을 인정받는 처지라 되레 그 제도를 자신의 능력을 인정받는 계기로 삼고 싶었다. 당연히 이런 말이 나오지 않을까?

'역시 맹대리가 없으니깐 부서가 안 돌아가! 우리 조직에서 아주 필요한 사람이란 말이야.'

조직에 필요한 사람은 정작 당사자가 없을 때 그 진가가 더 살아나리라는 게 맹대리의 철학이기도 했던 것이다. 그래서 맹대리는 오늘 아침 출근해보니 자신의 책상이 치워져 있었지만 얼굴에 빙글빙글 미소를 지으며 여유작작한 모닝커피 한 잔을 즐길 수 있었다.

타이밍도 아주 좋은 것 같아 속으로 쾌재를 불렀다. 왜냐하면 그날 당장 고위층 결재에 올라가야 할 서류에 첨부할 결정적 증빙서류의 행방을 어제 간신히 알아낸 것이다. 만약 그가 그 서류를 찾아 부장 책상 앞에 올려놓지 않는다면 결재고 뭐고 다 물거품이 되어 부서에 비상이 걸릴 상황이었다.

'흥, 부장이 내게 달려와 비공식적으로 업무에 협조해달라고 빌어도 눈썹 하나 깜짝하나 보라지.'

맹대리는 그 증빙서류를 찾아내느라 어제 야근까지 해가며 회사 안을 샅샅이 뒤지는 천신만고를 겪었기에 극적인 보상을 기대할 만도 했는지 몰랐다. 그뿐만이 아닐 터였다. 그날은 외국 바이어 리처드만과 상담이 있는 날인데 부서 내에서 영어회화의 일인자인 자신이 빠지면 여간 곤란하지 않을 게 뻔했다. 그것도 그렇지만 또 어제 오후부터 바이러스에 걸려 작동 중단된 컴퓨터를 정상화하고 백신 프로그램을 깔아줄 사람이 자신 외에 누가 있을까 생각하니 자기 때문에 무던히도 고생할 부서 사람들이 가엾어지기까지 한 것이다.

그러나 맹대리의 이런 생각들은 하나도 들어맞지 않았다.

맹대리가 보름째 헤매며 찾아놓은 그 증빙서류는 입사한 지 갓 석 달이 될까 말까 한 신입사원 미스터 최가 단 두 시간 만에 찾아냈고, 리처드만은 감기몸살로 호텔방을 빠져나올 수가 없어 일정이 연기됐다. 까딱하면 바이러스에 잘 걸리는 그 문제의 컴퓨터는 아예 펜티엄 급으로 갈아치우게 됐다는 것이다.

오늘 하루 맹대리가 그토록 걱정을 했건만 회사는 그가 없어도 아무 이상 없이 평온하게 잘 굴러갔다. 맹대리는 문득 자기가 이 조직에서 아무짝에도 쓸모 없는 인간이 아닐까 하는 생각이 들어 몹시도 비참해졌다. 그러자 평소 서랍의 아귀가 안 맞는 낡은 책상이라며 총무부 박대리한테 그토록 타박을 놓았던 자신의 책상이 몹시 그리워지는 것이었다. 터덜터덜 건물 지하창고를 찾아 내려가 한구석에 얌전

히 처박힌 자신의 낡은 책상 앞에 맥없이 앉은 맹대리의 입가에는 쓴
웃음과 함께 자조 어린 탄식이 조용히 맴돌았다.

　'나 맹대리는 없다. 없다구. 헛헛헛.'

상전 길들이기

윗사람을 길들이는 일처럼 아슬아슬하고 짜릿한 일이 또 있을까요? 아랫사람이라는 게 얼마나 피곤한 자리인지는 두말할 필요도 없을 겁니다. 두 눈이 가자미눈이 되도록 눈치를 살펴랴, 이것저것 뒷수발을 들다가도 뭔가 실수를 한 가지라도 하는 날에는 욕을 바가지로 뒤집어쓰는 게 바로 아랫사람들의 처량한 신세 아닙니까.

"여, 맹대리 그 부품이 어느 창고에 처박혀 있는지도 모르면서 월급을 꼬박꼬박 타먹는단 말이야! 당장 인천 A창고 리스트를 한번 훑어보라고! 어떻게 담당 대리가 부장보다도 실무에 더 어두워!"

그렇게 이 잡듯이 며칠 밤을 새우며 찾던 부품이 그 구석에 처박혀 있을 줄 누가 알았겠습니까?

그런 시시콜콜한 것까지 꿰고 있는 심봉섭 부장 밑이니 제가 오죽이나 피곤한 신세인지 다 말하지 않아도 알 겁니다. 요즘 신세대 사원들은 사정이 좀 다르다곤 하지만 오 년째 대리라는 직함을 박아가지고 다니는 나하고는 거리가 멀어도 한참 먼 처지랍니다. 우리 자재부에도 황태언씨를 비롯해 뺀질이로 소문난 신입사원들이 몇 있지만 제 생각엔 좀 그래요. 저번 송차장 집들이 때만 해도 그렇지.

"야, 빨리 돌려. 못 먹어도 고다."

만나서 배 채우고 술 마신 다음 남는 시간에 뭘 하겠어요? 당연히 오고가는 판돈 속에 싹트는 사우애라고, 고도리 판을 돌린 것이죠. 우리 세대만 해도 으레 판돈은 윗사람에게 바치는 '비공식적 뇌물'로 알고 있는 연조인데 나이가 내려갈수록 그런 미덕이 사라지는 모양입니다. 요즘은 상사들의 돈을 못 따먹어서 난리들이라구요.

가령 내가 그 대목에서 설사를 하고 싶어서 했겠습니까? 저쪽에서 심봉섭 부장이 흑싸라기를 마누라 엉덩짝처럼 쓰다듬으며 오직 쿠사를 하겠다는 일념으로 내 눈치만 힐끗힐끗 보고 있는데 어떻게 그 통박을 뻔히 알면서 초를 던져서 초단을 끊는단 말입니까? 그렇다고 장미를 내자니 설사를 할 게 뻔하지만 어쩔 수 없는 일 아니겠습니까? 울며 겨자 먹기로 장미 패를 던졌죠. 당연히 설사고.

그런데 그걸 기다리고나 있었다는 듯 그 뺀질이가 눈치도 없이 소리개가 병아리를 채가듯 걸어가 청단에 쌍피까지 챙겨가며 기어이 양피박을 뒤집어씌우는 거지 뭡니까?

"야, 오늘 이거 맹대리님 덕분에 장가갈 한 밑천 마련하는가보네요."

남 속도 모르고 환호성을 질러대는 뺀질이 얼굴을 그저 주먹으로 한 대 쥐어박고 싶지만 꾹 눌러 참을 수밖에요.

"하아, 이거 죽 쒀서 뭣 줬네그려."

"아이고, 맹대리님도? 그럼 제가 개입니까?"

그런데 자재부장 심봉섭 선생도 그렇지, 우리 같은 중간층한테는 그렇게 호랑이처럼 굴면서 또 버릇없는 신입사원들한테는 꼼짝을 못

해요. 신입사원들이 눈치 보지 않고 칼퇴근을 해도 찍소리 못 하면서 어쩌다 내가 먼저 퇴근이라도 할랍시면 무슨 잡무를 그렇게 시켜쌓는지 나 참, 더러워서.

그래서 나도 한번 큼맘먹고 상전 길들이기를 해보겠다고 맘을 먹지 않았겠습니까?

본때를 보여주겠다 이거였죠.

술? 술이라면 말도 마세요. 몸집은 그렇게 말랐어도 두주불사하는 모주가여서 바늘 하나 들어갈 틈이 없답니다. 우리가 '놓털카'(잔을 들면 놓지도 않고, 마신 뒤 잔을 털지도 않으며, 카 하는 소리도 내지 않는 주법)하면 그는 한술 더 떠서 '찡떼오'(술을 마실 때 인상을 찡그리지도 않고 잔을 입에서 떼지도 않으며 오래 붙잡고 있지도 않는 주법)하며 기를 죽여놓기 일쑤니 말입니다.

한번은 악에 바쳐서 술을 왕창 퍼먹고 아예 한강변에 있는 부장 아파트로 찾아가 결판을 내려고도 해봤지요.

"야, 심봉섭이 나와라!"

기세 좋게 발로 현관문을 걷어차며 그를 불러냈습니다.

"니가 부장이면 부장이지 쓰발, 한 인간의 자존심을 그렇게 깡그리 밟아놀 수가 있나!"

거기까진 참 좋았어요. 잠옷 차림으로 현관문을 열고 나온 심부장도 눈을 휘둥그레 뜨며 놀란 표정을 지었으니까요. 나 밀고나가는 김에 더 나갔죠.

"야, 쓰발 인간 대 인간으로 한판 붙자! 저기 한강 모래밭에서 한판 붙자구! 겁나면 겁난다고 말하고 그 버르장머리 좀 고치라구!"

아쭈, 옷까지 갈아입고 따라나오데요. 아무리 그래도 나이가 있지. 삼십대 중반인 나를 오십고개를 바라보는 지가 어쩌려구 하는 생각에 그를 끌고 한강 모래밭으로 갔답니다. 아마 집에서는 집안 식구 옆에서 빌기도 뭣하니깐 일단 밖으로 따라나왔다가 아무도 안 보는 데서는 나한테 손이 발이 되도록 빌 테지. 뭐 이렇게 생각한 겁니다.

그러나 그것은 완벽한 오해였지요. 나는 심부장이 합기도 오단인 줄을 그때 처음 알았던 겁니다. 나는 명치를 얻어맞고 개구락지처럼 모래밭에 뻗어 누워서는 뱅뱅 도는 별만 하염없이 바라보는 비참한 신세가 됐던 겁니다.

그렇다면 이제 남은 건 단 한 가지밖에 없다고 판단했습니다. 아직도 마지막 카드가 나한테 남아 있는 걸 그는 잘 모를 겁니다. 그런데 이 방법은 사실 내가 독창적으로 생각해낸 것이 아니라 신입사원 황태언씨한테 귀띔받은 겁니다. 그는 역시 신세대다운 기발함이 있지 뭡니까. 부장한테 딱 한마디만 해주라 이겁니다. 그게 뭐냐구요? 그건 지금 말할 수가 없지요.

아무튼 퇴근 뒤에 심부장을 회사 건물 지하 맥줏집으로 또 초빙해냈습니다.

"웬일이야? 맹대리?"

그가 오기 전에 벌써 서너 병 해치웠기 때문에 난 취기가 꽤 오른 편이었거든요.

"앉으시죠, 부장님. 할말이 있습니다."

"뭔데 이렇게 다정스럽게 굴어, 징그럽게?"

나는 일부러 흐흐, 하고 한번 웃어주었습니다. 그리고는 그의 귀를 무엄하게 잡아당겨 내 입 앞으로 가져왔지요. 그리고는,

"앞으로 나 갈구었다가는 사고 쳐서 승진을 못 하게 해버릴 테니깐, 이사 달고 싶으면 서로 좋게 지냅시다."

그러자 팔짱을 낀 채 심각한 표정으로 고개를 끄덕이던 심부장이 말문을 열었습니다.

"맹대리, 당신 아이가 몇 살이야? 내년에 초등학교 들어가지? 학

비 많이 들 거야. 그리고 뭐야 같이 모시고 있는 어머니 건강은 어떠셔? 얼마 전에 건강진단받으러 가셨다며? 결과 나왔나? 걱정이 많겠구먼."

나는 왜 이렇게 주책없이 눈물이 나오려고 하는지 몰랐습니다. 언제부터 심부장이 우리집 사정을 꿰뚫고 있는지 말예요. 그리고 나야말로 한 가정을 책임지고 있는 막중한 책무의 가장이라는 사실이 뼈저리게 느껴진 겁니다. 그래 직장생활에 충실해야지. 그러자면 당장부터 직장 상사를 상전 모시듯 하는 게 최고일 거야, 아암.

"부장님, 제가 한잔 사도 되겠죠?"

"사려면 아주 세게 사라고. 맹대리."

나의 상전 길들이기는 이렇게 막을 내렸답니다.

게임의 법칙

　으뜸증권 천마동 지점의 그날 저녁 회식은 아주 모범적으로 끝났다. 사람들은 적당히 몸을 사릴 줄 알았고 그 때문인지 차수를 더 늘리자고 바람을 잡는 사람도 없었고 괜한 주정을 부리는 이도 나타나지 않았다.

　"브라보! 여러분 마감 끝내느라 참으로 고생들 많았습니다. 그 덕분에 이번 달도 목표 약정고를 무난히 달성했습니다. 아무쪼록 이런 추세로 연말까지 다달이 목표액을 채워나가길 빌면서, 자 건배!"

　좀체 술자리에서 먼저 건배 제의를 하는 적이 없는 임동선 지점장이 그날은 기분이 몹시 좋은지 와이셔츠를 팔뚝까지 걸어붙인 채 건배 제의까지 하는 것이었다.

　"수고들 하셨습니다."

　"자아, 앞으로는 수신고 달성에 만족하지 말고 모범 지점으로 뽑혀 특별 해외휴가도 가고 그럽시다."

곽신형 차장이 아부성 발언을 하자 지점장은 술이 불콰하게 오른 얼굴을 끄덕이며 만족스런 표정을 지었다. 제일 구석자리에 앉은 원재석 대리는 눈가를 실룩거리며 몹시 못마땅한 표정으로 연신 맥주잔을 기울였다. 술자리에 와서까지 지점장한테서 직급별 개인 목표액에 미달했다며 쫑코를 먹어 속이 부글부글 끓던 터였다.

'어흐, 그저 이마빡으로 면상을 들이받고 사표를 써? 말어?'

원대리는 평소 지점장하고 사이가 좋지 않았다. 지점장 업무지침에도 잘 따르지 않을뿐더러 개인별 약정고 할당액이 내려와도, 무리하게 약정고를 늘리다보면 결국은 깡통계좌를 만들기 십상이라며 유일하게 반대한 직원이었다. 평소 주량을 좀 넘어선 지점장이 주위 직원의 부축을 받으며 간신히 몸을 일으키는 것을 보며 원대리는 얼른 자리를 박차고 일어나 옷걸이에다 후닥닥 자신의 양복 윗도리를 뽑아들고 밖으로 나오고 말았다.

'어휴, 이 따분한 월급쟁이 노릇을 언제까지 한담.'

서서히 술꾼들로 채워지기 시작하는 인사동 거리를 걸어가고 있던 원대리는 양복 호주머니 안에서 뭔가 부르르 떨리는 감을 받았다.

삘리리리릭, 삘리리리릭.

삐삐(무선호출기)가 울리고 있었다. 술자리에 앉을 때부터 지점장이 손수 제의를 해서 모두들 삐삐를 뽑아 윗도리 호주머니에 넣어두었던 것이다. 술 마시는 도중에 삐삐가 울면 술맛이 떨어진다는 거였다.

단추를 눌러 전화번호를 확인한 원대리는 고개를 갸웃거렸다. 낯선 전화번호였기 때문이었다. 혹 잘못 온 삐삐가 아닐까. 그러나 잠시 뒤 같은 전화번호로 삐삐가 다시 한번 몸을 뒤챘다.

'739-7428'

원대리는 어느 화랑 앞의 공중전화통을 붙잡고 전화 다이얼을 돌렸다.

"여보세요."

"예, 시인촌입니다."

"예? 어디라구요? 거기가 어딥니까? 방금 삐삐 친 사람 있으면 대주세요."

"아, 잠시만 기다리세요."

웨이터가 바꿔준 전화기에서는 왠지 귀에 익은 듯한 젊은 여자의 목소리가 흘러나왔다.

"나, 숙이예요. 여기서 벌써 세 시간째 기다리고 있어요."

여자는 그 말만을 전화기에 흘려넣고는 사라졌다. 움찔하며 수화기에서 귀를 잠시 뗀 원대리는 호기심에서 전화기를 주워 든 웨이터에게서 시인촌이라는 술집의 위치를 알아냈다. 전화를 건 곳에서 아주 가까운 데 있는 술집이었다.

원대리는 시인촌이라는 술집에 가서야 그 목소리의 주인공이 바로 전산업무를 맡고 있는 미스 박임을 알았다. 미스 박은 1미터 68센티미터의 늘씬한 키에 요즘의 어느 야한 영화 선전문구에 나오듯이 세계적인 엉덩이를 지닌 여자였다. 그래서 원대리를 비롯해 뭇 남성들의 눈길을 피곤하게 만드는 당사자이기도 했던 것이다.

"바쁘다며 회식에도 참여하지 않고 먼저 퇴근한 미스 박이 웬일로 날 호출한 겁니까?"

"원대리님이야말로 웬일이세요?"

미스 박은 눈을 휘둥그레 뜨며 되물어왔다. 원대리는 황급히 자신의 호주머니를 뒤져 삐삐를 꺼내 보였다.

"그 삐삐 원대리님 것 맞아요?"

"물론……"

그러나 그 삐삐는 원대리 것이 아니었다. 삐삐를 찬찬히 살펴본 원대리는 그제서야 자신의 양복과 지점장의 양복이 뒤바뀐 사실을 알아차렸다. 몸집이 비슷한데다 그날따라 입고 온 옷 색깔도 진한 감색으로 똑같았기 때문에 착오가 일어난 모양이었다. 원대리는 미스 박이 바로 지점장과 그렇고 그런 사이라는 걸 알아챘다. 그러자 그 순간 원 대리는 지점장의 애인을 가로채고 싶다는 강한 욕망을 느꼈다.

"오늘 밤은 왠지 감정이 이끄는 대로 가보고 싶군요."

원대리는 은근히 수작질을 건넨 것이고 뜻밖에도 상대의 반응은 까탈스럽지가 않았다.

다음날 원대리는 바뀐 양복과 삐삐를 지점장과 바꾸면서 의미심장한 미소를 소리없이 지어 보였다. 지점장이 뭔가 × 씹은 표정을 지었지만 원대리는 짐짓 모른 체했다. 원대리는 요즘 들어 부쩍 자신에 대해 신경을 곤두서 닦달을 해대며 앙앙불락하는 지점장을 고소한 마음으로 느긋이 지켜보았다. 호호, 그 마음을 내가 알지.

그리고 석 달 뒤 원대리는 아예 사내에다 미스 박과 결혼하겠다고 선언을 해버렸다. 당연히 회사 안이 벌집 쑤신 듯할 줄 알았는데, 거꾸로 찬물을 끼얹은 듯 착 가라앉았다. 사람들이 자신을 따돌려놓고는 뒤에서 뭔가 수근수근거리는 거였다. 더욱 이상한 것은 재떨이라도 집어던질 줄 알았던 지점장이 일부러 자신을 불러 격려까지 하는 게 아닌가.

'뭐가 잘못된 것일까?'

퇴근 무렵에 신용조사부의 동기 최대리가 불렀다.

"이봐 원대리, 미스 박과 결혼 선언을 했다는데 사실이야?"

"아암, 확실하고 말고. 결코 뒤집을 수 없는 결정이라고. 왜들 이러는 거야. 축하는 못 해줄망정."

최대리는 혀를 차며 끌탕을 했다.

"그게 아니고, 자네가 딱해서 그래. 미스 박이 어떤 여자인지 제대로 알고 그러나?"

"어떤 여자라니? 자네 말 그렇게 함부로 해도 되는 거야? 나도 알 만큼은 안다고."

원대리는 좀 흥분한 어조로 따져 물었다.

"흥분하지 말게. 미스 박이 바로 지점장의 이거였다는 것 몰랐나?"

최대리는 새끼손가락을 곧추세워 보였다.

"아항, 그거라면 이미 얘기 다 끝났네. 미스 박도 그 작자가 얼마나 후진 놈인가를 알고 나서 이미 내게로 맘을 돌렸단 말일세."

"이런 답답이 하고는. 이번 인사에 지점장이 본사 임원으로 영전하는 건 알고 있을 테지? 그 지점장이란 친구가 이젠 미스 박하고의 관계가 시큰둥해지니깐 귀찮은 혹 떼버리기 위해 일부러 자네를 붙여준 거라는 사실이 사내에 소문으로 좍 돌았어. 위자료 조로 몇 장을 받고는 미스 박도 할 수 없이 그걸 허락했다는 게야."

"뭐야? 어떤 개자식이 그런 말을 하고 다녀?"

원대리는 갑자기 벌떡 일어나 찻잔을 집어들고는 벽을 향해 냅다 던지는 거였다. 그러나 그의 어깨에는 힘이 빠져 있었다.

242

완벽한 알리바이

남편은 컴퓨터 프로그래머답게 만분의 일의 오차도 못 견뎌하는 위인이었다. 결혼 전 연애 시절만 해도 남편의 그러한 면모는 하나의 매력이었다.

손을 대면 베일 듯이 언제나 칼날처럼 다림질한 옷차림, 머리카락 한 올의 이탈도 용납하지 않는 헤어스타일, 약속시간을 단 일 분 일 초도 넘기거나 앞서와 본 적이 없는 인간 컴퓨터.

나는 그런 임용빈이라는 사내를 후회 없이 사랑했었다. 유달리 덤벙대는 성격인 나를 적절히 보완해줄 대상으로 손색이 없는 남편감이라고 꼽았다.

결혼 이후 사소한 일이긴 하지만 까딱하면 공과금 납부기일을 까맣게 잊어버리거나, 외출할 때면 가스 밸브를 잠갔는지 말았는지 긴가민가하는 나의 결점을 남편은 훌륭하게 메워주었다.

가계부를 쓰지 않아도 되었다. 건망증이 심한 나는 어디다 얼마큼

돈을 썼는지 기억할 수 없어 애시당초 가계부를 꼼꼼히 적어나가는 것이 불가능했다. 그러나 남편은 직장에 있으나 집에 있으나 어떻게 알고 있는지 컴퓨터 가계부 파일에 당일의 지출 내역을 빠짐없이 올려놓아 나를 기겁하게 만든 적이 한두 번이 아니었다.

그런데 어느 날인가부터 난 남편이 그 완벽함의 절벽 앞에서 질리기 시작했다. 나라는 존재는 암만해도 남편의 들러리나 서는 마네킹 신세가 아닌가 여겨졌다. 창이 하나도 없는 골방이나, 고장난 엘리베이터 같은 폐쇄공간에 갇혀 있는 느낌이라고나 할까? 난 그게 무서웠던 거다.

그런데 혹시 남편의 완벽함이란 거짓이 아닐까? 그럴지도 몰랐다. 완벽함이란 흔히 위선이기 십상이었다. 내가 그런 의심을 갖게 된 것은 다름아닌 602동 304호 사모님이 당한 기막힌 사연 때문이었다.

602동은 우리 단지에서 평수가 제일 큰 동이었다. 그 사모님과는 가격파괴로 유명한 할인판매점에 같이 다니면서 친해졌다. 그런데 어느 날 그 사모님이 날 은근히 부르는데 눈이 퉁퉁 부어 있는 걸로 봐서 좋지 않은 일을 당한 모양이었다.

"이보우 새댁, 내 말 좀 들어봐요."

나를 초대한 사모님은 과일 한 접시를 깎아놓고는 그예 눈물바람이었다. 평생 교육에 헌신해 내년이면 교감선생님으로 정년을 맞는 영감님한테 사랑을 듬뿍 받고 있고, 또 곱게 키운 두 아들은 남부럽지 않은 직장생활을 하고 있는 걸로 알고 있던 나는 고개를 갸웃거렸다.

"도대체 무슨 일이세요?"

속사연을 듣고 난 나는 어안이 벙벙해졌다. 절대 그럴 것 같지 않던 그 교감선생님이 늦바람을 피웠다는 것인데, 바람피운 사실보다는 바람을 피워온 내용이 끔찍했다. 벌써 십몇 년째 공휴일이면 꼬박꼬박 등산복을 챙겨입고 나간 영감이 사실은 따로 살림을 차린 여자의 집으로 출퇴근을 했다는 거였다. 더 놀라운 일은 몇 해 전 신도시로 이주했을 때 그 여자의 집도 신도시로 옮겨준 모양인데 등잔 밑이 어둡다고 그 집이 바로 아파트 두 동 건너 605동이었다.

"어떻게 그런 위선자가 있을 수 있을까, 응? 감쪽같이 날 속이고 바로 코앞에서 그 짓거리를 하다니? 평소 그렇게 입만 열면 고결한 교육정신을 들먹이고 요즘의 문란해가는 풍습을 한탄하던 사람이 말이야……"

나는 그 자리에서는 사모님을 극진히 위로해주는 것밖에는 도리가 없었다. 물론 속으로 분노를 곱씹고 있었지만. 남자라는 동물에 대해서.

근데 왜 그때 남편의 얼굴이 불길하게 어른거렸을까? 그래서 그날 저녁 남편의 밥상을 물리고 나서,

"당신 혹시 바람 같은 거 안 피워요?"

하고 물어 봤더니 남편은,

"여자는 당신 한 번만으로 족해. 내 머릿속 회로에는 여자라는 감정의 동물이 들어와 헤쳐놓을 구석이 없어. 그런 프로그램이 아예 입력돼 있질 않거든."

"혹시 나한테 그럴듯한 이중 알리바이를 조작하고는 뒤에서 딴짓하는 거 아녜요?"

"알리바이? 하하하, 알리바이도 완벽하게 조작된다면 그것 역시 현실로 인정해줘야지, 아암."

농담인지 진담인지 모를 남편의 말을 들으며 난 가벼운 한숨을 쉬었다. 한편으론 안심이 되면서도 아쉬운 감정이 솟아난 것이다.

여자의 마음이 다 그렇게 간사한 것인지도 모른다. 남편이 깨끗하기를 바라면서도 한편으로는 그 남편의 완벽함이라는 신화가 한 번쯤 인간적으로 깨지는 모습이 보고 싶었다. 그러나 나는 일 주일 뒤

그러한 생각이 얼마나 사치스러웠는가를 절실히 깨달아야 했다.

쓰레기 재활용품을 공동 적치장에 내다 놓고 들어오려는데 우편함에 편지가 하나 꽂혀 있었다. 무심코 빼 뜯어보니 과속 차량으로 적발돼 날아온 과태료 고지서였다. 남편이 이런 실수를 하다니, 결혼 이후 처음 있는 일이었다. 나는 편지를 들고 집으로 들어가 식탁 위에 내려놓았다. 그 순간 편지 안에서 고지서말고 딴 게 불쑥 비어져나왔다. 사진 한 장이었다.

그것은 무인속도 측정기가 과속차량을 단속한 사진이었다. 운전석이 선명하게 잡혀 있었고 차량번호판도 뚜렷했다. 틀림없는 남편 차였다. 적발된 장소와 시각, 적발 당시의 속도 등이 빼도 박도 못 하게 찍혀 있었다. 132킬로! 엄청나게 기분내며 질주했군!

그런데 조수석에 웬 젊은 여자가 동승하고 있는 게 아닌가? 여자는 고개를 운전석 쪽으로 약간 기울이며 엷은 미소를 띠고 있었다. 왜, 여자의 본능적인 직감이라는 게 있지 않은가? 나는 사진 속의 여자 표정을 보는 순간 뭔가 뒤통수를 때리는 예감을 받았다. 그렇다! 그것은 틀림없는 불륜이었다!

남편에 대한 배신감 때문인지, 아니면 남편의 철옹성 같던 신화가 깨지는 것에 대한 쾌감 때문인지 나의 손은 이 완벽한 물증 앞에서 부르르 떨리고 있었다.

'아아, 이 완벽한 물증 앞에서는 어떠한 알리바이도 조작하지 못할 테지!'

나는 일말의 인간적 배려로 퇴근해 돌아온 남편의 저녁식사를 마치기를 기다렸다가 입을 열었다.

"임용빈씨, 당신 지난 십이일 오후 세시 이십사분 삼십이초에 어디서 누구와 있었어?"

남편은 나를 한번 힐끗 쳐다보더니 말없이 호주머니에서 전자수첩을 꺼내 자신의 스케줄을 검색하기 시작했다.

"전화 한 통화면 확인이 되겠지만, 정확히 십이일 오후 세시 이십사분 삼십이초에 난 소회의실에서 김부장과 새로운 소프트웨어의 개발에 대해 논의하면서……"

"말도 안 되는 알리바이는 집어치워! 이런 완벽한 물증 앞에서 어떻게 그런 뻔뻔스런 거짓말을 할 수 있어? 당신은 사람도 아냐! 위선으로 똘똘 뭉친 더러운 속물이야!"

나는 사진을 내던지며 소리쳤다.

"임용빈! 이것이 당신의 구멍난 모습이라구!"

남편은 그러나 사진과 나를 번갈아 쳐다보면서 낯빛 하나 흐트리지 않았다. 이런 완벽한 물증 앞에서까지…… 나의 분노는 폭발 일보 직전이었다. 그러나 최후의 일격을 위해 분노를 아낄 수밖에 없었다.

"나의 알리바이는 완벽해. 자, 이 사진을 잘 봐. 물론 내 차는 맞지. 하지만 난 그때 문산에 있는 창고로 출장을 가는 박대리에게 내 차를 빌려줘야 했어. 회사 차가 갑자기 고장나는 바람에. 당신이 주의 깊게 관찰했으면 금세 알 수 있었겠지만 후면경 때문에 눈두덩이 가려진 이 운전자를 잘 보라구. 오른쪽 뺨에 나한테 있는 사마귀점이 없잖아. 그럼 됐어? 오해가 풀렸으면 디저트로 사과나 하나 깎아 내오라구."

난 완벽한 물증이라고 여겼던 사진 앞에 풀썩 주저앉았다. 역시 남편의 알리바이는 완벽했다. 내가 그렇게 철석같이 믿었던 완벽한 물증은 쓸데없는 휴지조각으로 변해가고 있었다. 나는 뭔가 알 수 없는 서러움에 복받쳐 그 자리에서 질펀하게 엉엉 울음을 쏟아내기 시작했다.

살아남기

'신세대의 구매력을 잡아라!'

회사가 새로 내놓은 기본 전략이었다. 요즘 신세대는 머릿수로 따져도 전체 인구의 이십 퍼센트를 훨씬 웃돌 뿐 아니라, 실제 구매력 면에서는 그 영향력이 사십 퍼센트 이상이라는 분석이 기획실에서 나왔다.

또한 신세대의 구매 형태는 가히 폭발적이어서 한번 그들의 입맛에 착 달라붙는 상품이 터져주기만 한다면 회사가 불붙듯이 일어서는 것은 시간 문제라는 거였다. 따라서 경영진 쪽에서 일찌감치 신세대 취향의 상품 개발에 눈독을 들이는 것은 아주 당연한 일이었다.

"흥, 무슨 얼어죽을 신세대람!"

천만세 부장은 이상하게 '신세대'라는 말에 거부감을 갖고 있는 사람 중에 하나였다. 주변에서 신세대니 어쩌니 하면서 떠들어대는 게 여간 못마땅스러운 게 아니었다. 부장보다 더 늦게 나오고 일찍 퇴근

하는 건 시대 조류가 변해서 그렇다 치더라도, 한껏 목청을 세워 지시해도 씨알이 먹혀들지 않는 게 바로 신세대 신입사원들 아닌가? 아무튼 천부장이 보기에는 천방지축 망나니들이 바로 신세대였다.

그러나 천부장에게도 발등의 불이 떨어지고야 말았다. 회사에서 강 건너 불 구경하듯 나 몰라라 하고만 있는 중견간부들에게 특별히 'X세대 체험' 지시를 내린 것이다. 이 해괴한 지시는 다름이 아니라 신세대 쪽에 초점을 맞춘 회사의 기본 전력이 성공하기 위해서는 우선 낡은 마음과 시각을 가진 간부들부터 변해야겠다는 내용이었다.

"천부장님, 오늘은 저희가 모시겠습니다."

토요일 오후만 되면 캐주얼 복장을 한 말단사원들이 저마다 평가보고서를 들고 저승사자처럼 몰려들었다. 쳇, 지들이 언제부터 부장인 나를 그렇게 깍듯이 모셨단 말인가?

회사에서 한 달 기한을 정해 매주 토요일은 회사 간부들의 'X세대 체험의 날'로 정했다. 주로 신입사원들로 짜인 몇 팀이 돌아가면서 간부들을 하나씩 골라 신세대 문화를 체험시키는 날인 것이다.

"으응, 저어 그런데 오늘은 내가 좀 바쁜데 한 번쯤 그냥 넘어가면 안 될까? 집사람이 오늘 모처럼 만에 외식을 같이 하자고 해서 말이지, 응?"

"아 예, 외식을 하시겠다고요? 아, 그러셔야죠 아암."

웬일인지 딱따구리처럼 으르딱딱거리던 놈들이 수월하게 되돌아서는 게 아닌가. 천부장의 두터운 입술 새로 안도의 한숨이 새나오는 찰나.

"야야, 우리도 노땅들하고 놀아주는 게 정말 너무 피곤한데 굳이 사정할 것 없이 이 자리에서 평가보고서 써 올리자고."

그 말을 듣자 천부장은 부젓가락에 손을 댄 아이처럼 소스라쳤다.

"어? 아냐, 아냐. 같이들 가자고."

그 점수는 물론 신입사원들이 작성하는 평가보고서에 올라가 인사부에서 인사고과를 하는 자료로 활용될 참이었다. 참, 더러워져도 징하게 더러워진 세상이었다. 천부장은 속으로 혀를 끌끌 찼지만 그나마 밥줄을 매고 있는 이 만년 부장 자리를 유지하려면 꾹 참고 배기는 도리밖에는 없었다.

올해 큰딸애가 대학에 입학하지 않았던가! 앞으로 적어도 오 년 이상 이 직장에서 붙어먹으려면 이 고비를 잘 넘겨야 한다고 굳게 맘먹었다.

'그래 무조건 살아남는 놈이 장땡인 것이여!'

하지만 천부장으로서는 참 죽을 맛이었다. 압구정동 로데오 거리에서 시작해 홍대 앞 카페촌까지 샅샅이 훑고 다닌 것은 물론, 노래방에 들러서는 그 혀조차 마비될 정도로 퍼부어대는 랩송이나 방정맞는 레게까지 불러가며 실력을 측정받았다. 무슨 '……아이들'이라는 노래단 연주회장에 들러서는 거의 실신할 정도로 넋을 놓다가 돌아오기도 했다.

"흐흐, 그 동안은 잘 견디셨지만 오늘은 각오를 하셔야 할 겁니다."

천부장은 겁이 더럭 나서 동공을 확대시키며 고개를 돌렸다.

"오늘은 도대체 어디로 가슈, 여러분들?"

그들은 서로의 얼굴을 쳐다보며 빙글빙글 웃을 뿐이었다.

그리고 나서 그들이 데려간 곳은 바로 록카페였다. 아아! 아마도 생지옥이 있다면 바로 이런 곳이리라. 천부장은 경기 들린 아이처럼 어쩔 줄 몰라 자꾸 탁자 아래로 꺼져만 갔다.

"부장님, 흥겨운 재즈음악이 이처럼 신나게 터져나오는데 춤 한번 추셔야죠?"

"춤을……? 안 돼, 너희들이나 추어."

"에헤 이러시면 평점이 짜질 수밖에 없는데……"

에라이, 그놈의 평가, 점수! 그러나 그놈의 평가가 암만 무서워도 한 번 탁자 밑으로 기어들어간 천부장을 다시 끌어내기는 힘들었다. 천부장의 머리 위 탁자에서는 벌써 몇몇 연놈이 뛰어올라가 괴상한 '지랄발광' 춤을 추느라 고막이 터질 듯한 벼락 소리가 울리고 있었다.

천부장의 인내에도 한계가 있었다. 너무 긴장한 탓인지 등뒤에서 식은땀이 줄줄 흐르고 아랫배가 살살 아파오면서 설사가 금방이라도 항문을 통해 쏟아져내릴 것 같을 무렵 그는 탁자를 벌떡 제치고 일어섰다. 그 바람에 탁자에서 몇 녀석들이 "어이쿠" 하며 바닥에 나뒹굴었다.

"어, 이 아저씨 보기보담 아주 개성적인 춤을 추네, 응? 아주 재미있는 춤인걸. 잘하면 크게 유행하겠어."

천부장이 쏟아지려는 설사를 막기 위해 안간힘을 다해 괄약근에 힘을 주어 다리를 꼬고 엉덩이를 추켜들며 이리저리 몸을 비트는 모습을 보고 주위에 몰려든 젊은 패거리들이 쑤군거렸다.

"나도 한번 따라서 해볼까? 거, 아주 원초적 몸짓이 환상적인데, 응?"

수많은 무리들이 천부장 주위에서 몸을 비트적거리기 시작했다. 음악은 어느덧 헤비메탈 쪽으로 바뀌어 있었다. 자신의 몸뚱어리를 내려다보던 천부장은 어느새 설사기가 가셨는지 기꺼운 표정으로 입속으로 '백점이다, 백점. 나는 살아남았다' 하는 알 듯 말 듯한 중얼거림을 곱씹고 있었다.

그러나 그는 그 순간 자신의 바짓가랑이를 축축하게 적시고 내려오는 액체가 있다는 사실을 깨닫지 못하고 있었다.

대역인간(代役人間)

"벌떡 섰다! ○번 설진성!"

"떴다 봐라! ×번 이성호!"

승객들을 짐짝처럼 와그르르 토해놓은 마을버스에서 간신히 빠져나와 헐레벌떡 역광장을 가로지르는 박봉출씨의 귀에 낯선 구호들이 달라붙는다. 바야흐로 시절은 선거철이다.

그러나 역광장을 뛰면서 넥타이를 고쳐매야 할 정도로 눈알이 팽팽 돌아가는 봉급생활자 노릇을 하는 박봉출씨는 출근길에서의 유세 광경 같은 것은 안중에도 없다. 후보자들도 하도 많아 누가 누구인지 구분이 안 된다.

'그 ×이 그 ×이지 뭐. 알아서 떠들라고 해!'

봉출씨는 말하자면 정치 무관심증에 물든 축이다. 다만 선거가 박봉출씨에게 의미가 있다면 그날이 공휴일로 지정되었다는 사실 하나 뿐이다. 여차즉하면 등산 가방을 메고 훌쩍 어디론가 떠나거나, 텔레비전 채널을 이리저리 돌리며 안방 구들 신세를 질 작정이다. 그런 데……

광장을 가로질러 막 층계를 올라서려는 순간, 명함을 돌리는 운동원을 앞세운 한 후보가 그의 눈길을 끄는 것이다. 엉거주춤한 자세로 명함을 받자 뒤이어 그 광역단체 의원인가 뭔가로 출마한 후보자가 함박꽃 같은 미소를 지으며 그 앞으로 다가왔다.

"제가 바로 설진성입니다. 잘 부탁드리겠습니다."

"어, 어…… 너, 너 덕권이 맞지? 고삼 때 짤린……" 그러자 상대방은 "이거 사람 잘못 보셨는데요" 하면서 얼른 고개를 돌려 비켜서는 것이다. 그러나 봉출씨는 자신이 결코 사람을 잘못 본 것이 아니라는 확신이 섰다. 상대방이 콧방울을 벌름거리며 코방귀를 팽팽 뀌어대는 버릇도 똑같거니와 왼손등 위에 길게 남은 흉터도 바로 그 증거이다.

'사람은 틀림없는데 왜 날 모른 척할까? 이름도 바꾸고 말이야. 이런 일이 세상에 일어날 수 있단 말인가. 어쨌든 녀석, 되게 출세한 모양이네.' 봉출씨는 하루 종일 찜찜한 기분을 감출 수 없었다.

'세상이 널 속이고 있는 건가, 아니면 내가 세상을 속이고 있는 건가?' 아무튼 기권을 하리라고 맘먹었던 봉출씨는 일단 선거날에 투표장에 가 그 설진성으로 분장한 박덕권이를 찍을 수밖에 없었다. 하지만 이 수수께끼를 꼭 풀고야 말리라! 봉출씨는 투표장을 나서며 두 주먹을 불끈 쥐었다. 그 기회는 우연찮게도 수월하게 찾아왔다. 선거가 끝난 며칠 뒤 만원 전철칸을 빠져나와 터벅터벅 역광장을 가로지르는데 누군가 다가와 어깨를 툭 건드리는 것이었다. 바로 그 설진성, 아니 박덕권이었다. "봉출아, 너 알지? 맞다, 고삼 때 짤린 박덕권이다."

"저는 이렇게 높으신 의원님을 알지 못합니다. 사람 잘못 보셨어요."

"어허, 얘가 왜 이러나? 그러지 말고 화 풀어. 그땐 내가 다 말 못할 사정이 있었단 말이야. 들어보지도 않고설랑……"

근처 포장마차로 자리를 옮겨 덕권의 말을 다 듣고 난 봉출씨는 콧등이 시큰해왔다.

"최근에 내가 영화촬영장에서 엑스트라로 뛰면서 입에 풀칠을 하고 있었거든. 마침 한량으로 놀고먹던 국내 굴지의 영화사 장남이 지방의 원에 출마했는데 그만 가벼운 교통사고를 당했지 뭐야. 그래서……"

"그러니깐 넌 얼굴 생김새가 비슷하다는 이유로 대신 뛴 것이구나."

덕권씨는 쓸쓸한 미소를 지었다.

"그래, 단역배우 일당은 두둑히 받았니?"

"엑스트라로 뛴 것 중에선 제일 후했단다. 그래서 내가 이렇게 오랜만에 만난 친구인 네게 술이라고 한잔 사는 거 아냐? 그런데 왜 이렇게 허탈할까, 봉출아?…… 아니, 도대체 내가 누군지 통 모르겠는 거 있지? 그 동안 몇 초 안 되는 장면이지만 엑스트라로 뛰면서 연기를 한다는 문화인으로서의 자부심은 있었거든. 그런데 지금은 그런 알량한 자부심마저 사라졌어. 난 대역인간이었던 거야. 남의 꼭두각시 노릇을 하다가 쓰러질 운명을 지닌 남아도는 인간 쓰레기 말이야. 그게 바로 나였다는 걸 이번에 뼈저리게 느꼈어."

봉출은 술잔을 입으로 가져가 마구 뒤집는다. 이유는 단 하나, 취하고 싶었던 것이다. 둘은 엉망으로 취해 서로의 어깨에 기댄 채 길거리로 나섰다. 도시의 매연에 가려진 하늘에 운 좋게도 희미한 별이 서넛 떠 있는 게 두 사람의 축축해진 눈동자에 비쳤다.

"덕권아! 너는 쓸모 없는 대역인간이 결코 아냐! 너는 바로 저 하늘의 별이야. 왜냐면 넌 마음마저 가난한 놈이 아니기 때문이지, 어때? 내가 지금 횡설수설하고 있는 거니?"

"아니!"

둘은 갑자기 서로를 꼭 껴안았다.

화장실에 대한 명상

화장실을 노려라!

자칫하면 연약한 여성을 노린 치한이나 변태성욕자의 은밀한 행동 지침쯤으로 비칠지도 모를 말이긴 하다. 그곳보다 더 그런(?) 짓을 저지르기에 안성맞춤인 데는 없을 테니 말이다.

하지만, 천만에! 이 나라의 경제를 쥐락펴락하는 어느 굴지의 재벌 총수의 입에서, 그것도 기획조정실 회의를 주재하는 어느 아침 석상에서 공식적으로 주저없이 튀어나온 말이었다.

"황차장, 내가 화장실을 안방처럼 꾸미자고 한 말뜻을 이해하겠는가?"

손가락 끝으로 가슴을 후벼팔 듯이 지적당한 황차장의 불안한 마음은 미루어 짐작할 수 있을 것이다. 지루한 회의 분위기를 깨기 위한 농담 같기도 하고, 심오한 경영철학이 담긴 것 같기도 하고 전혀 종잡을 수 없지 않겠는가?

"아 예, 좋은 아이디어라고 생각됩니다……"

누구든지 일단 생각할 시간을 벌자는 생각이 들어 어정쩡한 답변부터 내놓지 않을 수 없을 터였다.

"어떤 의미에서?"

'그걸 니가 알지, 내가 아냐 짜샤!'

생각 같아선 이렇게 대꾸해주고 싶지만…… 포도청인 목구멍이 꿈틀거려서 잠자코 통박을 재어 거창하게 떠벌릴 수밖에 없었다.

"우리나라의 화장실 문화는, 문화랄 것도 없이 거시기…… 무엇이냐, 냄새나는 똥두간 아닙니까? 그런 화장실 풍습이 딴 나라에 비해 너무 뒤쳐져 있는 것 같습니다. 그래서 저…… 하루빨리 세계화의 문턱에 다가서기 위해서는 무엇보다 불쾌하고 지저분한 똥두간 개념을 버리고 품위 있는 화장실 문화를 끌어올리는 게 급선무이며, 따라서 에…… 화장실 시설을 최고의 수준으로 유지함으로써 기업의 대외 이미지를 개선하고……"

총수의 입 안에서 혀가 입천장을 두드리는 소리가 새나왔다.

"끌끌…… 그렇게들 생각이 모자라서야……"

그 한마디에 회의석상은 찬물을 끼얹은 듯 조용해졌다. 아니 엄숙해졌다.

"오해들을 하고 있어요, 오해를. 내가 화장실을 우리네 안방 수준으로 끌어올려야 한다고 말했을 때는 단순히 볼일을 처리하는 데 그치는 우리의 시설을 뜯어고쳐 복지수준이나 향상시키자는 뜻이 아닙니다."

총수의 말인즉, 화장실이야말로 냄새나고, 구부정하게 앉아 담배나 빨다가 후딱 일이 끝난 다음 뒤도 안 돌아보고 떠나는 곳이 아니라 반짝거리는 아이디어가 번뜩이는 아주 생산적인 곳이라는 설명이었다.

"사실 옛날의 똥두간이 몹시 지저분하다고 지적들은 하지만, 그곳이야말로 각종 아이디어가 백출하는 장소로써 훌륭한 구실을 했어요. 거시기가 꾸역꾸역 밀려나오든 말든 쭈그러뜨리고 앉아 있자면, 고약한 시집살이하는 며느리에게는 시에미를 골탕먹여줄 묘안이 나오고, 또 머슴들한테는 일종의 휴식시간이면서도 밀린 농사일을 효율적으로 처리하는 방안을 짜내는 공간이기도 했다는 것 아닙니까?"

그 말은 지금 시점으로 갖다놔도 부정할 수 없는 사실이었다. 최근 회사의 매출액을 부쩍 늘려준 냉장고와 세탁기에 적용된 여러 가지 아이디어의 창안자들이 한결같이 화장실에 쭈그리고 앉아 있다가 문득 떠오른 생각을 정리했다고 털어놓았다. 회사 자체의 설문조사로도 직원들이 의외로 화장실에서 은밀한 '밀어내기' 쾌감을 즐길 때 머릿속이 가장 개운해졌으며, 따라서 화장실이야말로 각종 사내 제안이나 기발한 아이디어가 쏟아지는 공간이라는 조사결과가 그룹 고위층에 전달된 것이었다.

예를 들어 영업부 봉대리의 고무봉 아이디어가 대표적인 경우였다.

"맨날 그 돌려주며 빨아준다는 봉세탁기 선전을 볼 때마다 심한 열등감을 느꼈지 뭡니까. 그 묵직한 봉은 세탁기의 성능과 관계없이 저의 내밀한 콤플렉스를 쏘삭거리는 것이었습니다. 헤헤, 사실은 제가 집에서 요즘 좀 시원치 않았거든요. 도통 몸이 말을 들어줘야죠. 대충 아시다시피 영업이라는 게 몸으로 때우는 것 아닙니까? 주간엔 주간대로, 그리고 밤에는 밤대로 술상무하랴 어쩌랴, 다들 알 만큼은 알 겁니다.

하루는 화장실 변기에 앉기 위해 이렇게 엉거주춤하면서 척 내려다보니깐 팬티가 닳아빠져서 구멍이 나 있는 거예요. 한심하더구만요. 암만 요즘 제 구실을 못 하는 남편이라지만 마누라가 남편인 저한테 이렇게 거덜난 내의를 입혀 내보낼 수 있느냐는 서운함이 노골적

258

으로 들더라구요. 근데 여편네 변명은 한결같거든요. 그놈의 세탁기에 솟은 봉이 세탁은 참 잘해주는데 그만 빨랫감을 상하게 한다는 거예요. 좌변기에 한참 앉아 있다 생각해보니 은근히 그 봉이 까닭 없이 얄미워지대요. 그러다가 무심결에 혼잣소리로, 아 그럼 그 딱딱한 봉을 부드러운 고무봉으로 바꾸면 빨래가 덜 상할 거 아냐 하는 말을 했거든요. 딱딱하다고 다 좋은가요, 뭐? 아, 이 말은 오해의 소지가 있으므로 취소하겠습니다. 아무튼 그 혼잣소리에서 힌트를 얻어 고무봉에 관한 사내 제안을 냈던 겁니다."

그 고무봉 세탁기가 정말 뛰어난 빨랫감 보호효과가 있는지 아니면 주부들에게 어떤 심리적 대리만족의 효과가 있었는지는 몰라도 아무튼 세탁기 매출액이 더 뛰어서 봉대리는 약속대로 늘어난 전체 매출액의 1퍼센트를 보장받아 일약 수천만원의 특별보너스를 챙겼다.

아무튼 총수의 말이 떨어지고 난 다음날부터 회사 건물의 화장실들이 몰라보게 달라졌다. 베개 하나만 던져놓고 그 자리에서 드러누우면 바로 안방일 정도였다. 바닥은 매끌매끌한 이탈리아 원산지의 대리석이었고 압구정동 레스토랑 저리 가라 할 만한 조명시설에다 최고급 벽지로 인테리어를 했다. 그런 곳에서 볼일을 본다는 게 왠지 죄만스럽고 황송하기 그지없었다.

황차장이 변비에 걸린 것은 그때부터였다. 예전 같으면 굵직굵직하게 밀고 나왔어야 할 거시기가 이상하게도 아랫배만 더부룩할 뿐 전혀 요동을 않는 것이었다. 병원으로 의사를 찾아가봐도 '신경성'이라는 도움이 되지 않는 진단뿐이었다.

아마 누구라도 안방처럼 삐까번쩍한 화장실을 들락거릴 때 편안함보다는 까닭 모를 불안감에 시달리지 않을 수 없을 것이었다. 이곳은 똥 누는 곳이 아니라 아이디어 생산공장이다. 이런 강박관념이 은근히 심리적 압박을 가했고, 그러다보니 배설작용이 원활히 이루어지지 않았다. 한참 변의가 느껴지다가도 그 으리으리한 화장실에 들어만 가면 금세라도 미주알을 떨치고 나올 듯했던 덩어리들이 딱딱하게 굳어서 온데간데없이 뱃속으로 박히는 느낌이었다.

"거 되게 어렵습니다."

어느 날 황차장은 끙끙거리며 이십 분이 넘도록 변기를 차지하고 앉았다가 바로 옆칸에서 자기처럼 쾌변이 되지 않아 쩔쩔매는 동지가 있음을 알고는 넌지시 말을 건넸다.

"사돈 남 말 허십니다, 그려."

목소리를 들어보니 어느 부서의 누군지 대충 짐작이 갔지만 괜히 알은체하는 게 부담스러울 것 같아 짐짓 모르쇠를 떼기로 했고, 상대방도 그것을 바라는 기색이었다.

"형씨는 그래, 황금빛 변기에 앉아 있으니 뭔가 아이디어가 반짝 떠오릅니까, 그래?"

"떠오르긴 개뿔이 떠올라요? 젠장, 예부터 시원한 배설이 사람의 삼대 즐거움 가운데 하나라고 일렀거늘, 도대체 똥두간이 똥두간처럼 생겨먹어야 이 지랄을 안 허죠, 그냥."

"어이구, 듣기만 해도 시원한 말씀, 누가 아니랍니까?"

"이건 하다못해 옛날 머슴들만도 못해요. 맘놓고 똥도 못 뽑아내고, 봉급 생활자 신세가 말이 아니지요."

"클클, 맞아요 맞아. 똥 누는 시간마저도 용납하지 않고 회사의 이윤을 쥐어짜는 데 써먹겠다는 발상이 아니고 뭡니까? 화장실이라고 겉치장만 번드르레 해놓고 말입니다."

"초(秒) 단위로 경영을 하겠다는 신 경영시대 아닙니까, 후유."

"그것도 좋지만 원."

"근데 똥두간에 대해 기억나는 것 없습니까?"

"기억이라기보다는 우스개 몇 마디 좀 할까요?"

"우스개 좋죠."

"그쪽도 알다시피 옛날 재래식 똥두간이라는 게 그들먹히 차 있을 때면 이용하기 참 곤란하잖아요? 까놓고 얘기하자면 밑에서 국물이 튄다는 거죠. 그걸 피하는 방법이 몇 가지 있었는데, 들어보시겠수?"

"거, 한번 해보슈."

"우선 첫번째 방법이 영어로 쇼트 커팅 시스템인데, 말하자면 짧게 끊어서 줄줄이 떨궈뜨리는 방법이고."

"아하, 낄낄."

황차장은 허리를 꺾고 아랫배를 움켜쥔 채 웃어젖혔다.

"그리고 둘째로는 레프트 라이트 시스템인데, 떨궈뜨리고 국물이 튀어올라올 때 엉덩이를 좌우로 흔들어 피하는 방법이라우."

"아이고 형씨, 제발 고만 웃기쇼! 하하."

"또요. 이번엔 커팅 앤드 점핑 시스템인데, 짜른 뒤 얼른 그 자리에서 뛰어올랐다 내려오는 거 말이우."

"거, 형씨 말을 들으니 변비약 먹은 것보다 더 미주알 끝이 부드러워지는 게 기분이 좋은걸!"

"아직 안 끝났수다. 끝으로 시간차 공격이라는 게 있어요. 보통 우리가 앞뒤로 동시에 일을 보는데, 이번에는 덩어리를 짜르고 난 다음에 시간을 뒀다가 오줌줄기를 깔아서 막 튀어오르는 국물을 제압하는 거예요. 이건 정말 고도의 테크닉이 필요한 시스템이지요."

황차장은 고개를 꺾은 채 웃어젖히느라 미처 화답할 겨를이 없었다. 아 그래, 무릇 똥두간은 똥두간일 뿐이야. 암만 치장을 한다 해도 안방이 될 수 없음은 너무나 자명한 일이고말고.

웃음 때문인지 그는 아랫배가 꿈틀 심하게 요동치는 걸 감지했다. 그 순간 그는 아랫배에 힘을 주었다. 그러자 커다란 마찰음과 함께 몸

속에서 뭔가가 급속히 빠져나가는 느낌이 들었다.

어, 시원타!

뱀술

국내의 내로라 하는 생명보험회사에서 비록 대우라는 거추장스런 꼬리표를 떼진 못했지만 자산운영부 유가증권 과장이라는 중책을 맡고 있는 황순구씨는 자신이 뜻밖에도 대공 용의자로 몰리자 그만 빈 자루처럼 맥이 좍 풀렸다.

"이것 어디서 난 것이오?"

그를 파출소 안으로 연행하다시피 데리고 들어간 은빛 이파리 두 장은 모자를 벗어 책상 위에 올려놓은 뒤 휴대용 무전기 안테나로 상자갑을 툭툭 건드리며 신중한 목소리로 물었다.

뭔가 대단히 불순한 물건이어서 차마 손으로 건드리기조차 꺼려진다는 태도였다.

황순구씨는 처음엔 영문을 몰라 어리둥절할 뿐이었다. 하라는 음주운전 단속은 않고 이게 무슨 짜장이람! 이렇게 속으로 투덜거리기는 했지만 어쨌든 음주측정기를 불지 않게 된 것만도 우선은 다행이라는 생각이 들었다. 측정 결과를 예측하기 어려울 정도로 술을 마시고 운전대를 잡았기 때문이었다. 하지만 그런 안도감은 얼마 지나지 않아 곧바로 찬물을 뒤집어쓰고 말았다.

"병마개를 따지도 않은 술병을 차 안에 넣어갖고 다니는 것도 뭐 단속 대상이 되는 겁니까?"

"묻는 말에 답변부터 하세요! 내가 가리키는 걸 잘 보시고."

황순구씨는 은빛 이파리가 무전기 끝으로 가리키는 부분을 유심히 들여다보았다. 거기에는 노랑 바탕에 빨강 붓글씨체로 조선민주주의인민공화국이라는 어구가 씌어 있었고 자강도 무슨 김정숙군 어쩌구 하면서 생산지 표시도 해놓았다. 그는 이거 참 괴상망측한 음주측정도 다 있구나 하고 생각했다. 하지만 아무리 술을 마셨다 쳐도 초등학생 수준의 한글을 모를까 싶어 큰 소리로 복창을 해주었다.

"배앰—술, 조선민주주의인민공화국, 원산지 자강도 김정숙군……"

"누구에게서 받았죠?"

은빛 이파리는 숨쉴 틈을 주지 않고 연달아 캐물었다. 그제서야 황순구씨도 문제의 심각성을 인식하게 됐다.

"그게 그러니깐……"

그런 의식이 들면서부터 괜시리 그는 주눅이 들어 말을 더듬지 않을 수 없었다.

"그, 그러니깐 말이죠. 우, 우리 부서 직원 가운데 이름이 최만복이라고 유가증권 평가 업무를 맡고 있는 친구가 있거들랑요. 그, 그런데 그 친구의 매제가 언론사 기자여서 판문점 출입을 한다고 합디다. 그런데 거기서 사귀다가 알게 된 북, 북한 기자를 통해서 몇 병 추석 선물로 마련한 것인데 그걸 저에게 한 병 선물한 것입니다. 오늘은 그 친구 첫아들의 백일 잔칫날이거든요. 예, 이건 분명한 사, 사실입니다."

"최만복씨라는 사람의 주소가 어떻게 됩니까?"

"아니, 술 선물을 한 것도 죄가 됩니까?"

"죄가 되고 안 되고는 조사하면 다 나오게 돼 있으니 묻는 말에 답변이나 하세요!"

"아니, 내가 지금 무슨 혐의로 이렇게 조사를 받아야 하는지 그 까닭이나 알고 받아야 되지 않겠어요? 도대체 무슨 혐의입니까? 이 술이 무슨 장물이라도 된다는 겁니까, 뭡니까?"

황순구씨는 의자를 비스듬히 옆으로 돌려앉으며 부러 뻑세게 나왔다. 암만 생각해도 너무 어처구니가 없다는 생각이 들어서였다. 그러자 슬그머니 부아가 뒤틀려오기 시작한 것이다.

"좋아요. 말씀드리죠. 선생은 지금 대공 혐의를 받고 있어요. 아시겠어요?"

"지, 지금 뭐, 뭐라고 하셨습니까?"

"대공 혐의자라고 했습니다."

"왜죠?"

"이 술이 어디 보통 술입니까?"

"물론 보통 술은 아니죠. 황구렁이로 담가서 북한에서도 최고품 대우를 받는 뱀술이라는 건 척 보면 아는 일입니다. 근데 북한 술을 가지고 있는 게 북한을 고무·찬양, 선전하는 행위라도 된단 말씀이세요. 지금?"

이렇게 답변을 하면서 황순구씨는 굳이 마다하는 자신의 차 안으로 그 뱀술을 부득부득 집어넣어주며 최만복씨가 장터거리 떠돌이 뱀장수처럼 속삭여준 말이 떠올랐다. "과장님, 오늘 이 술 한잔 하시고 사모님하고 방어전 한번 화끈하게 뛰어보십시오. 아마 내일 아침부터 사모님의 태도가 달라지실 겁니다. 흐흐……"

"이 뱀술은 북한에서도 최고위 당간부들만이 마실 수 있는 술이라는 겁니다. 아시겠어요?"

그 말을 듣자 황순구씨는 픽 하는 실소를 참을 수 없었다. 하지만 더이상 대꾸하고픈 생각이 싹 가신지라 아예 팔짱을 끼고 비켜 앉았다.

그때 숙직실이라는 문패가 달린 방문을 열고 제복 윗도리를 주섬주섬 걸치며 나오는 사내가 있었다. 대머리가 훌렁 까졌는데 황순구씨 앞에 앉아 있는 작자보다 이파리가 하나 더 많은 걸로 봐서 아마 소장쯤 되는 모양이었다. 그는 질긴 하품을 입가에 물고 늘어지면서 현상수배자 전단이 줄줄이 붙은 벽 아래의 소파에 털썩 몸을 던졌다. 그때였다. 그의 거적눈이 꿈뻑꿈뻑거리며 술병에 가 달라붙었다.

"아니, 이곳에 웬 뱀이지?"

"보시다시피 북한에서 밀반입한 뱀술입니다. 소장님, 제가……"

대머리는 하품을 하다 말고 눈을 휘둥그레 뜨며 대뜸 용수철처럼 앞으로 튕겨나왔다.

"이분이 소지하고 있던 건데, 제가 의문점을 좀 조사하고 있습니다."

은빛 이파리 두 장은 의기양양하게 보고했다. 그러나 대머리는 그의 보고에는 아랑곳없이 계속 감탄사를 연발하면서 뱀술병을 들고 그 안에 든 뱀을 요모조모 뜯어보는 것이었다. 황순구씨는 그런 모습을 아니꼽다는 듯 바라보고 있을 수밖에 없었다. 흥! 꽤나 먹고 싶은 표정이로군. 하지만 어림도 없을걸!

"이걸 선생이 갖고 오신 겁니까?"

"그렇소이다."

황순구씨는 배알이 꼴리는 걸 억지로 참으며 말했다.

"고맙습니다. 선생님 고맙습니다."

"고마울 거 하나 없소이다. 내가 여기 파출소에다 희사하려고 가져온 게 아니니, 오핸 마슈. 어떤 일이 있어도 내가 이걸 꼭 마시고 말 거외다."

"그게 아니고 말씀입니다. 내가 지금 막 꿈을 꾸고 나오는 길인데 고향이 함경도 성진이셨던 십 년 전에 돌아가신 우리 아버지가 뵈더라구요. 어느덧 백발을 기르시고 생전에 하시던 지팡이를 짚으셨는데 절더러 내가 널 한번 보고 싶어 왔는데 푸대접이 이리 심하니 그냥 가노라 하면서 스르륵 구렁이로 변하시더니 그냥 돌아가시는 꿈을 꿨는데, 이거 참 희한한 일 아녜요? 어쨌든 산 뱀은 아닐지라도 아버님이 그토록 살아생전에 돌아가시고 싶어한 이북땅의 구렁이가 이렇게 날 찾아주다니…… 이봐, 이경장 당신이 생각하기에는 그렇지 않소?"

"아닙니다. 듣고 보니 참 그럴듯합니다. 우연이 아닌 듯싶습니다."

이경장이라고 불린 은빛 이파리는 조서를 꾸미려고 내놨던 서류 뭉치를 도로 서랍 안으로 슬그머니 집어넣으며 맞장구를 쳤다. 그러자 대머리는 파출소 바닥에 엎드려 황순구씨의 술병 안의 뱀을 향하여 큰절을 올리는 거였다. 그 바람에 황순구씨는 그 즉시로 소장의 지시를 받은 은빛 이파리가 타주는 따끈한 커피까지 대접받고 융숭한 환송을 받으며 파출소를 떠날 수 있었다.

"근처를 지나다 불편한 일이 있거든 언제든 연락을 주십쇼, 황선생."

"아아, 나중에 뱀술이나 한잔하십시다, 이경장!"

대머리 소장 옆에 배웅을 나와 선 이경장이 벌레 씹은 표정으로 시큰둥하게 손을 흔들고 있었다.

신(新) 노비문서

서울 정도(定都) 팔백 년을 맞이하는 서기 2194년에 공교롭게도 정
도 육백 년을 기념하여 남산 팔각정 아래 묻어둔 타임캡슐이 이백 년
만에 발굴되었다. 당대의 풍속과 문화를 소상하게 알려주는 여러 가
지 귀중한 물품들이 쏟아져나와 온 국민의 관심과 찬탄을 자아내게
했는데 그중에 단 한 가지 고문서의 내용만이 끝까지 명쾌하게 해명
되지 않아 드디어는 각계의 권위자들이 모인 토론회까지 열리게 됐
다. 그 문서는 타임캡슐의 부분적인 고장으로 말미암아 땅속 습기를
받음으로써 군데군데 얼룩이 져 있어 판독을 더욱 어렵게 만들었던
것이다.

"혹시, 오래 전에 사라졌지만 옛날에 역사선생님이 가르쳐주셨던,
거 뭐라더라. 옳지? 편지 같은 게 아니었을까요. 종이에다 뭔가를 끼
적거렸다는 거."

토론에 들어가기에 앞서 사회자가 농담처럼 툭 한마디 던졌다가

참석자들한테서 핀잔을 바가지로 뒤집어썼다.

"편지라뇨?"

"이것 보세요. 이백 년 전만 해도, 좀 원시적이긴 했지만 전화라는 게 보급돼 있었고 심지어는 아주 초보적인 컴퓨터까지 사용했는데 왜 그렇게 번거로운 짓을 누가 일부러 했겠어요? 당치 않은 말씀 접어두세요."

의학계를 대표하여 나온 대머리 한만년 박사는 그 문서가 당대의 임상실험보고서라고 역설했다.

"이 문서는 이백 년 전의 의료 수준을 아주 생생히 보여주고 있습니다. 여기서 다루고 있는 환자는 지독한 정신병 환자로 추정됩니다만, 가령 이런 대목들은 어떻습니까? '나는 바로 당신이며 당신은 곧 나입니다……' 이것은 정신분열의 초기증상을 극명하게 보여주는 대목인데 자아에 대한 정체감이 무너지면서 정신적 아노미(혼돈) 현상을 겪는 모습입니다. 그밖에도 '시도때도없이 당신의 목소리가 들린다' 든지 하는 환각, 환청 증세가 곳곳에서 드러나고 있습니다. 결론적으로 우리는 이 보고서를 통해 당대에는 의료 수준의 한계나 사회적 스트레스로 인해서 많은 사람이 심각한 정신질환을 앓았다는 객관적 사실을 알 수 있다고 봅니다."

그러자 콧수염을 여덟 팔자(八)로 근사하게 기른 사회학자가 반론을 들고 나왔다. 그는 귓바퀴에 끼워놓았던 전자볼펜을 꺼내쥐고는 미리 준비한 조그마한 전자차트를 쿡쿡 찌르며 정열적으로 자신의 의견을 풀어냈다.

"나무만 보고 숲은 보질 못하셨군요. 물론 한박사의 견해에도 일리는 있습니다. 이 문서에는 당대인의 정신적 문제가 다뤄지고 있는 게 사실입니다.

그런데 문제는 그것조차도 어떠한 사회적 배경에서 다뤄지고 있는

가 하는 것입니다. 이런 점에 착안해 연구한 결과 저는 이 문서가 당대에 횡행했던 야만적 고문(拷問) 수사기록일 가능성이 높다는 결론을 이끌어냈습니다. 보십시오. 이렇듯 아주 끔찍한 상황이 많이 나옵니다. '뜬눈으로 밤을 지새운 지도 벌써 사흘째……' 이것은 바로 잠 안 재우기 고문의 하나였을 것으로 추정됩니다.

'생각할수록 가슴이 미어지는 고통을 감수하며…… 입술이 부르트도록 당신의 이름을……' 뭐 이런 대목은 요즘은 가히 상상할 수도 없는 구타 고문의 한 장면일 가능성이 높습니다. 공식석상이라서 더이상 자세한 대목들을 미주알고주알 다 밝힐 수 없어 유감입니다만 이 정도로만 예를 들어도 이 문서의 성격은 분명해지리라 믿습니다. 어떻습니까, 여러분? 이 문서야말로 우리 선조들이 당대에 저질러졌던 고문 관행을 후세에 전해 다시는 그런 일이 일어나지 않도록 경계하고자 했던 게 아닐까요?"

일부 청중 사이에서 박수 소리가 터져나오긴 했지만 아무래도 전폭적인 동의를 이끌어내기에는 부족한 듯하자 다른 토론 참석자는 그 문서가 이백 년 전의 상거래 관습을 보여주는 문서임이 틀림없지만 일종의 불공정 거래일 가능성이 높다는 견해를 펼쳐 보였다가 청중들의 야유를 받았다.

"'저의 모든 것은 바로 당신의 소유입니다.' 이 대목은 바로 소유권 이전이 완료됐다는 당대의 표현으로 여겨집니다. 그런데 그 거래 대상이 뭔지 특정돼 있지도 않고 또 구체적으로 어떤 거래 조건인지 등이 밝혀져 있지 않습니다. 또 앞서 토론자들께서 밝혀주셨듯이 육체적·정신적 고통이 수반되는 상황에 처해 있었던 것으로 보아 공갈·협박에 의한 불공정 거래가 아니었을까 싶기도 합니다. 따라서 전 그 시대가 불공정 거래가 널리 행해졌던 아주 불합리한 시대였다고 결론내리고 싶습니다."

그러나 청중들의 관심을 제일 많이 끈 것은 역사학자인 송만호 교수가 제시한 신 노비문서론이었다.

　"이 문서의 핵심 구절을 놓치면 안 됩니다. 바로 이것이죠. '남들은 복종이 자유의 반대라고 말하지만, 당신에 대한 절대 복종이 저에겐 절대 자유입니다…… 당신에게 복종할수록 전 자유롭습니다.'"

　"무슨 소리요? 학계에서도 노비제도가 철폐된 시기는 삼백 년이 넘는다고 공인했소. 그런데 이 문서는 겨우 이백 년 전의 것이란 말이오."

　그러자 그 역사학자는 흥분된 얼굴빛으로 대꾸했다.

　"그 기존 학설을 뒤집는 결정적인 물증이 바로 이 문서란 말입니다. 참고인으로 구비문학 전공의 대가이신 한울대학의 석맹희 교수를 모시겠습니다. 자, 여기 끝 구절인 '나는 당신의 종입니다' 라는 구절에서 종의 의미가 무엇입니까?"

　"에헴, 그 동안 학계에서는 이 종의 의미를 둘러싸고 의견이 분분했습니다만, 제가 공들여 연구한 결과 이는 소리나는 종(鐘)도 아니고 씨앗을 의미하는 종(種)도 아니고 노비를 의미하는 순수한 우리말임이 판명되었습니다. 따라서 이 문서가 노비문서라는 송교수의 신 노비문서론이 옳다고 생각됩니다. 지금이라도 역사는 다시 씌어져야 합니다."

한줌의 믿음

겨울의 문턱을 막 넘어선 어느 날이었습니다. 바깥 업무를 마치고 점심때쯤 지하철에 올라 느긋하게 회사로 돌아가던 맹과장은 역 안 내방송을 듣자마자 급한 설사라도 만난 사람처럼 열차에서 후닥닥 뛰어내렸습니다.

그가 내린 곳은 지하통로를 통해 바로 백화점 입구로 이어지는 지하철역이었습니다. 며칠 뒷면 자신의 장모가 쉰여덟번째 생신을 맞는다는 사실이 퍼뜩 떠올랐던 겁니다.

십 년 전 아내와 결혼시켜달라고 할 때 유달리 반대가 심했던 장모였지만 맹과장은 그 동안 장모에게 변변한 생일선물 한번 못 해드린 게 죄만스러워 '이번만은' 하며 벼르고 있던 참이었습니다.

매장을 둘러보던 맹과장은 추석날 처가에 갔을 때 눈에 띈 장모의 허전했던 목이 문득 생각나 팥알만한 진주알이 박힌 금목걸이를 선물로 골랐습니다. 그리고는 그날 아침 아내 몰래 챙겨온 비자금을 꺼내 뿌듯한 마음으로 카운터에 올려놓았지요. 물론 극적 효과를 노리기 위해 자신이 장모 선물을 마련했다는 사실을 생일 아침까지 아내한테도 비밀에 부칠 생각이었습니다.

그런데 호주머니 깊숙이 집어넣은 자그마한 보석함을 만지작거리며 백화점을 빠져나오려던 맹과장의 눈에 어디서 많이 본 여자, 바로 자신의 아내가 띈 것입니다. 그는 아무 생각 없이 다가가 알은체를 하려다 말고 멈칫 서버렸습니다. 이상한 예감이 찬바람처럼 뒤통수를 훑고 지나가는 것이었습니다.

우선 커다란 대리석 독수리상 앞에서 누굴 기다리는 것 같은 아내의 차림새부터가 무척 낯설었습니다. 검은 색안경에 짙은 립스틱 하며, 탐정영화에 나오는 여인처럼 알록달록한 스카프를 뒤집어쓴 아주 수상쩍은 모습이었던 겁니다. 아내는 밖으로 자신을 만나러 나올 때 한 번도 그런 옷차림을 한 적이 없었습니다.

'설마……' 맹과장의 이마에 굵은 주름살이 잡히기 시작했습니다. '그럴 리는 없겠지만…… 사람의 일이라는 게 모르잖아. 설마가 사람 잡는다고…… 나 몰래 어떤 놈팽이하고……' 맹과장은 큼직한 기둥 뒤에 재빨리 몸을 숨기고 아내의 행동거지를 살피기 시작했습니다.

그런데 이게 웬 우연의 일치일까요. 바로 그 시각에 맹과장의 장모인 한소라 여사가 그 백화점에 들렀다는 거 아닙니까? 왜냐고요? 대머리인 남편이 겨울을 나는 데는 필수품인 털모자를 고르기 위해서였답니다.

이리저리 구경 다니던 한여사는 자신을 미처 발견하지 못한 사위가 이상한 행동을 하는 걸 목격하게 된 겁니다. 비밀접선을 시도하는 공작원모양 몸을 사리다가 기둥 뒤로 숨기는 게 예사롭게 비치질 않았지요. 그 순간 여자로서의 본능이 작동한 한여사의 머릿속에 불길

한 예감이 스쳤습니다.

　'어이구, 내가 그렇게 말린 결혼이었는데, 저 사위란 놈이 혹시 우리 딸 몰래……'

　세상사라는 게 꼬이기 시작하면 한이 없는 것 아닙니까? 일은 거기서 그치지 않았답니다.

　네번째 등장인물은 바로 그 한여사의 남편인 박영감이었습니다. 그러니깐 맹과장의 장인인 셈이죠. 그 박영감이 오늘따라 '장땡'을 잡았습니다. 물론 오늘은 노름판에서 돈을 딴 게 아니었습니다. 노인들이 많이 모이는 공원에 방송차가 나와서 인터뷰를 해갔는데 허우대도 좋고 말주변도 괜찮은 박영감이 마이크를 잡는 바람에 몇만원의 사례비를 받은 겁니다.

　박영감은 사례비를 받자 평소 햄스터인가 뭔가를 갖고 싶다고 입버릇처럼 외던 큰딸네 손주녀석이 생각났습니다. 흰쥐처럼 생긴 그 애완동물 이름이 햄스터라는 걸 박영감 역시 백화점에 와서야 알았지요.

　그런데 놀부가 흥부 집에서 빼앗아간 화초장 이름을 안 잊어버리기 위해 줄곧 뇌까리며 걸어가듯 외국말로 된 햄스터, 햄스터를 중얼거리며 가던 박영감에게 사람들 속에서 남편 몰래 백화점을 서성거리던 한여사의 수상쩍은 모습이 걸려든 겁니다.

　'아니, 저 할망구가!'

　박영감은 부인 한여사가 또 그 허영기를 참지 못해 전처럼 사치를 부리러 나온 줄 착각했던 모양입니다. 그래서 우악스러운 걸음을 한여사 쪽으로 떼어놓는데 누군가 옆에서 팔짱을 낚아채지 뭡니까? 이건 또 웬 ×빽다귀인가 싶어 돌아보니 뜻밖에도 시집간 큰딸이었습니다.

　"아버지 저 좀 보세요! 그거 어디서 난 돈이에요? 분명히 화투판에서 딴 거죠? 아버지가 만원짜릴 척 꺼내서 사는 걸 뒤에서 다 봤어요. 아직도 노름이세요?"

박영감은 어이가 없어 변명도 못 하고 입만 벌린 채 손가락 끝으로 한여사를 가리켰습니다. 사위의 등뒤로 슬금슬금 다가서던 한여사가 그제야 고개를 돌려 자신을 손가락질하는 박영감을 발견하곤 놀란 토끼처럼 눈을 동그랗게 떴습니다.

그러나 그 와중에서 제일 당황한 사람은 맹과장이었죠. 아내가 팔 짱을 낀 사내가 다름아닌 장인어른이었으니까요. 결국 네 사람이 한데 모였군요.

"당신 여기 웬일이야?"

맹과장의 말투가 짐짓 사나웠습니다.

"웬일은 무슨 웬일이요? 당신 바바리코트 좀 사러 나왔다가 우연히 울 아버지를 만났죠 뭐."

"뭐? 내 바바리코트?"

맹과장은 참으로 낭패한 표정을 지었습니다. 그제야 서로 백화점에서 산 선물들을 슬그머니 펴 보였답니다.

남편을 위해 코트를 산 아내, 장모에게 줄 진주목걸이를 산 사위, 영감을 생각해 털모자를 산 늙은 아내, 외손주에게 줄 애완용 햄스터를 산 영감…… 그러나 그 꼬리에 꼬리를 문 애정 어린 선물들 뒤에는 무엇이 도사리고 있었던가요? 순간적으로 아내를 의심한 남편, 사위를 책망하려던 장모, 늙은 아내의 허영기를 지레 걱정한 영감, 아버지의 노름벽을 의심한 딸의 불신의 고리가 줄줄이 연결돼 있질 않습니까?

그 순간 그들이 깨달은 게 있었습니다. 살아가는 데 정작 필요한 것은 커다란 대의명분이나 완벽한 도덕심 같은 거창한 게 아니고 바로 서로에 대한 작은 한줌의 참된 믿음뿐이라는 사실을.

"우리 기왕 이렇게 만났으니 외식 삼아 짜장면이라도 한 그릇씩 비우자꾸나."

박영감의 제의에 모두들 고개를 끄덕였습니다. 서로의 손을 꼭 잡으면서 한줌의 믿음을 다시 회복한 그들은 올 겨울이 따뜻할 것 같다는 포근한 예감에 휩싸여 백화점 문을 나서고 있었습니다.

세상에서 제일 비싼 팬츠

　풍성물산 영업부의 노총각 대리 김영덕씨 하면 회사 안에서 운전의 귀재로 소문난 사람입니다. 신속 정확을 자랑하는 그는 십 년에 걸친 운전경력 기간 중 단 한 건의 사고도 내지 않은 완벽한 운전자였으니까요. 그래서 그의 별명이 『삼국지』에서 여포와 관운장이 번갈아 탔던 명마(名馬) 적토마로 붙을 정도입니다.

　김대리의 운전 실력에는 물론 검도 2단의 자격증이 말해주는 뛰어난 순발력과 예리한 판단력이 뒷받침됐습니다. 그러나 정말 중요한 점은 김대리가 그 정도의 운전경력자 같으면 자신의 운전실력을 믿고 느슨하게 운전대를 잡기 일쑤일 텐데 전혀 그러지 않는다는 것입니다. 항상 초보운전처럼 온 신경을 다 기울여 조심, 방어운전을 하는 겸손함이 있었기에 그런 획기적인 무사고 운전기록을 세우게 됐던 겁니다.

　그런데 어느 화창한 봄날의 오후였습니다. 회사 창고가 있는 문산에서 짐을 잔뜩 실은 승합차를 끌고 자유로를 따라 서울의 본사로 오게 되었지요. 오른쪽으로는 햇빛을 받은 유유한 한강물이 고기 비늘처럼 환상적으로 회번덕거리고 왼쪽으로는 둔덕마다 한창 물이 오른 청초한 들꽃들이 한들한들 몸을 흔들며 노총각의 마음을 흔들고 있었습니다. 기분이 좋아진 김대리는 자신도 모르게 나지막이 휘파람을 불기까지 했습니다.

봄처녀 제 오시네~ ♬ 새풀옷을 입으셨네~ ♪

그런데 이게 뭡니까. 오전 아홉시 방향으로 아주 강력한 운전 방해물이 출현한 겁니다. 헬멧 뒤로 빠져나온 기다란 금발머리를 야생마처럼 휘날리는 노란 핫팬츠 차림의 미녀가 오토바이에 올라타 질주를 하고 있었던 겁니다. 비록 살색 스타킹에 덮여 있었지만 그 노란 핫팬츠 밑으로 빠져나온 미끈한 허벅지의 유혹 때문에 김대리는 마른침을 꼴깍 삼키며 고개를 옆으로 쑥 뺀 채 눈만 끔쩍거렸지요.

그뿐만이 아니었습니다. 그 미녀가 앞으로 몸을 숙이는 바람에 뒤로 쑥 빠져나온 엉덩이의 관능적인 노란 쌍곡선 있죠? 김대리는 자신도 모르는 사이에 가속기를 지그시 밟고 있었답니다. 김대리가 승합차를 바짝 붙여 바로 곁을 달리게 됐을 때 백미러로 슬쩍 보니 그 금발의 미녀가 헬멧 안에서 그에게 씽긋 웃어 보이는 게 아닙니까? 순간 김대리는 이래서는 안 되는데 하면서도 생리적으로 오금이 저려오는 걸 말릴 수는 없었습니다.

다시 속력을 낸 오토바이는 승합차보다 앞서 달리기 시작했습니다. 이에 질세라 김대리도 추격전을 벌이듯 바짝 따라붙었습니다. 시선을 힐끗힐끗 옆으로 던지면서 말입니다. 또다시 노란 핫팬츠가 바로 옆에 붙을 듯 가까워졌습니다.

어어, 그런데 이게 웬일입니까? 고개를 앞으로 돌려보니 바로 이십 미터도 안 되는 코앞에 비상등을 켠 지프차가 가로막고 있는 거 아닙니까? 순간적으로 속도계를 보니 시속 백십 킬로였고 브레이크를 밟는다 해도 이미 어쩔 수 없는 상황이 되고 말았습니다. 결과는 물론 붕어빵(부웅~ 어어~ 빵)이었죠. 생애 첫 사고였습니다. 풍성물산의 적토마가 이게 무슨 망신입니까?

그러나 첫 사고답지 않게 김대리가 물어줘야 할 견적료는 자그마치 백오십만원! 눈 깜짝할 사이에 노란 핫팬츠 아가씨는 바람과 같이 사라지고…… 도대체 누구 탓을 해야 한답니까? 그저 노총각의 마음을 싱숭생숭하게 만든 봄바람 탓이나 해야 합니까?

그저 사람 상하지 않은 게 불행 중 다행이라고 여기고 있는 김대리는 봄날이 다 지나가고 있는 요즘도 그 비싼(아마 세상에서 제일 비쌀 듯한) 노란 핫팬츠를 생각하면 정말 울고 싶은 심정입니다.

홍보(弘報)가 기가 막혀

　실세에 관심 있으세요?

　후발 재벌그룹인 비룡그룹 홍보실의 구실장이 실세 중의 실세라는 사실에 이의를 달 사람은 회사 안에 아무도 없습니다. 이십 년간 창업주를 모시다가 삼 년 전부터 창업 2세 후계자까지 대를 이어 보좌하는 전문 홍보통이었으니까요.

　이번 비자금 정국의 회오리 속에서도 구실장의 그러한 면모는 유감없이 발휘되었답니다. 한때 이런 우스개가 있었죠. 검찰 소환과 관계없는 사람은 신(新) 팔불출이라고. 그런 의미에서 비룡그룹은 최소한 팔불출 기업은 아닙니다. 회장이 일찌감치 출두 통보를 받았으니……

　"회장님의 출두가 임박했는데 어떻게 돼가고 있어?"

　며칠 전부터 그 일 때문에 홍보실이 낮밤 없이 발칵 뒤집혔답니다. 예상 답변자료 챙기기, 검찰 주변 정보 수집하기 그리고 언론의 촉각을 피해 안전(?)하게 회장님을 출두시키는 작전 등에 온 신경을 곤두세우고 있었습니다.

그런데 직원들한테서 진행상황에 대한 중간보고를 받던 구실장이 갑자기 이맛살을 찌푸리지 뭡니까.

"이 사람들아, 생각들이 어찌 그렇게 고루하나? 위기는 곧 기회라는 발상의 전환을 해. 수세적으로만 대처하면 될 일도 안 되니 좀 당당해지자구!"

정세분석팀장으로서 실무작업을 주도하고 있던 오과장이 입을 열었습니다.

"실장님, 다른 기업도 다 이렇게 하고 있는데요…… 우리 회사라고 뭐 별쭝나게……"

그러자 구실장은 자신이 입버릇처럼 외쳐온 홍보철학을 힘주어 강조합니다.

"쯧쯧, 머리가 그렇게 굳어들 있으니 백 날 가야…… 이것 봐요, 홍보란 바로 고정관념 깨기야. 이번 사태를 오히려 적극적인 기업 홍보 기회로 삼아야지."

"홍보의 기초라는 게 알릴 건 알리고 피할 건 피한다고…… 이번 사건은 입에 많이 오르내릴수록 나쁜 이미지나……"

"아따 이 사람들, 기초가 밥 먹여주나 응? 이번 기회에 우리 비룡이 선두 재벌그룹과 어깨를 나란히 한다는 인상을 심어주는 게 결코 손해만은 아니라니깐. 왜냐하면 국민들은 돈 달라고 손 벌린 무지막지한 군사정권 탓을 하는 거지, 어쩔 수 없이 돈 준 기업을 무작정 나쁘다고만 하는 분위기는 아녜요. 그러니 다른 기업처럼 언론기피증 같은 구덩이에서 허우적거릴 필요가 없지. 이건 회장님하고도 얘기가 다 된 것이니 이대로 시행토록 해요."

그 결과는 역시 구실장의 동물적인 감각의 승리였습니다. 구실장의 각본에 따라 움직인 비룡기업이 다른 기업보다 언론의 스포트라이트를 한결 많이 받게 됐지요.

굳은 얼굴 표정으로 기자들의 질문에 시큰둥하게 지나치거나 뒷길 등을 통해 황급히 도망다니는 다른 기업 회장과는 달리 비룡그룹의 회장은 당당하고 잔잔한 미소로 기자들을 맞이했습니다. 물론 묻는 말에 차분한 어조로 보충설명까지 달아서 자세히 답변해주었지요.

"그것이 잘못된 관행이라는 것까지 부인할 생각은 없습니다. 다만 군사정권 아래서 기업활동을 위축당하지 않으려는 어쩔 수 없는 측면이 있었다고 봅니다. 그렇게 해서나마 기업을 이끌고 경제를 살려온 우리 기업인들의 말 못 할 고충과 노고도 있었음을 저는 말씀드리고 싶습니다."

"후발 그룹이지만 검찰 소환 순위에 있어선 선두 그룹과 엇비슷한데 어떻게 생각하십니까?"

"오직 진솔한 반성이 있을 뿐입니다. 다만 우리 그룹은 이번 일을 심기일전의 계기로 삼기 위해 그룹 내 세대교체를 가속화하는 등 기업 분위기를 일신해 세계로 뻗어나가는 기업의 면모를 갖추도록 하겠습니다."

비룡그룹의 젊은 회장은 기자들이 던진 질문에 구실장이 미리 귀띔한 대로 세대교체와 세계화에 초점을 맞춰 미끈하게 대답했습니다. 조개처럼 다문 재벌 회장들의 입 때문에 취재원의 빈곤을 느끼던 기자들은 얼씨구나 싶어 '기업의 세대교체 바람'이라는 제목으로 비룡 회장의 인터뷰를 기사화했고요.

그 이후 비룡그룹의 인지도가 설문조사 결과 계속 상승곡선을 긋는 것으로 드러나자 연말인사에서는 구실장의 승진을 점치는 이들이 많아졌습니다. 게다가 홍보실장 앞으로 회장이 직접 자그마한 선물까지 보냈다는 소식이 전해지자 홍보실 직원들도 희색이 만면했답니다.

그런데 구실장이 방으로 갖고 들어간 선물꾸러미 안에 뜻밖에도 주걱이 한 자루 들어 있는 것으로 알려지자 회장의 의중이 무엇이냐를 놓고 주위의 의견이 분분해졌습니다. 우선 이번 비자금 사태에서 홍보실장 보좌 덕을 누구보다 절감한 회장이 변함없는 애정을 보여주기 위해 보낸 선물이라는 관측이 그 한 쪽이었지요.

"주걱이라는 게 뭐야? 큰 밥순가락 아니냐구? 그러니깐 윗분의 의중은 이번 연말인사에서 구실장이 승승장구할 거라는 암시지 뭐"

그러나 반대 예감을 갖는 쪽도 만만찮았습니다. 특히 정세분석팀장인 오과장이 그런 편이었죠.

"심상찮아. 우리 총수가 어쨌든 홍보실장의 덕을 톡톡히 봐서 언론의 십자포화도 피하고 역 홍보 효과도 거둔 건 사실이지. 하지만 애당초 누구 때문에 뿌려진 씨앗이었냐구? 구실장이라면 지금 회장의 부친인 창업주 옆에서 돈보따리 가방 모찌를 하면서 권력 주변을 서성거린 장본인이 아니냐구? 세대교체를 공공연히 주창한 젊은 회장의 심정을 헤아려볼 때 이번 주걱은 놀부 마누라의 주걱이 되기 십상일 거야."

"놀부 마누라 주걱이라뇨?"

"감이 안 잡혀? 썩 문 밖으로 나가라고 후려칠 때 썼던 그 주걱 말이야. 결국 팽(烹)할 국솥을 휘젓기 위한 주걱이라는 뜻이지."

"……!"

그제야 사람들은 연말 대규모 인사에서 젊은 회장이 자신의 사람을 대폭 요직에 심기 위해 세대교체를 명분으로 추풍낙엽의 칼날을 휘두를 것이라는 얘기가 사내에 심심찮게 떠돌았음을 상기했습니다. 그런데 설마 세대교체를 처음 제안한 구실장이 스스로의 덫에 걸려 그 제물이 된단 말인가……

직원들의 눈길이 약속이나 한 듯 당사자인 구실장의 방으로 일제히 쏠렸습니다. 구실장이라면 예의 그 동물적인 후각으로 뭔가 낌새를 눈치챘을 것이 분명할 터이니까요.

그런데 구실장이라는 사람은 무엇을 믿는지 자기 방에서 연신 노랫가락을 흥얼거리고 있지 뭡니까? 한 번 실세는 영원한 실세일까요?

직원들은 홍보실장 방문 앞으로 살금살금 몰려가 문틈 새로 구실장이 주걱을 앞에 놓고 부르는 노래에 귀를 기울였습니다. 그 노래를 듣는 직원들의 얼굴색이 내장산 단풍처럼 울긋불긋 제각각이었답니다. 직접 한번 그 노랫소리를 들어볼까요?

　　……홍보(弘報)가 기가 막혀, 홍보(弘報)가 기가 막혀……
　　어느 곳으로 가오리까
　　이 엄동설한에 어느 곳으로 가면 산단 말이오……
　　지리산으로 가오리까 백이숙제가 주리던……

내 사랑 또또

나는 누가 뭐래도 내 사랑 그를 또또라고 부릅니다. 부르면 부를수록 정겨운 이름이 아닌가요?

저에 대해선…… 꼬치꼬치 아시려고 들 건 없고요, 그저 나이에 연연하지 않는 처녀라는 점, 그리고 백마아파트 118동 꼭대기 층인 1801호에 살고 있다는 정도만 알아두시는 게 좋을 겁니다.

그럼 또또는 누구냐구요? 그는 물론 저랑 한집에 살죠. 동거냐구요? 굳이 그렇게 따지고 든다면 할말은 없지만…… 하늘과 땅을 두고 맹세하건대, 그와 저 사이에는 아무 일도 일어나지 않았답니다. 최소한 지금까지는 말예요.

그는 원래부터 안방 체질입니다. 그래서 바깥출입을 잘 하지 않는 편이지만 어쩌다 한 번씩 저랑 함께 바깥 나들이를 할 때도 있지요. 이렇게 죽여주는 봄날 같으면 말예요.

"아유, 안녕하세요? 모처럼 만에 나들이들 가시는군요?"

"예, 날씨도 하도 화창해서요…… 새봄공원에 놀러 가요."

나는 엘리베이터에서 만난 1202호 파마머리 아줌마에게 대답을 하면서 그의 잘록한 허리께를 정답게 쓸어주었답니다. 그러자 그 아줌마는 샘이 나는지 입가를 씰룩거렸습니다.

"아유, 정말 보기 좋네요. 나도 어떻게 한번 품안에……"

어머머머! 세상에 이런 망발이 어디 있겠어요? 감히 누구를 품안에…… 기가 막히고 코가 막혀서.

나와 그가 정색을 하며 노려보자 그제야 자신의 잘못을 깨달았는지 파마머리는 우물쭈물 말꼬리를 흐렸습니다.

"나도 모르게 주책없이 그런 말이……"

'쳇, 주제에 눈은 높아가지고……'

나는 고개를 옆으로 돌리며 혀를 낼름 내밀었습니다. 그러고는 허리를 감싼 팔에 더욱 힘을 주었지요.

그는 가끔 저랑 다정스레 합창을 하기도 하는데 가끔 소리가 너무 커지면 옆집이나 아래층에서 사람들이 들이닥칩니다.

"이거 시끄러워서 잠을 잘 수가 있어야죠! 공동생활을 하는 처지에 잠 좀 잡시다, 잠 좀!"

난 이렇게 음악에 소양이 없는 작자들은 딱 질색입니다. 특히 바로 아래층의 딱부리아저씨가 그런 편입니다. 예의 없게도 파자마 바람으로 쳐들어오기 일쑤이니까요.

'흐흥, 누가 자지 말라고 했나?'

"어디 그 잘난 목소리의 주인공 낯짝 좀 구경합시다."

나는 낯선 사람을 꺼리는 그의 성질을 잘 알기 때문에 막무가내로 밀치고 들어오려는 딱부리 앞을 가로막아 섰습니다.

"그건 안 돼요!"

그런데도 그 딱부리 사내는 기어코 제 어깨 너머로 집 안을 훔쳐보는 것이었습니다.

"거참, 별로 같잖게 생긴 놈팽이를 밤낮으로 끌어안고스리……"

그 모욕적인 말을 듣는 순간 꼭지가 확 돌아버리는 것 있죠? 그래서 팔을 걷어붙이고 한바탕 대거리를 해주었답니다. 정말이지 그가 나서서 말리지 않았다면 무슨 일이 일어날지 모를 뻔했답니다.

아, 오랜만에 나가본 새봄공원에는 어느덧 봄이 성큼 다가와 있었습니다. 곳곳에 꽃봉오리들이 흐드러지게 피어나고 따사로운 봄햇살이 잔디 위에 우단처럼 깔린 위를 산뜻하게 차려입은 남녀들이 재잘거리며 걸어다니고 있답니다. 아으, 미쳐…… 싱그러운 봄이여!

난 풋풋한 아지랑이 냄새를 맡으며 좀 이르게 찾아온 봄에 정신없이 취했습니다. 그래서 그를 깜박 잊고 여기저기 헤매 다니다 문득 정신을 차려보니 그가 어디로 갔는지 종적이 묘연한 것 있죠. 그도 아마 나처럼 봄기운에 취했으리, 생각하고 기다려 보았지만 그는 끝내 돌아오지 않았습니다. 아아, 나의 또또여……

늠름하고 잘생긴 그에게 반해버린 요물스런 것이 꼬리를 살살 치며 유혹을 했음이 분명하다는 생각이 들자 나는 거의 미칠 지경이 되었답니다. 그래서 이곳저곳을 찾아다니며 그를 찾아달라고 하소연을 했지요. 그는 바깥 나들이를 많이 해보지 않았기 때문에 길을 잃어버리면 영영 못 돌아올 가능성도 있었으니까요.

"거참…… 벌써 누가 애진작에 된장 발라놨는지 어떻게 안단 말이여. 정 급하면 거시기 찌라시 광고라도 넣어보슈. 아파트 단지에서는 그게 제일 광고 효과가 높으니깐."

나는 우리 아파트 경비아저씨의 말을 듣고 그 길로 신문사 보급소를 찾아가 찌라시 광고를 신청했답니다. 지금 제가 보고 있는 게 바로 오늘 아침에 집집마다 쭉 깔린 찌라시 전단입니다.

♥또또를 찾습니다.

생김새 : 몸은 검정, 머리와 다리는 연한 밤색. 약간 마르고 키는 40센티미터 정도. 머리털과 귀 부분의 털을 깎아줘서 짧음. 한쪽 귀에 약간 잘린 자국이 있음.

종류 : 요크셔테리어(수놈)

잃어버린 장소와 날짜 : 새봄공원에서 3월 31일(일요일) 오전 10시 10분경.

※위의 강아지를 보셨거나 데리고 있으신 분은 아래의 연락처로 꼭 연락주시면 반드시 후사하겠습니다. 백마아파트 118동 1801호, 885-6144, 호출 012-248-6093

칼

　신혼여행을 마치고 우리 두 사람이 새 보금자리로 막 돌아왔을 때 길쭘하고 얄팍한 소포꾸러미 하나가 기다리고 있었다. 비를 호졸근히 맞으며 초인종을 세 번이나 누르고서야 마지못한 듯 대문을 따주러 나온 주인집 노파는 환영한다는 말 한마디도 않고 보일 듯 말 듯한 야릇한 미소만 던진 채 뒤돌아 사라졌다. 그리고는 우리 부부가 밑에 도르래가 달린 여행용 가방을 질질 끌며 현관문을 들어서자마자 무슨 흉기인 양 그 소포를 불쑥 내밀었던 것이다.

　그러잖아도 신혼여행 기간 내내 시달림을 준 제8호 태풍 퍼거슨 호 때문에 신경이 날카로워져 있던 아내 승혜는 노파의 주름살투성이인 가느다란 손목이 코앞을 스치자, 내 팔짱을 와락 잡아당기며 겁에 질린 짧은 비명을 뱉어냈다. 주인집 노파는 눈을 내리깔고 무표정한 얼굴로 우리를 지그시 바라보았는데 남자인 나도 질릴 정도로 섬뜩하기 짝이 없었다.

허둥지둥 위층으로 난 층계를 지나 아직 신혼 살림을 채 풀지도 않아 어수선한 주방의 식탁에 앉아마자 승혜는 나를 붙들고 통사정하기 시작했다.

　　"자기, 우리가 아무래도 집을 잘못 얻은 것 같아. 지금이라도 늦지 않았으니 서둘러서 딴 집을 한번 알아보자구."

　　"건 또, 무슨 물색없는 소리야? 자기가 뭐 한두 살 먹은 어린애야? 하룻밤도 안 자본 집에서."

　　"아냐, 정말 기분 나빠 죽겠어. 방금 관을 열고 나온 듯한 노파가 집을 지키는 것부터가 수상쩍어. 그리고 집값이 너무 터무니없이 싼 것에도 뭔가 짚이는 게 없어 자기는? 복덕방 아저씨도 우리가 선뜻 계약을 하고 나서겠다니깐 왠지 내켜하지 않으면서 한번 둘러나 보라고 하셨잖아? 여긴 꼭 흉가 같다구. 흉가!"

　　"흉가는 무슨 흉가가 있다고 그래? 그때 같이 둘러보았잖아. 그리고 그 할머닌 작년에 영감님이 돌아가신 충격 때문에 말을 못 하신다고 들었잖아? 서울 변두리의 이런 전원 마을에서 이천만원에 이런 호젓한 집을 얻은 것은 거의 기적에 가까운 일이라고. 아 글쎄, 둘이서 바람맞은 개코마냥 서울시 곳곳을 방 때문에 쏘다니며 낭패 본 기억이 바로 엊그젠데, 벌써 까마득히 잊어버린 건 아니겠지 설마."

　　"아무튼 왠지 느낌이 안 좋다구. 오늘 밤 안이라도 무슨 일이 일어날 것만 같아서……"

　　"괜찮아. 조금만 생활하면 주변 환경에 금세 적응이 될 거야. 그러지 말고 우리의 보금자리를 처음으로 찾아준 그 반가운 선물이나 펼쳐보면서 기분 좀 풀자구. 나도 피곤해 죽겠어."

　　나는 넥타이 줄을 이리저리 잡아당겨 늦춰주며 느긋하게 말했다. 비는 밤새 퍼부으려는 듯 이제는 시퍼런 번개까지 간간이 꽂아대는 바람에 창가 쪽이 불현듯 환해지곤 했다.

아내도 약간은 샐쭉한 표정을 풀면서 소포꾸러미를 풀기 시작했다. 그런데 내가 막 풀어헤친 넥타이를 접어서 양복 주머니에 아무렇게나 구겨넣으려는 순간이었다. 선물을 열어본 아내는 얼굴이 새파랗게 질려가지고 아무 말도 못 한 채 부들부들 떨며 나만 바라보는 거였다.

"뭐야? 뭔데 그리 죽상이야?"

나는 얼른 아내 곁으로 다가가 포장지를 헤쳐보았다. 그 순간 내 등덜미로 한 줄기 서늘한 소름이 훑고 지나갔다. 거기에는 날의 서슬이 시퍼런 부엌칼이 똬리를 틀고 있었다. 누가 보낸다는 아무런 쪽지도 들어 있지 않은 채.

"영태씨 피, 피가 묻어 있어요. 누가 이런 짓을……"

나는 서둘러 그 칼을 집어들었다. 아닌게 아니라 칼날 부위에 붉은 기가 묻어 있는 게 보였다. 그러나 자세히 들여다보니 핏자국은 아니었고 녹물이 밴 것이었다.

"놀라지 말라구. 이건 핏자국이 아니라 녹물자국이니깐 안심하라구. 왜 이렇게 정신을 못 차리고 호들갑을 떠는 거야? 곁사람마저 정신 사납게."

나는 아내에게 지청구를 주면서도 내심 불안감을 감추지 못했다. 녹물자국이든 핏물자국이든 어느 누군가 칼을 보내왔다면 이건 절대 과소평가할 일이 아니었다.

"아래층 노파가 일부러 소포가 왔다고 장난치는 게 아닐까?"

"당치 않아. 여기 우체국 소인이 찍힌 걸 보라구. 부쳐져 온 게 틀림은 없어. 하지만 문제는 누가 아무 말도 없이 왜 횡뎅그렁하게 녹슨 칼만 보냈냐는 거지. 무슨 저의로?"

비바람 때문에 창문이 덜컹거리자 아내는 내 곁으로 바짝 다가붙었다. 얼굴은 겁에 질려 백짓장 같았다.

아무 말이 필요 없었다. 오직 견디는 일밖에 남지 않았다는 듯 우리는 그렇게 서로 어깨를 기댄 채 나란히 앉아 있었다. 그때 아내가 갑자기 뭔가가 생각났다는 듯 내 어깨를 황급히 밀치며 물어왔다.

"당신 혹시 내게 뭔가 숨기는 거 있죠? 그렇죠?"

"뭘? 숨기는 거라니?"

"이 칼이 예사롭지 않아서 그래요. 누구한테선가 들은 것 같기도 하고…… 아니 어느 책에서 봤던가, 아무튼 남자에게서 버림받은 여자들이 곧잘 이런 일을 저지른데요. 저주의 징표로 말이죠."

나는 어이가 없어 아내의 사뭇 진지하기까지 한 얼굴을 멍하니 바라보았다.

사실은 나도 거꾸로 그런 생각을 하고 있었다. 혹시 아내의 옛 남자가 있어서 이런 일을…… 얼굴이 반반한데다 붙임성이 남달라서 결혼 전에 내 애를 무던히도 썩이던 아내였으니 주위에서 어슬렁거렸을 놈팽이들이 한둘이 아니라는 짐작쯤은 내게도 없지 않은 터였다.

"뭐야? 지금 누가 할 소릴 누가 하는 거야?"

나는 소리를 버럭 질렀고 아내도 이에 질세라 의자를 박차고 일어서며 목소리를 높였다.

"뭐예요? 보자보자 하니깐."

그때 전화벨이 울리지 않았던들 우리는 만사 끝장을 냈을지도 모를 일이었다. 싸움닭처럼 얼굴을 맞대고 노려보는 우리의 콧잔등 사이로 전화벨이 잠시 휴전을 중재하고 나선 것이다. 나는 수화기를 집어들고 퉁명스럽게 여보세요 하고 외쳤다.

"아이구, 이애가 에미 귀청 떨어지겠다. 도착했으면 했다고 기별이 있어얄 것 아니냐 글쎄. 난 또 무슨 일이 생긴 줄 알고 말이야. 이 에미가 보낸 선물 잘 받았지? 그건 내가 아주 오래 전부터 준비했던 건데 너희가 집에 들어가는 첫날에 받아보게끔 부쳤다. 시에미가 칼을 선물하면 잘산다는 옛말이 있어서 말이야. 그런데 끌러보진 않았다만 이 장마철에 녹이나 안 슬었는지 모르겠구나. 그래도 상관없으니 잘 닦아서 써라, 알았지."

"예 알겠어요. 어머니."

옆에서 귀를 바짝 대고 듣고 있던 아내가 내 허리를 힘주어 꼭 껴안았다.

맹대리는 왜 짖는가

만나는 사람들마다 맹구만 대리 얘기를 빠뜨리지 않았다. 회사 창사 이래 한 사람에게 이처럼 스포트라이트가 전폭적으로 비춰진 예는 여태껏 없었다. 열풍처럼 몰아친 그 현상은 거의 '맹대리 신드롬'이라고 불릴 만했다. 이것이 은근히 회사 사람들의 첫인사로 굳어졌다.

가령 고개를 끄덕이며 말없이 손가락 하나를 세워 보이면 그것은 속으로 '컹' 하고 한 번 짖었다는 표시였다. 그 '컹' 한 번은 '엿!'에 해당했다. 즉 엿먹어라는 소리였다. 손가락 둘은 속으로 '컹컹' 짖었다는 말이고 그것은 '꼴값!'에 해당했고, 마찬가지로 셋은 '인간아!'였다. 그렇게 해서 열 번까지 짖게 되면 그것은 '아직도 지구를 안 떠났냐!'라는 표시였고 그 일련번호는 점점 가속도가 붙어서 늘어나는 중이었다. 물론 이 짖어댐은 주로 대놓고 욕을 할 순 없는 사람들에게 아랫사람들이 스트레스 해소용으로 맘속으로 퍼붓는 것이긴 했다. 재보험팀의 만년 대리인 맹구만씨가 처음 도입한 것으로 알려진 가운데 마른 들판에 떨어진 불씨처럼 순식간에 회사 안으로 번져나갔다.

그런데 맹대리는 역시 선구적이었다. 그가 속으로 짖지 않고 아예 드러내놓고 왈왈 짖었다는 소문이 회사 안에 파다하게 퍼지기 시작했다.

"방금 비서실의 미스 현한테서 들은 따끈따끈한 얘긴데 이번에 최 감사가 꼼짝없이 당했대!"

"그 깐깐한 최 감사가!"

"들자 하니 맹대리가 큰 소리로 거침없이 왕왕 진짜 짖었다며? 하이고, 잘코사니!"

"결재서류를 갖고 들어오라고 하니깐, 맹대리가 콧구멍을 후비며 슬렁슬렁 들어가더래. 비서실의 미스 현이 그 친구가 혹시나 딴 실수를 할까봐 조마조마해서 감사실로 들어가는 맹대리를 붙잡아 세워두고 옷매무새까지 신경 써줬는데 말이야…… 킬킬. 아니나 다를까 서류에 오자(誤字)가 하나 났다고 퇴짜를 놓은 최감사가 그를 신병 다루듯이 부동자세로 세워놓고서는 근무자세에 대해 일장훈시를 했대."

"저런 맹대리를! 나 같아도 네 번은 짖을 만하구먼. 한데 이 친구 그렇게 하고서도 신상에 괜찮을까 몰라……"

그때 최감사실에서는 무슨 일이 벌어졌던가?

"근무 자세들이 돼먹질 않았어! 내가 말이야 당신만 했을……"

맹대리는 꼿꼿이 서서 자신의 얼굴로 맹렬하게 날아드는 무수한 침방울 파편들을 고스란히 맞고 있었다.

"들자 하니 요즘 사원들 사이에서 속으로 번호를 매겨가며 상사들을 향해 짖는 게 유행이라던데, 그걸 당신이 처음 퍼뜨렸다는 말이 사실이오?"

"……사실입니다."

"으흥, 사람이 개처럼 짖는다? 거참 흥미로운 현상일세. 그런데 도대체 왜들 짖는단 말이오?"

"누군들 좋아서 짖고 싶겠습니까? 자유롭고 인격에 합당한 말문이 봉쇄당했을 때 우리는 모두가 견격(犬格)으로 전락하는 것을 각오해야 합니다. 그것을 강요하는 사람이나 강요당하는 사람이나 가릴 것 없이 말입니다."

최감사는 잠깐 얼굴이 붉으락해졌다.

"그럼 지금 이 자리에서 당신이 속으로 나를 향해 짖은 횟수가 몇이오? 몇 번이냔 말이오? 세 번? 일곱 번? 홍 내가 모를 줄 아오? 일곱 번이면 옳지, '니 꼬라지를 알라' 겠구먼."

"전 지금 감사님을 향해서 결코 짖지 않았습니다. 그리고 앞으로도 속으로 짖는 일은 없을 겁니다. 처음엔 그렇게 해서라도 자기 위안을 삼았지만 이제는 다릅니다. 말문이 제대로 뚫리지 않는다고 해서 비겁하게 속으로 짖고 있을 수만은 없다는 결론에 이르렀습니다. 그것역시 궁극적인 문제해결의 대안은 아니기 때문입니다. 그런 의미에서 저로 인하여 속으로나마 개처럼 짖게 된 동료들에게 송구한 마음을 전해야 할 것 같습니다."

"그런 입에 발린 말은 안 통해! 빨리 털어놓으라고. 그게 몇 번인지를. 그렇지 않으면 당신은 내 방에서 한 발짝도 나갈 수가 없을 줄 알라구!"

"……"

멍하니 창 밖의 남산타워만 응시하던 맹대리가 느닷없이 열을 올리는 최감사의 귀에다 얼굴을 바짝 갖다대면서 나지막이 속살거렸다.

"감사님, 밖이 아주 화창한 날씨 같습니다. 답답하지 않습니까? 제게 감사님의 낙하산 좀 빌려주시면 고맙겠습니다. 그걸 타고 날고 싶습니다."

"낙하산? 자네 지금 정신이 있는 거야, 없는 거야?"

맹대리는 최감사가 올봄 낙하산 인사로 감투를 뒤집어쓴 걸 은근히 꼬집은 셈이었다. 최감사는 얼굴이 하얗게 질렸다. 그러자 맹대리는 갑자기 고개를 가랑이 사이로 쑤셔박고는 슬픈 표정으로 개 짖는 소리를 아주 실감나게 뽑아냈다.

"워워우 월월월, 워워우우."

가망 있습니까?

"어려울 것 같심더."

"예에? 그럴 리가요. 전혀 가망이 없다는 말씀입니까? 하느님 맙
소사."

병원에서 주고받는 대화가 아니다. 여기는 자동차 정비공장이다.
병원이라면 의사인 내가 안절부절못하고 매달릴 일이 뭐 있겠는가만
은 여기선 입장이 뒤바뀌어도 아주 한참 뒤바뀌었다.

주말을 틈타 수안보온천에서 열린 의학협회 주최의 한 세미나에
다녀오는 길에 가벼운 접촉사고가 났다. 그런 자동차 사고라는 게 한
번쯤 당해본 사람이라면 다 아는 노릇이지만, 잘잘못이야 나중에 따
질 일이고 우선은 목청 큰 놈이 기선을 잡게 마련이다.

"이것 봐, 당신. 내가 먼저 깜빡이 신호를 줬으면 의당 석죽고 있다
가 쑤시고 나오든지 말든지 해얄 것 아니냐구? 뭐, 눈구녕은 뭐 살가
죽이 모자라서 뚫려 있는 줄 아쇼, 엔장맞을."

나이로 따져봐도 한참 아래일 듯한 놈팽이가 다짜고짜 이런 식으로 대거리를 하고 나오는데 무슨 말발이 서겠는가.

"차를 노견으로 빼고 나서 마빡이 깨지도록 싸우든지 말든지 하라구!"

"씨팔, 뒤차 막히는 것도 생각을 해야지. 대충 쇼부를 보라구. 장사 한두 번 해보나, 제기랄!"

순식간에 밀려든 차들이 제각기 빵빵거리며 죽일 놈, 살릴 놈 한마디씩 해대는 통에 등에선 진땀이 줄줄 흐르지, 에라 모르겠다 하고는 그 자리에서 헐값에 즉석합의를 보고 말았다. 상대방은 큰 적선이나 하듯 침을 퉤퉤 발라 만원짜리 다섯 장을 세어주곤 오징어 먹물 같은 매연을 끼얹고 떠나버렸다.

문제는 그 차가 학과장이 애지중지하는 차라는 데 있었다. 그러니 나로서는 될 수 있는 한 곱다시 원상회복을 시켜두어야 할 절박한 처지였다.

두 시간이 넘도록 애타게 기다린 끝에 정비주임이라고 밝힌 곱슬머리가 수리견적서를 들고 어슬렁어슬렁 나타난 것이다.

"댁이 차 주인인교?"

"예, 바로 보셨소만."

곱슬머리가 던져주는 견적서라는 걸 받아보니 의사들의 처방전처럼 뭐라고 씌어 있는지 도통 알아먹을 수가 없었다.

한글인지 영어인지, 숫제 암호투성이인데다 또 그렇게 악필일 수가 없었다.

"원상회복은 마, 어렵겠심더."

나는 가슴이 철렁 내려앉았다. 어렵다면, 저 차가 이미 속으로 완전히 결딴이라도 나버렸단 말인가? 나는 꼬장꼬장한 성격의 학과장 얼굴을 퍼뜩 떠올렸다. 원래 남에게 차를 빌려주는 성질이 아닌 양반이지만, 자기 대신 세미나를 다녀오는 심부름 길인지라 마지못해 바들 바들 떨며 자기 자동차 열쇠를 내 손바닥에 얹어놓았던 것이다.

곱슬머리는 시큰둥한 어투였지만 왠지 나에겐 무척이나 위엄 있게 들렸다.

"밖에서 이래 볼 땐 말임더, 아무렇지도 않은 게 마, 앞타이어만 슬쩍 갈아끼워버리믄 다 될 것 같지 않는교?"

"글쎄 말이야요. 근데 그게 아니란 얘기죠?"

나는 중환자를 수발 들러 온 보호자처럼 애끓는 표정을 지으며 곱슬머리의 코앞으로 얼굴을 바짝 들이밀었다.

"이 차가 말임더, 충격에 의해 조향장치 전체가 작살이 나 밀렸을 수도 있고예. 마, 자세한 것은 정밀조사를 해봐야 우예 돼뿌랐는지 알겠심더. 지금으로선 수리 기간이 을매나 걸릴지 말할 수도 없꼬 마, 자칫하다간엔 폐차까지 하게 되는 경우도 있을 수 있으니 그리 알고 맴 단단히 묵으이소. 글 안 하믄 우리는 일절 수리를 몬 해주겠다 아입니꺼."

나는 정신이 아찔했다. 명색이 의사로서 수술 환자의 보호자에게 수술동의서는 숱하게 받아봤어도 이런 반대의 경우는 처음이었다. 어쩌면 수리의뢰서와 수술동의서가 이리도 똑같은 꼴을 하고 있단 말인가.

어제만 하더라도 급성담낭염으로 입원한 환자의 담낭절제 수술 때문에 환자의 부인한테 수술동의서를 받으면서 의사로서의 권위를 한껏 뽐내던 나의 모습이 눈앞에 아삼삼하게 떠올랐다.

"……환자는 기력이 몹시 쇠잔해 있는데다 요소요소에 담석이 네댓 개나 되고 담낭 주위에는 염증이 심하여 대수술이 불가피합니다."

"아이고, 의사선생님 우리 그이가 설마 어떻게 되는 건 아니겠지요? 저흰 그저 의사선생님만 꽉 믿습니다. 그저 목숨만, 목숨만이라도 건져주세요."

"고정하세요. 우리들도 최선을 다하고는 있습니다. ……따라서 입원기간은 현재로서는 말할 수 없고 잘못하면 사망에 이를 수도 있으며……"

나는 일부러 사망에는 굵은 사인펜으로 밑줄까지 쳐 보였다. 그러자 그 부인은 얼굴이 백짓장처럼 하얗게 변하며 눈꺼풀에 엷은 경련까지 비쳤다.

"선생님 꼭 수술을 받아야만 합니까?"

"그렇지 않으면 우리로서는 아무런 보장을 할 수 없습니다. ……그리고 끝에다는 이렇게 쓰십시오. 이 모든 사항에 대하여 설명을 충분히 들었으며 전적으로 주치의님의 결정에 동의하여 수술을 승낙합니다. 보호자, 환자와의 관계, 처 아무개. 이상입니다."

그 부인이 눈물을 글썽이며 수술동의서를 쓰고 나간 뒤 곁에서 지켜보고 있던 신경외과 닥터 최가 한마디 거들었다.

"이봐 닥터 장, 무슨 수술동의서가 그렇게 무시무시해. 마치 저승사자라도 곁에 데려다놓고 유언장이라도 베끼게 하는 분위기와 진배가 없군."

"거 뭘 모르는 소리."

"담낭절제술이 그렇게 위험한 수술인지 오늘 처음 알았네그려."

"비아냥거리지 말게나. 담낭수술이 그리 위험한 수술이라고 보기는 힘들지. 다만 이게 우리 병원의 방침이자 관례라구."

"그건 히포크라테스 선서의 정신에도 어긋나는 것 아닌가?"

"고리타분한 사람 같으니라구. 그건 환자들이 의사들을 백의(白衣)의 신(神)으로 떠받들던 시대의 이야길세. 한 십 년 전만 해도 환자들은 의사의 말을 법률처럼 받다들였지. 때문에 의사들은 일종의 작은 권력을 쥔 것이나 마찬가지였잖나? 그런데 지금 우리는 얼마나

고달픈 처지에 있냔 말일세. 환자들이 말대꾸를 하는가 하면 의료과
오로 고소한다네. 의사의 영향력은 현저하게 줄고 권위는 꿩 구워먹
은 자리마냥 오간 데가 없으니…… 그나마 이런 종이 쪼가리라도 받
아둬야지 나중에 여차직하면 방패막이로나 써보지."

"보소, 뭘 그리 골똘히 생각하능교? 퍼뜩퍼뜩 결정하이소마. 우리
도 그렇게 한가한 사람들이 아니라니까예. 다 알 만한 양반이……
마, 동의하겠습니꺼, 아니믄 몬하겠습니꺼?"

곱슬머리가 수리의뢰서를 눈앞에 대고 들입다 흔들며 소리를 버럭
지르는 바람에 나는 정신을 차렸다. 그리곤 비굴하게 외쳤다.

"예 예, 무조건 동의하겠습니다."

그러고 나자 뱃속 깊은 데서부터 이루 형언하기 어려운 감정 덩어
리가 부글부글 끓어오르며 속으로 굳은 결심을 어루만졌다. 내일부
터는 설사 수술 환자가 가망이 없다손 치더라도 비인간적인 수술동
의서 따위는 받지 않겠다고.

마음속의 도둑

딱! 어이쿠!

불의의 공격을 받은 사내는 이마빡을 감싸쥐며 나뒹굴었고 나는 기회를 놓칠세라 달겨들어 무차별 공격을 퍼부었다. 그리고는 사무실의 끈이란 끈은 닥치는 대로 긁어모아(심지어는 전기코드선까지) 진상 가는 꿀병처럼 사내를 친친 옭아맸다. 자, 이쯤 했으니 어떻게 생겨먹은 놈인지 쌍판때기 구경이나 한번 해보자. 나는 두 손을 탈탈 턴 뒤 스위치를 더듬었다. 딸깍.

"아니, 이게 누구세요? 한선배님 아닙니까?"

나는 기절초풍할 듯한 표정을 지었다. 그 얼굴은 틀림없이 우리 회사인 도서출판 진웅의 사장이자 나의 대학 사 년 선배인 한우형이었다. 그러나 눈탱이는 밤탱이가 되고 입술은 벌에 쏘인 듯 부은데다 얼굴은 코피로 얼룩져 갈 데 없는 봉두난발꾼 꼬라지였다. 세상에!

이번 달 들어서만 사무실에 도둑이 벌써 세 번이나 들어 중요한 기획 프로그램이 수록된 컴퓨터 디스켓을 한 장 한 장 감쪽같이 빼내갔다. 나는 그 도난사건의 최대 피해자였다.

"당신 말이야, 정신 똑바로 차리라구. 오죽 칠칠치 못했으면 말이야 응?"

"죄송합니다. 분명히 퇴근 때 몇 번이고 잠금장치를 확인했는데……"

"당신도 알다시피 그게 얼마나 중요한 기획이냐구? 아무튼 만에하나라도 이번 기획이 빵꾸나는 일이 있으면 당신이 모든 걸 다 책임지라구."

한사장이 흥분하는 데는 그만한 이유가 있었다. 우리 출판사에서 극비리에 추진중인 크리스토퍼 메리놀의 『사랑의 나그네』 번역출판은 이미 베스트셀러가 예고된 거나 다름없는 사업이었다. 그것이 담긴 디스켓을 도난당했으니……

직원들이 지켜보는 사무실에선 그리 호되게 꾸짖던 한사장도 술자리 같은 사석에서는 짐짓 나를 다독거려주었다.

"자네가 아무리 내 학교 후배라지만 사람을 부려야 하는 위치에 있는 나로서는 어쩔 수가 없을 때가 있다네. 이해를 해야지."

"하지만 사장님이, 술자리니깐 그냥 선배님이라 부르겠습니다."

"아무려면 어떤가?"

"절 보고 딴 출판사에 그 기획을 빼돌린 게 아니냐고 추궁할 땐 정말 오장육부가 다 뒤집혀 당장 사표 내고 뛰쳐나가고 싶은 심정이었습니다."

"이 사람아, 무슨 말을 그렇게 해. 나도 외부침입 흔적은 눈곱만큼도 없지, 하도 답답하니깐 속없이 해본 말 가지고 뭘 그래. 직장생활하다보면 간이랑 쓸개랑 죄다 떼놓고 살기도 하는 게지."

"아니, 제가 뭐 「별주부전」에 나오는 토끼라도 됩니까? 인간인 이상 필요에 따라서 간을 넣다 뺐다 할 수도 없는 일이고⋯⋯"

"그래, 오늘도 담요 뒤집어쓰고 사무실에서 잠복근무를 할 텐가?"

"아뇨. 오늘은 술도 좀 되고 속옷도 갈아입어야 되니 집엘 들러야죠."

목젖이 입천장에 오그라붙는 듯한 갈증을 느끼며 잠에서 깬 것을 새벽 세시가 좀 못 돼서였다. 습관적으로 머리맡을 더듬던 나는 이곳이 내 안방이 아니라 출판사 사무실의 낡은 소파 위라는 사실을 깨달았다.

밤 열한시가 넘도록 술판을 벌이다 합정역에서 2호선을 타고 인천행 막차를 갈아타기 위해 신도림역으로 간다는 게 눈을 떠보니 홍대입구역이었다. 야밤에 서울 시내를 꼬박 한 바퀴 돈 셈이다. 호주머니를 탈탈 털어보니 토큰 둘, 동전 서너 개가 고작이었다. 할 수 없이 귀가를 포기하고 사무실 소파에서 새우잠을 청하기로 작정했다.

갈증과 그 뒤를 쫓아 쏟아지는 졸음 사이에서 밍기적거리는데 서랍을 조심스레 여닫는 소리가 귓등에 팽팽한 긴장감을 얹어주었다. 순간 머릿속에 뭔가 스치는 게 있었다. 아, 그놈이다.

나는 숨죽여 일어나 소파 옆에 기대어 있던 부러진 의자 다리를 단단히 거머쥐었다. 칸막이 너머를 흘깃 살펴보니 웬 시커먼 그림자가 컴퓨터 옆의 디스켓 서랍에 손전짓불을 들이대며 일일이 뒤지는 모습이 보였다. 나는 소리 없는 회심의 미소를 지었다. 희열에 들떠 갈증마저도 냉수 한 사발을 마신 뒤처럼 씻은 뒤 가셔버렸다. 그 동안 도난사건이 일어날 때마다 이삼 일씩 사무실에서 죽때리고 앉아 담요를 뒤집어쓰고 철야 잠복근무를 했지만 그때마다 참기름 바른 미꾸라지모양 피하다가 내가 잠복을 그만둔 다음날이면 보란 듯이 한 건씩을 올려가며 피를 말리던 놈이었다. 오! 하느님 감사합니다.

그런데 기껏 도둑이라고 잡고 보니!

"태형, 담배 한 대 좀 태우게 해주구려."

내가 오라를 풀어주고 나서도 한참 동안이나 서로 낭패스러운 표정으로 멀뚱멀뚱 마주 보고 앉아 있던 한선배는 체념한 사람처럼 말문을 열었다.

"왜 이런 짓을 하시는 겁니까? 그럼 지금까지의 모든 도난사건이……"

"부인하지 않겠네……"

나는 갑자기 가슴 한복판에 구멍이라도 뚫린 듯 허탈해졌다.

"하하, 자기 자신의 물건을 훔치는 도둑이라…… 참 희한합니다. 세상 오래 살고 볼 일이라는 소리가 그래서들 나오는군요."

"……"

"정말 어디 그 희한한 이유나 한마디 속 씨언하게 들어 좀 봅시다. 도둑 아닌 도둑이 된 경위 말이요."

"……내가 고씨 집안으로 장가를 든 게 옛날로 따지면 데릴사위지…… 말이 사장이니 내가 어디 그러한가. 자네도 알다시피 바지저고리지."

그 이유 때문에 주변에서는 한선배에 대한 흥이 그칠 날이 없었다. "그 작자가 출판에 대해서 알긴 뭐 쥐뿔을 알아? 흥, 그 알량한 허우대를 밑천 삼아 돈푼깨나 묻은 여편네 하나 터억 후리고서는 그 덕에 실속 없이 사장입네 하며 젊디젊은 놈이 거들먹거리기는……"

"난 이 세상에 너무나도 무기력하게 노출돼 있음을 알았네. 정작에 내 것이라곤 하나도 없어. 세상은 마누라가 다 주무르는걸. 그나마 내가 출판에서 돈푼이나 벌어들인 걸 가지고 마누라 광고업으로 진출해 자리를 잡았지. 아마도 난 한평생 그녀의 뒤치다꺼리나 하다가 말 거야. 그러니 그런 위기의식 속에 빠진 가엾은 사내가 자신을 위로해주는 길이 달리 무엇이 있었겠나? 자기 것 훔치기말고 말일세. 뭘 도둑맞았다고 한바탕 난리를 치고 나면 그제사 확실히 느껴져, 그게 정말로 내 것이라는 느낌이 새록새록……"

"한선배야 자기 것을 훔쳤으니 도둑은 아닐 테지만……"

"글쎄, 그보다 깊은 병이겠지. 마음속의 도둑이라고나 할까?!"

아래층 여자

"그 집에서는 전통적으로 신혼부부만 들이는데 웬일인지 짧으면 육 개월 길어야 열 달을 채 못 넘기고들 서둘러 나가더라구요."

부동산중개소에서 들은 말이 있어 그런지 서둘러 계약부터 하고 보려는 나와는 달리 아내는 그 와중에서도 나름대로 꼼꼼히 이 구석 저 구석을 살폈다.

"난 또, 집세가 하도 싸서 무근 큰 결함이 있는 집이면 어쩌나 하고 걱정했었는데 보니깐 좀 낡아서 보일러에 기름이 좀 많이 먹히고 더운물 쓰는 데 지장이 있을 것 같아 그렇지 그런 대로 살 만한데요?"

그리하여 우리는 전망 좋은 그 집 이층에 신혼의 보금자리를 틀었던 것이다. 주인집인 아래층에서는 사십 살이 된 노처녀와 노모가 살고 있었다. 주인 영감은 연전에 돌아가셨다고 했고 할머니도 곧 자식들이 이민을 가 있는 미국으로 건너갈 것이라고 했다. 나는 학원의 음악강사로 나간다는 그 노처녀를 곁눈질로 힐끔 살펴보았다. 눈가에

잔주름이 얼핏 비치긴 했지만 아직도 함초롬한 처녀태가 가시지 않은 미인형의 얼굴이었다. 아내는 그녀를 이선생이라고 불렀다. 미모가 있겠다 거기다 교양도 갖추고 집안도 그렇게 허술한 편도 아닌 것 같은데 왜 독신을 고집하는 걸까 하고 은근히 아내에게 물어보니 아내는 내 어깻죽지를 꼬집었다.

"으이그 이런 속물 근성 하며! 이선생처럼 능력 있고 다부진 여자일수록 독신주의자로 남는 것 몰라요? 나 같은 여자나 속아서 결혼하는 거지 뭘."

하지만 나는 고개를 갸우뚱거렸다. 그리고 머잖아 이선생에게 남성결벽증이 있지 않나 하는 의심을 품게 되었다. 그 부분에 대해서는 아내 역시 곧 수긍하는 눈치였다. 이선생은 나한테서 풍기는 남성 화장품 냄새에 유달리 민감한 반응을 보이곤 했다. 그래서 난 집 안에서는 화장품을 아예 안 바르거나 부득이할 때는 아내의 화장품을 빌리곤 했다.

또 그 적막한 집에 꼬맹이라는 충실한 암캐 한 마리가 있었다. 말이 꼬맹이지 그 개는 덩치도 좋고 윤기 나는 털을 지닌 젊은 삼 년생 중 개였다. 어렸을 때 정강이를 한 번 물린 뒤부터 개라면 시큰둥한 내 눈에도 꼬맹이는 이선생이 애지중지할 만한 가치가 있어 보였다. 그런데 꼬맹이한테 암내가 난 모양이었다. 굳게 닫힌 철문 밖에는 암내를 맡고 모여든 수캐들이 어슬렁거리고 있었다. 그녀는 그걸 도무지 참아넘길 수가 없었던 모양이었다. 수캐 그림자가 얼씬거리기만 해도 기다란 싸리빗자루를 들고 나가 한바탕 난리를 쳤다.

"이 쓰레기 같은 것들이! 감히 어딜."

아내와 나는 내기를 걸었다. 나는 암만 이선생이 난리를 쳐도 짐승들한테는 식욕보다는 성욕이 앞서기 때문에 현관 기둥에 사흘이고 나흘이고 묶어둔 채 밥을 굶겨도 꼬맹이는 결국 대문 밖의 수캐들과 내통을 할 것이라고 말했고 아내는 꼬맹이가 끝내는 이선생의 닦달에 무릎을 꿇고 대문 밖의 수캐들은 쳐다보지도 않을 거라고 했다. 그러나 그 내기에서 내가 이기고 말았다. 꼬맹이가 몰래 대문을 빠져나가 어떤 시커먼 수캐와 흘레를 붙는 걸 본 이선생은 거의 광기를 내뿜으며 꼬맹이를 매우 쳤다.

"이 더러운 것들! 구역질이 나!"

정원 한구석 대추나무 아래 묶어둔 채 채찍질을 하는데 그 참사를 차마 남자인 나로서도 눈뜨고 못 볼 지경이었다.

그런데 이상한 것은 아내였다. 아내는 그 일이 있은 다음부터 내게 불감증을 호소해오는 게 아니던가. 사실 우린 꼭 신혼이어서가 아니라 좀 요란한 편이었다. 이선생처럼 신경이 예민한 사람이라면 아래층에서 훤히 상황을 다 꿰뚫을 수 있을 정도였다.

"당신은 이선생이 꼬맹이한테만 던진 말이라고 생각해요?"

"그럼, 그렇지 않고?"

아내의 말을 듣고 생각해보니 또 그럴듯한 구석이 없지 않았다. 이선생은 은근히 우리 부부를 겨냥하고 있는 건지도 몰랐다. 그런 이선생에게 놀라운 변화가 찾아들었다. 처음에 나는 아내의 말을 일언지하에 잘라버렸다.

"당신이 헛것을 본 건 아냐? 딴 사람도 아니고 이선생이 어떻게 그럴 수가 있단 말야?"

아내는 이선생이 거의 매일 밤 자기의 침실로 남자를 끌어들인다는 거였다. 나는 믿을 수가 없었다. 그러나 아내는 자신만만한 표정이었다. 틀림없다는 거였다. 그런데 이상한 것은 그때부턴가 아내는 자신도 모르게 감각을 찾아가고 있었다. 이것은 아내가 이선생이 준 성적 강박관념에서 어느 정도씩 풀려가는 증거이기도 했다. 아내의 권유가 하도 끈질겨 나는 어느 날 밤 실례를 무릅쓰고 이선생의 침실을 엿보는 데 동의했다.

아! 그것은 사실이었다. 나는 내 눈을 의심까지 하며 벅벅 손등으로 문질러보기까지 했지만 눈앞에 벌어진 광경을 지울 수는 없었다. 분명 이선생은 가슴 한복판에 꽃술이 달린 야한 분홍색 이브닝 드레스를 흐드러지게 입고 침대에 걸터앉아 외간 남자와 농염한 얘기를 주고받는 것이었다.

"오늘 밤은 그냥 돌아가세요. 피곤해요."

"이선생, 오늘따라 왜 이러십니까? 나를 거부하지 마세요."

굵직한 바리톤 음색의 남자 목소리가 들려왔다. 우리가 엿보는 틈새로는 침실 소파에 앉아 있는 남자의 뒤통수만 비쳤다.

대화 내용으로 봐서 둘 사이가 매우 깊음을 짐작할 수 있었다. 갑자기 이선생이 고개를 깔딱 젖히고는 깔깔거리며 웃기 시작했다. 그러더니 코먹은 소리를 내었다. 그녀는 거의 자기 도취에 빠진 듯 발그레 상기된 얼굴이었다.

"내일부턴 이런 무례를 결코 용납하지 않을 거예……"

나는 아내를 슬쩍 쳐다봤다. 아내는 내게 그만 돌아가자는 눈짓을 해 보였다.

나는 숨죽여 고개를 끄덕였다. 이선생은 미끄러지듯 사내에게 다가서고 있었다. 곧이라도 그 남자 품안에 안길 것 같은 자세였다. 그때 아내가 날카로운 비명을 삼키느라 손바닥으로 입을 틀어막았다.

"왜 그래? 한창 무드 살리려는 사람들 산통깨려고 그래?"

나는 아내의 귀에 대고 힘줘 속삭이며 고개를 문틈 새로 돌렸다. 그러자 사내의 상체를 끌어안은 이선생의 모습이 눈에 들어왔다. 앗! 그런데 사내는 하체가 없었다. 나는 온몸에서 맥이 스르르 풀려나가 그 자리에 주저앉고 말았다. 그 사내는 다름아닌 소파 위에 얌전히 놓인 마네킹이었던 것이다.

토할 때는 아름답게

아내는 유명짜한 전직 패션모델 출신이다. 강미리. 웬만한 사람이면 아내의 이름 석 자가 별로 낯설지 않을 것이다. 키 169센티미터, 몸무게 48킬로그램의 늘씬한 몸매에다 이목구비는 마치 컴퓨터 그래픽을 한 듯 또렷한 서구형 미인이다.

그런 절세미녀를 아내로 맞이한 행운의 사나이인 나는 그저 출판사에 밥줄을 건 연봉 천이백만원짜리 평범한 봉급생활자일 뿐이다. 내가 설악산으로 삼박 사일간의 신혼여행을 다녀오고 나서 첫 월급 봉투를 아내에게 내밀었을 때 그녀가 황송하다는 표정을 지으며 받던 일을 난 아직도 잊을 수 없다.

"준용씨, 이게 뭐죠?"

아내는 뜻밖의 표창장을 손에 움켜쥔 아이처럼 어쩔 줄 몰라했다.

"응, 그게 바로 내 월급이야. 우리 둘이서 앞으로 꾸려갈 살림 밑천이 되는 거지. 궁금하면 미리씨가 한번 직접 꺼내서 헤아려봐."

"그러니깐 준용씨가 지난 한 달간 이 눈치 저 눈치 거두며 힘들게 고생해서 고스란히 받아온 대가가 담긴 봉투란 말이죠."

"암 그렇고말고."

아내는 월급봉투를 앙가슴에 꼭 품은 채 눈물을 글썽이며 내 얼굴을 그윽이 바라보았다. 그 순하디순한 눈길을 고이 접어 가슴에 아로새기며 나 또한 내심 적잖은 감격에 젖고 있었다. 아내는 얼마 전만하더라도 일급 모델이었고, 때문에 그녀가 벌어들였던 수입에 비하면 내 얄팍한 월급봉투는 그야말로 새발의 피인지도 몰랐다. 애초에나는 아내가 봉투 겉면에 적힌 액수를 보고 코방귀라도 펑펑 뀌면 어쩌나 하는 은근한 걱정까지 키우고 있던 참이었다.

"고마워요 준용씨. 감사하는 마음으로 한푼 한푼 살뜰하게 쪼개쓸게요."

아내는 실제 내 월급에 걸맞은 살림 수준을 넘지 않으려 애썼다. 시장에서 시금치 몇 단을 에누리해 샀다고 손뼉 치는 모습을 볼 때면 한때 화려한 조명 아래 스타로 떠받들던 여자가 과연 저 사람인가 하는생각이 들었다.

"이 김치찌개 당신이 손수 끓인 거야?"

"어머, 그런데요. 자기 입에 맞지 않아요? 이를 어쩜 좋지?"

"아냐, 아냐. 너무 맛이 좋아서 진짜 당신 손으로 끓인 것인가 미심쩍어 그냥 물어본 것뿐이야. 아 맛나다."

사실 그 찌개는 지독한 소태 맛이었지만 나는 일부러 허겁지겁 달려들어 퍽퍽 숟갈질을 하며 밥 두 공기를 단숨에 비워냈다. 그런 나를바라보는 아내의 눈가에는 축축한 물기가 슬쩍 비치고 지나갔다. 행복한 시절이었다.

"우린 주위의 반대를 무릅쓰고 맺어진 사이니깐 모쪼록 행복하게살아내지 않으면 안 돼. 그럴 의무가 있어. 무슨 말인지 알겠지?"

"아무렴요. 제가 지리산 하산 코스 중에서 제일 험하다는 칠선계곡으로 잘못 내려와 조난상태에 빠졌잖아요. 그때 자기가 허리에 동아줄을 꽁꽁 묶고 내려와 내 허리를 한 손에 낚아채고는 생사의 고비를 함께 넘기자 전 가물가물한 의식 속에서 분명히 느낄 수 있었어요. 바로 이 사람이라고요."

"이제부터가 중요해요. 당신이 살아갈 길은 지금껏 살아온 길하고는
……"

"사실 난 전성기는 지났지만 그래도 완숙미가 무르익을 때라며 저의 모델생활 은퇴를 간곡히 만류하는 감독들도 꽤 있어요. 하지만 전 이제 당신 하나만 바라보고 사는 한 소박한 아낙으로 한평생 살아갈 마음을 굳게 먹고 있어요. 지금으로 만족해요 준용씨."

"그래 나도 격이 맞지 않아서 머잖아 파탄으로 끝장날 결혼을 뭘 하러 하느냐는 주위의 이죽거림을 감수해야 했지. 하지만 난 당신이 나름대로 순수하다고 믿고 싶었고, 그리고……"

내가 회사에서 아무 때나 생각이 나는 대로 집으로 다이얼을 돌려도 그때마다 아내는 생기가 반지르르 도는 목소리로 날 맞이했다. 그녀는 우리의 이십팔 평짜리 보금자리를 물샐 틈 없이 지켜냈다. 그러나 아내가 아무런 고통 없이 그 일을 해낸 건 아니었다.

"아니, 누가 왔다 갔나? 이불 호청에 웬 구멍이지?"

"예에, 저어…… 맞아요. 내가 당신 와이셔츠 다리다가 과열된 다리미를 부주의하게 쓰러뜨리는 바람에 그만……"

그건 분명히 담뱃불 자국이었다. 나는 등산에 미치고서부터는 술과 담배를 전혀 입에 대지 않았다. 그렇다면 아내는 나 몰래 담배를 피우고 있음이 틀림없었다. 그리고 며칠 전에 옷장 구석에서 나온 양주병은 도대체 뭐란 말인가. 나는 아내가 서서히 이 단조로운 생활에 권태를 느끼기 시작한 것이 아닌가 싶어 조금씩 목덜미가 굳어졌다.

지난주 금요일 오후던가. 나는 마침 시내 출장을 나왔다가 현지퇴근을 해서 평소보다 서너 시간 일찍 귀가를 하고야 말았다. 초인종을 아무리 눌러도 기척이 없기에 비상열쇠로 현관문을 따고 들어갔다. 안방 문을 슬며시 열어보던 나는 그 자리에서 얼음장처럼 굳어지고 말았다. 커다란 등신대 거울 앞에 선 아내가 모델 시절에 입던 눈부신 야회복을 걸뜨린 채 모델 특유의 발걸음으로 이리저리 거닐고 있는 게 아닌가. 그러다 갑자기 신경질적으로 옷을 훨훨 벗어젖히더니 시퍼런 과도로 그 아까운 옷을 갈가리 찢어 멀찌감치 내동댕이쳤다.

　화려한 의상과 조명, 무대가 떠나갈 듯한 갈채, 뜨거운 뭇 시선, 밀려드는 인터뷰와 거액의 개런티에 얽힌 추억은 너무도 강렬한 유혹으로 살아 아내를 사로잡고 있었던 것이다. 그래서 나는 아내가 임신하기를 원했다. 그러면 뭔가 상황이 나아지리라는 예감이 들었다. 그러나 아내는 한사코 이를 마다하는 것이었다. 어느 날 밤 나는 아내를 조용히 식탁 앞으로 불러냈다.

　"당신 몸에 무슨 이상이 있는 건 아냐?"

　"제가 신체적으로 임신 가능한 여자인 것만큼은 틀림없는 진실이에요."

　그랬다. 식욕은 곧잘 건강의 바로미터로 쓰이는데 그녀는 그런 면에서는 아무런 이상이 없었다. 결혼하고 나서 아내에 대해서 놀란 것 중의 하나는 그녀가 대단한 주전부리꾼이라는 사실이었다. 내가 이틀이 멀다 하고 냉장고를 아이스크림 초콜릿 케이크 과일 등등으로 채워줘도 그녀는 매번 말끔히 비워버렸다. 그런데 더욱 놀라운 일은 그럼에도 불구하고 그녀는 예전과 다름없이 군살 없는 매끄런 몸매를 유지하고 있다는 사실이었다.

　"당신 뭔가 나한테 숨기는 게 분명히 있어. 그걸 오늘은 내게 털어놔야겠어. 그러지 않고는 서로가 서로를 책임질 수 없는 상황이 닥칠

지도 몰라."

　나는 짐짓 단호한 표정을 지어 보였다.

　"준용씨 혹시 들어보셨어요? 전, 전 대식증 환자예요."

　"뭐, 뭐라고? 대식증 환자?"

　나는 다행히 서양사학과 전공이었기 때문에 대식증(大食症)이라는 말뜻을 어렵잖게 짐작할 수 있었다. 그것은 옛날 몰락한 로마 귀족들이 말기적 현상으로 유행시켰던 것인데 아무것이나 게걸스럽게 먹어치운 뒤 곧바로 토해버리는 증상이었다. 전공 때문이 아니라도 이미 외국에서는 지난해 CNN방송 사장 테드 터너와 결혼해 화제를 모았던 제인 폰다, 호주의 유명 팝가수 엘튼 존, 미국 정상의 코미디언 조안 리버스조차, 그리고 심지어는 영국 찰스 왕세자와 불화를 빚고 있는 다이애너 왕세자비도 그 증세로 고생을 해온 사실이 밝혀져 호사가의 입담에 오르내리는 실정임을 알고 있었다.

　"내가 지금 아이를 갖고 싶지 않은 이유는 바로 거기에 있어요."

　"도대체 왜 그런 병에 걸렸을까?"

　"모델로서 전성기가 지났다는 생각이 드는 순간부터 나는 끝없는 허무감에 휩싸였어요. 말라빠진 식생활, 기계적인 스케줄, 현미경처럼 따라붙는 여성잡지 기자들, 강요된 미소, 상품성만 강조돼 점점 비인간화되어가는 내 몸뚱어리. 마네킹과 다름없었어요. 난 나의 참된 자아를 찾고 싶었지요. 한 평범한 아낙으로서 일상적인 기쁨에서 삶의 보람을 느끼며 그렇게 살고 싶은 욕망이 밀려들었어요. 그 무렵 몸매에서부터 나타나는 전성기의 퇴화현상을 막기 위한 극단적 다이어트 방법으로 먹자마자 토하는 이런 방식을 택했던 거예요. 그런데 그게 어느새 습관이 되어버린 거지 뭐예요. 무서웠어요."

　아내는 가냘픈 어깨를 파르르 떨었다.

　"왠지 몸매가 흐트러지고 나면 내 인생의 모든 게 무너질 것 같은 두려움과, 또 당신조차 날 버리고 말지 모른다는 불안감 말이에요. 그뿐이에요."

나는 할말을 잃고 그저 멍하니 거실 천장만 바라볼 따름이었다.

"우욱······ 우우욱."

아내는 어느새 목욕탕으로 뛰어들어가 괴로운 소리를 내며 욕지기를 쏟아놓는 모양이었다. 나는 서둘러 그녀의 뒤를 따라 들어갔다. 아내는 내가 다가서자 두 손으로 입을 틀어막은 채 완강하게 고개를 틀었다.

"날 봐요. 당신이 어떻게 변하든 내겐 소중하고 더할 나위 없이 아름답다구. 왜 진작 그런 고통을 후련하게 털어놓지 않았어? 이렇게 등을 토닥거려줄 테니 아름답게 토하라구. 당신 토하는 모습조차 나한텐 너무도 아름다워."

아내는 내 말을 듣자 와락 울음을 터뜨리며 오물범벅이 된 얼굴을 내 얼굴에 마구 비벼대는 것이었다. 그때만큼은 나도 울 준비가 돼 있었다.

암내를 풍기는 사내

　점심을 게눈 감추듯 뚝딱 해치우고 난 봄날 오후에 파도처럼 밀려드는 춘곤증을 뉘라서 감히 당해낼 재간이 있을쏜가. 한 입에 집어삼킬 듯 덤벼드는 나른함에 겨워 회전의자의 등받이에 빨려들어가듯 기대어 잠시 눈을 붙이고 난 나는 입가에 질펀하게 흐른 잔침자국을 누가 볼세라 잽싸게 손등으로 훔치며 기계적으로 서랍 손잡이를 잡아당겼다.

　굳이 무엇을 찾을 게 있어서 그런 게 아니었다. 뭐라고 할까, 운동용어 가운데 왜 그런 게 있잖은가. 페인트 모션이라는 거 말이다. 명색이 부장이라는 작자가 그깟 춘곤증 하나 못 이겨내 병든 닭처럼 꾸벅꾸벅 턱방아질이나 하고 있는대서야 어디 권위가 제대로 설 일이던가. 나는 그런 시답잖은 꼴을 부하직원들한테 보이지 않기 위한 방편의 하나로, 뭔가 반짝이는 아이디어가 떠오른 양 짐짓 돌발적으로 서랍 손잡이를 잡아당겼던 거다. 십여 분간의 달디단 오수(午睡) 시간이 아랫사람들에겐 심오한 사색의 과정으로 비치길 은근히 기대하면서.

그런데 아무 뜻 없이 열었던 서랍을 시부저기 닫으려던 내 눈에 뭔가 낯선 물건 하나가 맹렬하게 달라붙었다. 한 뼘쯤이나 될까. 아무튼 내 허락도 없이 틈입해 들어와 대감님 진지상 위의 간장종지처럼 당당하게 한가운데를 차지한 그 물건 때문에 서랍 안의 풍경이 너무나도 낯설게만 느껴졌다. 나는 서랍을 밀치려던 손짓을 거두고 잔뜩 경계하는 눈빛으로 그 물건을 요리조리 뜯어보았다. 아직도 낮잠이 덜 깬 탓일까. 눈을 끔벅거리다 못해 아예 두 손으로 눈두덩을 벅벅 문지르기까지 했으나 그 이상한 분위기는 도통 사라지질 않았다.

나는 곧이어 나를 낯설게 만든 그 연분홍빛의 둥글둥글 길쭘한 물체를 조심스레 집어들었다. 초강력탈취제 슈~슈. 겉에는 그렇게 씌어 있었다. 반원구처럼 생긴 투명한 뚜껑을 잡고 힘을 주자 금세 벗겨졌다. 그러나 나의 궁금증은 여전히 풀리지 않은 채였다.

"부장님, 뭘 그리 골똘히 들여다보고 계세요?"

때마침 자판기 커피를 받쳐들고 실룩샐룩 다가온 최은주씨가 방실방실 웃으며 물어왔다. 나는 구세주라도 만난 사람처럼 반가운 표정을 지으며 커피잔은 받는 둥 마는 둥 하며 우선 그 물체의 정체부터 캐물었다.

"아니, 미스 최 이것이 도대체 뭣 하는 물건이지? 이런 게 왜 내 서랍 안에 들어와 있어그래?"

그러자 그 슈슈라는 걸 가만히 받아든 최은주씨는 별안간 입을 가리고 웃기 시작하더니, 끝내 터지는 웃음보를 도저히 감당할 수 없다는 듯 뒤돌아서서 허리를 반쯤 꺾고는 거의 떼굴떼굴 구르는 시늉이었다. 주위의 직원들도 뭐가 우스운지 실실 이빨을 드러내며 웃음들을 참느라 얼굴들을 잔뜩 부풀리고 있었다. 아니, 이 잡것들이 지금 누굴…… 나는 은근히 부아도 돋고 해서 부러 소리를 버럭 질렀다.

"아니, 지금 윗사람이 영문을 몰라 질문을 하는데 그따위로 나오면 어떡라는 거지! 홍대리, 지금 사람을 어떻게 보고 그러는 거야."

그러자 사태의 심각성을 깨달았는지 '개코'라는 별명이 붙은 홍현석 대리가 자리를 박차고 나와 뒤통수를 벅벅 긁으며 변명을 늘어놓기 시작했다.

"죄송합니다, 부장님. 그런데 그게 좀 거시키해서……"

"거시키가 어쨌다는 게야. 우물쭈물 말고 똑 부러지게 말하라고."

홍대리는 고개를 푹 숙여 간신히 얼굴 표정을 수습한 다음 기어들어가는 목소리를 내었다.

"이건 슈슈라는 제품인데, 그러니깐 광고제작 2팀에서 저번에 광고문안 틀을 짜준 회사에서 나온 상품입니다."

"그 회사 제품이 왜 여기, 내 책상 서랍에 뜬금없이 들어와 있냐는 거야, 내 말은?"

"그게 그러니깐, 그 회사가 얼마 전에 광고를 친 보람도 없이 부도가 나서 망해버렸거든요. 그래서 우리 회사에서 광고 문안 대금을 받을 수가 없게 된 겁니다. 그러자 그쪽에서 제의하길, 자기네 창고에 팔리지 않은 물건이 산더미같이 쌓여 있는데 그 물품으로 대금을 대신 지급할 수 없냐는 겁니다. 우리 회사에서 울며 겨자 먹기로 그렇게라도 하는 수밖에 없어설랑……"

"으흠, 무슨 말인 줄은 알겠어……"

"아까, 그러니까 부장님이 사색에 잠겨 계실 때……"

으흠, 사색이라고 했겠다, 클클.

"……최은주씨한테 서랍을 가리키시면서 놓고 가라고 하셔서설랑……"

"으응, 내가 그랬던가? 생각에 너무 빠져 있어가지고. 그래 알았다고. 그런데 기왕에 홍대리가 찬찬히 설명을 해줬으니깐, 내친김에 그 물품의 용도나 효능 같은 걸 내게 읽어주라고, 수고스럽겠지만서두.”

“그러죠 뭐. 어려운 일이 전혀 아니니까요.”

‘개코’는 슈슈를 눈앞까지 바짝 쳐들고는 줄줄이 읽어내려갔다.

“본 상품은 독일 분크 사와 다년간에 걸친 기술합작으로 한국에 분공장을 설립하여 공동생산한 획기적 신제품으로…… 악취물질에 향기를 내는 물질만 덧칠하는 기존의 방향제 형태에서 벗어나 직접 악취 원인 물질에 작용해 그 원인균을 원천적으로 완전분해, 제거하는 한편…… 유난히 땀내가 도드라지는 이나 생리중이거나 그 직후의 여성분들, 그리고……”

제길헐, 기껏해야 여성들 생리 냄새 제거제 아냐.

나는 입가를 씰룩거리며 점잖지 못한 효능 및 처방문을 읽어내려가는 홍대리를 힐끗 쳐다봤다. 하지만 그 대목까지는 참을 수 있었는데……

“겨드랑이께의 독한 암내로 고민하시는 분들을 위해……”

뭐, 뭐라고 암내!

이 대목에서 얼굴이 벌게진 나는 하마터면 자리를 박차고 일어나 소리를 버럭 지를 뻔했다. 처방문을 다 읽고 난 홍대리는 슈슈를 내 책상 위에 얌전히 내려놓은 다음 묘한 미소를 지어 보인 뒤 제자리로 돌아갔다.

그렇지 않아도 나는 요즘 들어 내 몸에서 암내가 나지 않을까 하는 강박관념 때문에 정상적인 직장생활이 불가능할 지경이었다. 그렇다면 한번 겨드랑이를 쳐들고 직접 맡아보면 될 것 아닌가. 속 모르는 이는 아마 이렇게 퉁바리를 줄지도 모른다. 하지만 나는 어릴 적부터 지독한 축농증을 앓아서 후각기능을 상실한 지 수십 년이 지난 상태이다. 그래서 사실 그 독하다는 암내를 맡은 적이 아직 한 번도 없다.

냄새를 맡지 못하는 데서 오는 생활의 불편함조차 잊은 지 오래였다.

한데 그 축농증이 아니었다면 어떻게 내가 지금의 돈 많은 아내를 만날 수 있었겠는가. 아내는 처녓적부터 암내 때문에 고생을 많이 한 여자였다. 그 암내가 얼마나 고질적이고 뿌리가 뽑히지 않는 질환인지는 겪어본 사람이면 누구나 고개를 절레절레 흔들 것이다. 나는 축농증 탓에 아내의 암내를 맡을 수가 없었고 그래서 가난뱅이 고학생 출신이었던 나로서는 감히 쳐다보기 어려울 정도로 재력이 든든한 집안을 처가로 맞이할 수 있었다. 그때 아내는 물론 처가에서조차 내가 아내에 대한 돈독한 사랑으로 그 고약하다는 암내를 천연덕스럽게 이겨내는 줄로 지레 짐작했었다.장모님은 멋모르는 나를 보고 이렇게 치사하기도 했다.

"이서방, 고마우이. 이렇게 모자라는 데가 많은 아이를 그렇게 사랑을 해줘서 말일세."

"……?"

물론 아내는 그 동안 용하다는 의사들은 모조리 찾아다니며 몇 차례 수술을 받은 끝에 거의 완치를 했다. 그런데 그런 암내가 이제는 내게 옮겨와 달라붙었단 말인가. 왜 나는 스스로 암내에 걸렸을지도 모른다는 강박관념을 지니게 됐을까. 왜일까?

지금에서 고백하건대, 나는 데릴사위 콤플렉스에 걸려 있는 사내이다. 나는 이 광고회사에 들어와서 한 번도 승진의 선두그룹에서 벗어난 적이 없었다. 내 연배쯤 되는 사람들은 죄다 만년 과장급이거나 심지어는 과장대우 팀장에 머무르는 사람도 있을 정도니 나의 초고속 승진속도는 뭇 사람의 이마빡에 현기증을 일으킬 만도 하다는 정평이 나 있었다. 그런데 그 정평의 끄트머리에 잊지 않고 따라붙는 꼬리표가 있으니, 바로 처가 덕이라는 거였다. 처가의 재력을 바탕으로 인사부며 고위층에 강력한 뭉칫돈 로비를 편 결과 능력에서는 보잘

것없는 인물이 인사 때마다 승진을 거듭한다는 수군거림이 끊이질 않았다.

물론 나는 한 번도 돈 보따리를 들고 회사 고위층을 직접 찾아가본 적은 없다. 그것은 오로지 아내의 몫일 따름이었다. 나는 아내의 치맛바람을 보고도 못 본 체할 뿐이고. 한때 예수 공중재림 어쩌구 하는 사회적 촌극이 대대적으로 빚어졌을 때 어떤 이는 묘한 표현으로 나를 꼬집기도 했다.

만일 휴거가 일어난다면 부장님께선 우리 회사에서는 영순위래요. 왜 그렇지? 인사 때마다 쭉쭉 위로 들려올라만 가니깐 그렇다고들 하던데요. 그래? 일리가 있군 허허.

그렇게 악의 없이 장난스럽게 우스개를 던진 직원은 직속상관인 나를 웃게 만든 게 흡족한지 코를 벌름거리며 뒤돌아서서 나갔다. 그러나 나에게는 그의 코가 어쩌면 나에게서 지독하게 풍기는 어떤 냄새 — 바로 암내 같은 거 — 때문에 꿈틀댔던 것인지도 모른다는 생각이 들었고 그렇게 찔린 치부의 주머니에서 뭔가 지독한 냄새가 비어져나올 것만 같았다. 내가 암내 강박관념에 걸린 건 그 무렵이었던 듯싶다. 그리고 그 증상은 또 인사철이 다가오면서 더욱 깊어지는 것이었다.

"여보, 어떻게 해서든 당신을 이사로 만들고 말 거예요."

아내는 예전에 없던 강한 집념을 드러내며 자신의 자금동원 선을 전면 가동하기 시작했다. 여보, 여보, 여보…… 아내의 목소리가 환청처럼 귀에 달라붙어 나는 도리질을 쳐댔다. 그러다가 뭔가를 결심한 듯 고개를 번쩍 쳐들었다.

나는 스멀스멀한 겨드랑이 쪽으로 가던 손을 불러세워 황급히 집으로 전화를 걸었다. 다행히 아내는 집에 있었다. 나는 아내가 전화를 받자마자 낮은 목소리로, 그러나 있는 힘을 다해 위협적인 목소리를 꾸며대며 으르렁거리는 사냥개처럼 수화기를 핥아댔다.

"돈 보따리를 만드는 그따위 꼴같잖은 일일랑 당장 그만둬. 그러지 않으면 당신과는 끝장을 내버리겠어. 알아듣겠어? 이건 정말 농담이 아냐."

아내가 갑자기 변해버린 나에게 질겁을 했는지 수화기를 놓치는 소리가 저 너머에서 아련하게 들려왔다. 그러나 수화기를 차분히 내려놓는 나의 손목에는 오랜만에 기운이 펄펄 넘쳐나고 있었다.

"어이, 홍대리, 하던 일 멈추고 이리 좀 와봐."

'개코'는 서류철을 거머쥐고 내 책상 앞으로 부리나케 뛰어왔다. 나는 내 가슴팍께를 손가락으로 가리키며 자신 있게 말했다.

"여기서 무슨 냄새가 나는지 좀 맡아줘. 업무상으로 지시하는 거니깐 오해는 말고."

그는 무슨 소린지 몰라 주춤거리다가 내가 업무와 관련됐다고 다시금 강조하자 고개를 갸우뚱거리며 다가와 코를 내 가슴팍에 묻었다. 나는 그의 코가 심하게 벌름거리는 걸 긴장스럽게 지켜봤다. 그가 고개를 갑자기 쳐들었다.

"부장님, 냄새가 나는데요."

나는 심장이 덜컹 떨어지는 듯한 낭패감에 휩싸였다. 그러나 개코의 그 다음 말을 듣는 순간 큰 소리로 너털웃음을 터뜨리지 않을 수 없었다.

"오늘 점심을 우렁된장으로 드셨죠? 된장 냄새 분자 알갱이 하나가 영락없이 제 코에 걸려들었음을 확실히 보고드립니다."

사랑이 넘치나이다

평소 일벌레로 알려진 서른여덟 살의 샐러리맨 박덕배씨가 며칠 전부터 일이 손에 잡히지 않는 모양입니다. 남이 볼세라 책상 밑으로 고개를 쑤셔박고 뜨거운 한숨만 푹푹 내쉬는 것이었습니다.

무엇이 그를 이렇게 만들었을까? 그것은 바로 덕배씨의 아내가 홀몸이 아니게 되었다는 사실과 관련이 있습니다. 원하지 않았던 사태라서 그랬을까요? 그것도 아닌 모양입니다. 퇴근길에 술 한잔을 같이 하게 된 절친한 대학 동창 천만복씨에게 하소연을 하는 덕배씨의 얘기를 들어보면 말입니다.

"애가 선 것까지는 백 번 좋단 말이야. 첫애 낳은 뒤 벌써 몇 년이야? 내가 직장에서 웬만큼 자리잡으면 형편 봐서 둘째애를 보겠다고 지금까지 완벽하게 장장 칠 년 동안을 성공적으로 피임해왔거든. 그런데 어떻게 애가……?"

"짜아식 술 퍼마시고 들어가 장화도 안 신은 채 깜빡 실수하기 다

반사지 뭘 그래? 잘 기억해봐."

"맹세코 그런 어설픈 짓은 안 해. 적어도 난."

"그렇다면 큰 병원에 가서 자세히 검사 좀 해보지 그래?"

"그러잖아도 그날로 당장 특진으로 접수시켜 각종 검사를 다 받았으니깐 아마 내일쯤 결과를 통보받을 수 있을 거야. 근데, 검사를 받아보면 또 뭘 하나? 내 가슴만 찢어지는 거지."

덕배씨는 심란한 듯 맥주 두 잔을 거푸 따라 마셨습니다.

"만에 하나라도 어떤 놈팽이인지 밝혀지기만 한다면 내 손으로 잡아 족치고야 말겠어, 정말."

"설마…… 하긴 설마가 사람 잡긴 하는데……"

그러자 덕배씨는 주먹을 불끈 쥐며 결연한 전의를 불태웠습니다.

"혹시 옛 애인이라도 다시 만난 걸까."

"아마 가까운 데서 찾는 게 빠를 거야."

만복씨는 노련한 조언자처럼 실눈을 뜬 채 말했습니다.

"가까운 데서?"

"그래 가령……"

"맞아, 그러니깐 퍼뜩 짚이는 데가……"

"있지? 그렇지? 평범한 사람들도 직감이라는 게 있게 마련이야."

"바로 옆 405호에 소설가랍시고 마누라는 출판사 내보내고 집구석에서 빈둥거리는 뿔테 안경잽이가 있거든. 상판때기도 그런 대로 받쳐주는 편인데…… 이 아파트 여편네들이 그 작자가 소설 나부랭이를 쓴네 하니깐 무슨 예술가나 되는 줄 알고 사족을 못 쓴다는 말을 들었어."

만복씨는 그것 보라는 듯 손가락 끝으로 덕배씨의 가슴을 쿡쿡 찔렀습니다.

"쯧쯧, 불행한 이웃을 두었구만. 원래 예술 분야에 종사하는 수컷

들은 불온하기 짝이 없는 작자들이라구. 할 일 없이 어슬렁거리다보니깐 헛기운이 남아돌거든. 그 소설가인가 뭔가 하는 작자하고 직접 얘기는 해봤나?"

"물론이지. 지난 달 반상회에 우연히 참석했다가 그때 남자들 서넛이 어울려서 호프를 한잔하기긴 했지……"

"무슨 단서가 될 만한 언행이 없었어?"

만복씨는 형사처럼 날카롭게 파고들었습니다.

"응, 역시 소설가답게 말발이 좋아서 그런지 분위기를 확 휘어잡더구먼. 아참, 그러고 보니 여자 얘기도 나왔었지……"

"그래 바로 그 대목이야! 계속해."

"그 친구 자신이 좋아하는 여자형에다 또 싫어하는 여자형도 얼핏 지나가는 말투로 털어놓더군. 말상에다 웃을 때 잇몸이 드러나는 여자는 자기 소설 속에 절대 등장시키지 않을 만큼 싫어한대."

"으잉…… 그건 바로 니 마누라형 아냐?"

"……그런가. 쩝쩝, 그럼 그 친군 아닐 가능성이 높군."

"또 용의선상에 올릴 만한 인물들을 잘 떠올려봐."

만복씨의 채근 때문에 덕배씨는 두 손으로 골머리를 싸맨 채 자신의 머릿속에 남아 있지도 않은 기억의 불씨를 풀무질하느라 전전긍긍했지요. 급기야는 입주한 지 일 년이 채 안 되는 덕배씨네 아파트 하자보수팀의 한반장 이름까지 거론하고 말았습니다.

"아참, 그런데 그 사람은 절대로 그럴 사람이 아니겠군."

덕배씨가 무슨 말을 하려고 입을 뻥긋하기도 전에 만복씨는 벌써 근사한 시나리오를 짜서 들이댔습니다.

"세상에 절대로라는 말을 붙일 수 있는 사내는 없어, 이 사람아. 그 작자 얼굴이 좀 반드르르하지? 응 맞아, 그럴 거야. 너희 집에 놀러갔다가 나도 한 번쯤 본 것도 같아. 허구한 날 하자보수해준답시고 생쥐 풀방구리 드나들 듯 무시로 들락거릴 테지. 오늘은 이거, 내일은 저거 이렇게 조금씩 감질나게 건드리면서 말이야. 그런 인물들은 워낙 대낮처럼 바깥주인 없는 아파트 출입을 많이 해놔서 여편네들 녹이는 술수에는 이골이 나는 부류거들랑."

"잠깐 내 말부터 들어봐. 한반장 그 사람은 몸이 부실해. 내가 알기로는, 몇 해 전에 줄을 타며 위험한 보수작업을 하다 추락해 거기를 좀 다쳤다는 소문이거든."

"어, 그래……?!"

이제는 더이상 꼽아볼 남자가 없을 만큼 바닥이 나고 말았습니다. 결국 두 사람은 주변 인물들을 하나하나 열 손가락으로 꼽아가며 용의자로 몰았다가 풀어주기를 되풀이했지만 별 무소득인 채 자리를 뜨지 않을 수 없었습니다. 아무튼 그 다음날 덕배씨는 직장생활 십 년만에 처음으로 회사에 결근 통보를 해놓고 마누라와 앞서거니 뒤서거니 하면서 최종 검사결과를 확인하러 병원 문턱을 넘었습니다.

"차화련씨 보호자 안으로 들어오세요."

드디어 진찰실에서 자신을 부르는 소리가 들렸습니다.

"부인께선 삼 개월째가 확실해요. 축하드립니다."

"저어, 선생님 저번에 말씀드린 대로 전 암만 급해도 거 뭣이냐…… 고무장화 신는 걸 빼놓은 적이 없을 만큼 철저한 사전준비를……"

"그 점에 대해 물론 검사를 했죠. 그런데 태아는 유전학적으로 볼 때 두 분 사이의 생명임이 틀림없거든요. 종합적으로 우리들이 내린 결론은 그것이 선생의 부주의에 의한 것이든, 너무 양이 지나쳤든 간에 하여간 넘쳤다는 것입니다……"

"예에? 그것이라뇨……?"

"답답하시긴요. 사랑이 흘러넘쳐 아예 그 위로까지 범람해 수태가 됐단 말씀입니다. 더이상 언급을 안 해도 무슨 얘긴지 다 아시겠죠?"

덕배씨는 감격했습니다. 그리고 한때 영문도 모르고 의심을 했던 아내에 대한 미안함 때문인지 까닭 모를 뜨거운 눈물을 흘리기 시작했지요.

"아 네, 드디어 우리 사랑이 넘쳐흘렀단 말씀이군요. ……감사합니다. 아아."

■**작가 연보**

1963년 12월 3일(음), 강원도 철원군 김화읍 학사리 미상번지에서 아버지
김응수(金應壽), 어머니 김영혜(金英惠)의 이남이녀 중 막내로 태어
남. 함경남도 성진이 고향인 아버지는 6·25당시 원산의 한 병원에서
서무원으로 일하다가 국군이 올라오자 우익(右翼)치안대에 가입. 순
전히 원활한 배급을 위해서였는데 이 때문에 원산 대철수 때 예고 없
이 원산 앞바다의 군함으로 전격 소개(疏開)되는 바람에 처자식(아
버지는 북쪽에서 결혼을 한 상태였음)을 고스란히 포화(砲火)속에
남기고 옴.

1967년 군부대에서 흘러나오는 군수품 장사가 어려워지자 서울로 이사 와
미아리 산동네에 자리잡음. 서울에 첫발을 내딛던 때 김치동이를 머
리에 인 어머니의 손에 이끌려 시외버스 차부에서 미아리 산동네까
지 오면서 길음시장의 간판숲에 넋이 빠져 기웃거리느라 어머니를
생고생시키기도 했던 기억이 있음.

1968년 아버지가 중풍으로 쓰러졌으나 거동은 비교적 원활함. 어머니가 삯

바느질 등으로 생계를 떠맡음.

1970~75년 미아국민학교를 다님. 5학년 한때 아버지가 어머니말고 북쪽에서 결혼한 사람이 있다는 얘기를 듣고는 동네 양아치 형들 방에서 성인 만화 탐독.

1976년 추첨번호 14로 보성중학교에 입학. 중학교 2학년 겨울 방학 때 파출부로 다니던 어머니의 장기(長期)하혈이 시작됨. 요강에는 항상 불그죽죽한 개짐이 빠져 있었음. 아버지는 한 평짜리 구멍가게를 열어 매우 열성적으루 꾸려갔는데 이 구멍가게는 훗날 데뷔작 「쥐잡기」의 배경이 됐음.

1979년 서라벌고등학교 입학. 숨막히는 입시기를 보냄.

1982년 서울대학교 인문대 입학함. 『해방전후사의 인식』과 백산서당의 『경제사입문』 등을 읽고 충격을 받음. 이승만·박정희 등 그 동안 존경해왔던 인물들이 모두 반역사적이라고 기술돼 있었음. 영문과로 진입한 2학년 4·19때 첫 데모를 해봄. 그 뒤 졸업 때까지 웬만한 집회와 시위에는 거의 참여함. 하지만 갈수록 가투(街鬪)가 자신이 없어지면서 차선책으로 글쓰기를 염두에 둠. 주로 황석영·이문구·박완서 씨의 작품들을 습작 테스트로 삼음.

1983년 이산 가족 찾기 열풍이 몰아닥침. 아버지도 텔레비전 앞에서 며칠씩 밤을 새며 눈물을 흘림. 그 광경을 지켜보면서 그 동안 아버지를 경제적 무능력자로 경원시했으나 마음을 돌려 화해하기로 작정함.

1984년 영문과 학회지 『생성』에 소설 「아버지의 슈퍼마켓」 「소외」와 시 「조명」 발표.

1985년 아버지 돌아가심. 휴학함.

1986~87년 일 년 반 동안 방위 생활을 함. 신기철·신용철 공저 『새우리말큰 사전』을 독파하며 우리말 어휘·어구·속담 등을 대학 노트에 기록·정리함. 이때 습득한 어휘와 자라면서 어머니 곁에서 들어야 했던 입심이 합쳐져 소설 문체의 중요한 밑거름이 되어줌.

1990년 직장을 두 번 옮기고 『한겨레신문』 교열부에 자리잡음.

1991년 신춘문예에 연거푸 두 번 떨어지고 난 다음, 대학 복학생 때 『대학신문』 현상문예에 응모했던 「쥐잡기」를 개작해 『경향신문』 신춘문예에 투고한 것이 당선됨. 그해 등단하여 첫 작품 「키 작은 쑥부쟁이」를 『문학사상』 5월호에 발표했는데 서점에서 갓 나온 잡지에 실린 얼굴 사진을 보고 눈물이 끌썽했음. 민족문학작가회의 소설분과에 가입. 단편 「수습일기」(『현대문학』 8월호), 「열린 사회와 그 적들」(『문예중앙』 가을호) 발표.

1992년 단편 「적리(赤痢)」(『문학사상』 5월호), 「춘하 돌아오다」(『민중문예』 여름호) 「그리운 동방」(『현대소설』 여름호), 「사랑니 앓기」(『문예중앙』 가을호), 「용두각을 찾아서」(『문학과사회』 겨울호) 발표

1993년 단편 「처용단장」(『문예중앙』 봄호), 그리고 미발표작 「임존성 가는 길」 등 열한 편의 작품을 묶어 첫 창작집 『열린 사회와 그 적들』을 솔 출판사에서 펴냄(3월). 이후 단편 「가을 옷을 위한 랩소디」(『민족문학』 4·5·6월호), 「고아면 뺑덕어멈」(『샘이깊은물』 6월호), 「지하생활자들」(『지평의문학』 창간호), 「혁명기념일」(『실천문학』 가을호), 「파애」(『세계의문학』 가을호) 발표. 『소설과사상』 겨울호에 연작 장편 『장석조네 사람들』의 연재를 시작. 6월 6일 김윤식 선생의 주례로 소설가 함정임과 결혼. 강남구 세곡동에서 신혼살림.

1994년 단편 「개흘레꾼」(『한국문학』 3·4월호), 「쌍가매」(『문학정신』 6월호), 「세월의 무늬」(『동서문학』 가을호), 「늪이 있는 마을」(『문예중앙』 가을호), 「첫눈」(『작가세계』 겨울호), 「아버지의 자리」(『리뷰』 겨울호) 발표. 교열부에서 문화부로 자리를 옮겨 국악, 클래식, 무용 등의 공연 취재를 담당. 3월 20일 아들 태형(泰亨) 태어남. 7월 일산 신도시로 이사. 한 분뿐인 형 세상을 뜸.

1995년 「파애」부터 「늪이 있는 마을」까지 아홉 편의 작품을 묶어 두번째 창작집 『고아떤 뺑덕어멈』을 솔출판사에서 펴냄(1월). 『소설과사상』에 4회 연재했던 연작 장편 『장석조네 사람들』을 고려원에서 펴냄(4월). 단편 「달개비꽃」(『현대문학』 4월호), 「문산행 기차」(『문학사상』 6월호), 「자전거 도둑」(『문예중앙』 여름호), 「원색생물학습도감」(『문학동네』 가을호) 발표. 6월, 한겨레신문사를 그만둠. 선배와 친구들이 일하는 서교동의 강출판사 한켠에 자리를 얻어 소설 노동자 생활로 본격 진입.

1996년 중편 「경복여관에서 꿈꾸기」(『오늘의 문예비평』 봄호), 단편 「마라토너」(『창작과비평』 봄호), 「길」(『문학사상』 3월호) 발표. 「첫눈」부터 「길」까지 아홉 편을 묶어 세번째 창작집 『자전거 도둑』을 강출판사에서 펴냄(3월). 『작가세계』 봄호에 전재했던 장편소설 『양파』를 세계사에서 펴냄(7월). 아들 태형이가 커서 읽어주기를 바라면서 짬짬이 써왔던 장편 창작 동화 『열한 살의 푸른바다』를 국민서관에서 펴냄(9월). 그간 매달 두세 편씩 사보의 청탁에 응해 썼던 콩트를 간추려 『바람 부는 쪽으로 가라』를 하늘연못에서 펴냄(9월). 중편 「목마른 뿌리」를 『자유공론』에 3회 분재(2·4·5월호). 단편 「갈매나무를 찾아서」(『월간 에세이』 6월호) 발표. 이 작품을 개작하여 테마소설집 『서른 살의 강』(문학동네)에 수록(7월). 단편 「쐬주」(『소설과사상』 여름호), 「건널목에서」(『금호문화』 9월호), 「벌레는 단 과육

속에 깃들인다」(『현대문학』 9월호), 「지붕 위의 남자」(『기업과문학』 9·10월호), 「부엌」(『시와사람』 가을호), 「울프강의 세월」(『작가』 11·12월호), 중편 「신풍근배커리 略史」(『문학과사회』 겨울호) 발표. 『실천문학』 겨울호에 장편 『동물원』의 연재를 시작. 8월, 한겨레신문사의 최인호·현이섭 선배와 함께 중국 여행길에 올라 장강을 구경. 10월, 문화의 날에 문체부가 수여하는 제4회 '오늘의 젊은 예술가상'을 수상. 서경석, 김만수, 진정석과 계간 『한국문학』 편집위원으로 참여. 가을학기부터 대전에 있는 중경공업전문대 문창과에 출강.

1997년 『실천문학』 봄호에 『동물원』 2회분 연재. 단편 「눈사람 속의 검은 항아리」(『21세기문학』 봄호) 발표. 3월 초 서교동의 한 내과의원에서 내시경으로 위염 검사를 받음. 3월 9일 고양시 화정동에 있는 서영병원에 입원. 11일 신촌 세브란스병원으로 옮김. 암종증 진단을 받음. 4월 8일 연희동 동서한방병원으로 옮김. 4월 22일(음력 3월 16일) 새벽 3시 43분 같은 병원에서 눈을 감음. 4월 24일 용인 공원묘원에 묻힘.

미망인 함정임의 뜻에 따라 6월 9일(음력 5월 5일) 신촌의 봉원사에서 영가(靈駕)의 명복을 비는 천도의식(薦度儀式)인 사십구재(四十九齋)를 지냄. 이 자리에는 김성동, 김원우, 김사인, 임우기 등의 문단 선배들과 정홍수, 안찬수, 진정석, 정홍섭, 하영춘 등 오랜 지우, 그리고 가족과 친지를 비롯 평소 그의 글을 따르던 독자들이 지상에서 하늘로 길을 떠나는 그의 마지막을 지킴. 김성동 선생이 직접 붓으로 초(草)한 비문을 새긴 비석이 섬.

김소진 전집 5

바람 부는 쪽으로 가라

ⓒ 김소진 2002

1판 1쇄	2002년 7월 23일
1판 4쇄	2016년 7월 4일

지은이 김소진
펴낸이 염현숙
책임편집 김현정 조연주 장한맘 손미선
마케팅 정민호 박보람 이동엽 ㅣ 홍보 김희숙 김상만 이천희
제작 강신은 김동욱 임현식 ㅣ 제작처 (주) 상지사 P&B

펴낸곳 (주)문학동네
출판등록 1993년 10월 22일 제406-2003-000045호
주소 10881 경기도 파주시 회동길 210
전자우편 editor@munhak.com ㅣ 대표전화 031)955-8888 ㅣ 팩스 031)955-8855
문의전화 031) 955-3576(마케팅) 031) 955-8864(편집)
문학동네카페 http://cafe.naver.com/mhdn

ISBN 89-8281-551-1 04810
      89-8281-546-5(세트)

www.munhak.com